Die Kunst, Wasser zu fegen

Rolf-Bernhard Essig

Z-Books

Viele schöne Worte beginnen mit *Z:* Zweisamkeit, zusammen, Zwitter, zugehörig... und so gibt es unsere gedruckten Bücher nur noch. Für Sie bedeutet das doppeltes Lesevergnügen – gedruckt und elektronisch, egal welche Ausgabe Sie zuerst kaufen. Das geht ganz einfach: Rufen Sie bitte unseren E-Book-Shop auf

https://chsbooks.e-bookshelf.de/voucher/add

und geben den folgenden Gutschein-Code ein, voilà!

CHS-2YNPUBV5FK-72

Die Kunst, Wasser zu fegen

Rolf-Bernhard Essig

CH. SCHRŒR — Roman

Inhalt

Es gibt nichts in der Welt, was aus einem einzigen Block besteht; alles ist Mosaik…

Honoré de Balzac

Wenn ich aus einer Sache einen Satz gemacht habe – was hat die Sache noch mit dem Satz zu tun?

Thomas Mann: *Bilse und ich*

Heraklith und Herakleum

Jedes Mal sieht er zuerst das Wappen im Eingang, wenn er durch die Tür kommt und vor der nächsten stehen bleibt. Hoch oben, grün, rot und goldgelb, mit komischen Zeichen. Es gehört zum Haus, zur Familie, zum Grundstück. Ganz erkundet haben sie ihr Reich noch immer nicht. Manches verschwindet auch, bevor sie es richtig entdecken können: zum Beispiel der Holzrundbau im Garten mit seinem Dach aus Teerpappe. Der Vater hat die Balken, die nachgaben, im Stubenofen verheizt. Die Teerpappe hat er auf einen der Haufen geworfen, die es hier haufenweise gibt: Laub, Äste, Ziegelsteine, Dachpfannen, Feldsteine, Torf, Erde, Kies, Sand, Schutt. Sie entstehen und vergehen, durch Überwuchern, Abtragen, weil man das Material braucht oder woanders ein Haufen weniger stört. Alles ist da, und alles geht vorbei. Alles ändert sich ständig.

Das Grundstück verließ der Junge beim Spielen selten. Der Vater hatte es verboten, mit dem Schwarzen Mann gedroht. Er bot kleinen Kindern Bonbons an, die man nicht annehmen durfte. Wovor genau man Angst haben musste, wusste aber keiner. Vielleicht merkte der Vater ja, dass sich die Kinder schon genug fürchteten. Fast nie stiegen sie über den Zaun. Sie fanden schon hier so vieles. Unter dem Busch an der Treppe, wo sie sich in den kleinblättrigen Zweigen versteckten, um zu sehen, ob jemand die Erdstufen hinauf- oder hinunterging, die mit dicken Querästen gesichert waren. Auch die Äste lösten sich auf, wurden morsch oder verfaulten. Das knorrige Geländer hielt sich nur noch mit Not – besser, man verließ sich nicht darauf.

Das Unkraut drängte von allen Seiten und musste immer wieder ausgerissen werden. Brombeerranken, Brennnesseln, Taubnesseln, Giersch, Löwenzahn – und seit neustem die dicken, rot-grün geriffelten Stengel mit großzackigen Blättern. »Das ist Herakleum.« Der Vater kannte alle Pflanzen, ob Unkraut, Gemüse oder Bäume. Auch Gesteine. Wenn ein Sandsteinblock ihn beim Graben störte, schaufelte er ihn ein wenig frei, spannte seine Arme herum, stemmte die Beine in der alten, mit Hosenträgern gesicherten Anzughose dagegen und wuchtete das Hindernis zur Seite. Er wusste immer, ob er etwas heben konnte oder nicht, griff einfach zu und schaffte Sachen beiseite. Gegen die Kraft des Vaters gab es keine andere.

»Das sag ich meinem Vater!« Den Satz musste er nur denken, um selbst stark zu sein. Der Vater hatte einmal davon gesprochen, dass er Marinemeister im Pistolenschießen gewesen war. Ob er noch eine Pistole besaß? Was sollte einem schon geschehen, solange er da war und sein Herz nicht überanstrengte. Wenn man ihn Steine heben sah oder wie er sie mit dem Vorschlaghammer zertrümmerte, glaubte man gar nicht, dass es überhaupt eine Krankheit gab. Trotzdem nahm der Vater Medikamente, *Lanitop, Digitalis, Fingerhut.* Der Junge sah den Vater so gerne arbeiten, die Kraft, das gleichmäßige Tun.

Er ließ das Herakleum stehen, als der Vater entschied, es sähe doch recht hübsch aus. Tatsächlich wuchs es herrlich beim alten Hundezwinger. »Kein Wunder bei der Düngung!«, meinte der Vater. Die Pflanze bekam weiße Dolden, ragte fast so hoch auf wie ein Mann, mit saftigen, dicken, leicht geriffelten, hohlen Stengeln. Im Sommer oder im Herbst vertrocknete sie, bis das Herakleum im Frühling wieder emporschoss.

Mit dem Heraklith auf dem Dachboden hatte die Pflanze wohl nichts zu tun. Seltsam, diese ähnlichen Wörter: *Herakleum, Herakles, Heraklith, Herkules.* Im Brunnen von Kasendorf stand ein Herkules, eher putzig und klein, mit Keule und Löwenfell. Einer seiner Helden, wie Odysseus oder Jason; alle drei stark und dazu klug. *Die schönsten Sagen des Klassischen Altertums* las er immer wieder, sah sich die Bilder an, stellte sich die Kämpfe, die Götter, Schiffe, Ungeheuer vor, den Kuhstall des Augias, wie der stank! Schlimmer, viel schlimmer als ihre Hühner- und Kaninchenställe unterhalb des Schuppens. Er musste sich alles genau merken, die zwölf Taten des Herkules – oder doch Herakles? Im Fernsehen lief eine Zeichentricksendung über die griechischen Sagen, aber trotzdem vergaß er immer wieder Namen und Ereignisse. In der Schule konnte man auch mit niemandem über Götter oder Helden reden, weil keiner sie kannte. Heraklith allerdings schon, von den dunkelgrauen Platten aus Beton und Stroh – jedenfalls sahen sie so aus. Auf dem Dachboden las er die helle Schrift »Heraklith« überall an den Schrägen, kreuz und quer, mal nur »Her« oder »klith«.

Schade, dass die Falltür für ihn viel zu schwer war. Er befürchtete, sie würde zuknallen und ihn einsperren, wo Hornissen und Wespen im Sommer flogen. Weil aber der Säbel des Großvaters auf dem Dachboden lag, wollte er doch manchmal hin. Mit den älteren Geschwistern ging das. Ein

Zimmer gab es da auch, das eine der Schwestern eine Weile bewohnte. Aus dem halbrunden Fenster des Giebels sah er das steil abfallende Grundstück, hohe Birken und Fichten, den haushohen Kirschbaum und das Pumpenhäuschen, den Hochbehälter darunter, das Haus der Nachbarn, die Baracke der Assis, einen Feldhügel und die Stadt im Tal mit dem Fluss. Streckte man den Kopf weiter heraus, war da der Schuppen mit den Hühner- und Kaninchenställen, die Auffahrt für das Auto mit den zwei Betonspuren, damit man bei schlechtem Wetter auch hinaufkam. Aus der schrägen Seitenluke ging der Blick auf das Nachbargrundstück mit Birken und alten Gänseställen.

Die Kisten, Kartons und Schränke auf dem Dachboden durchsuchte er heimlich. Oster- und Weihnachtsdekoration, nicht mehr gelesene Bücher, unbekannte Geräte oder Küchensachen. Der Vater und die Mutter warfen nichts weg. Vieles ließ sich noch gebrauchen, manchmal erst nach Jahren, wie die alte Eckcouch, die erst in den unteren Stock gewandert war, dann in den Freisitz und schließlich – Stück für Stück in den Ofen, wo sie sehr schön brannte und der Familie Heizgeld sparte. Selten saßen sie alle vor dem Feuer, die Eltern und die acht Kinder. Die drei älteren Geschwister lebten anderswo. Immer kochte der Vater sehr viel Essen. Die Kinder spülten das Geschirr, trockneten ab, vorsichtig. Dem Jungen gefiel es, neben den Brüdern, die zwei Jahre jünger und zwei Jahre älter waren, noch fünf Geschwister zu haben. Dass die drei Jüngsten von einer und die fünf Ältesten von einer anderen Mutter stammten, wusste er, aber wirklich verstand er es nicht.

Im Erdgeschoss wohnten Mieter, Familien mit noch weniger Geld als sie, die auch Kinder hatten. Für alle war Platz im Haus mit den drei Stockwerken. Der Junge mied die Mieter, wenn es ging. Schmutzig erschienen sie ihm, laut, gierig, frech, fremd.

Wenn er schlecht geträumt hatte oder der Ölofen bullerte, tröstete es ihn, dass zwei Brüder bei ihm im Zimmer schliefen. Mit ihnen konnte er toben, und sie sprangen auf ihren Betten, so hoch, so wild, dass eins zusammenbrach. Die Metallhalterung war aus dem Holz herausgerissen. Der Vater kam und schrie, bevor er das Bett mit einem Stück Holz und einem Schraubenzieher reparierte. Beim nächsten Mal konnte der Junge es selbst und sparte sich den Krach und das Schimpfen.

Das Grundstück stand so voller Bäume und lag so einsam, dass man im Sommer ihr Haus von der nächsten Teerstraße oder dem Dorf aus gar nicht sah. Nur im Herbst erschien es langsam hinter dem Gewirr von Ästen, wenn man darauf zuwanderte. Daneben standen zwei Häuser, ebenfalls auf großen Grundstücken, so dass sie von den Nachbarn wenig bemerkten. Nur die Hunde bellten zurück, wenn ihrer kläffte, und eine Schwester freundete sich mit einer Nachbarstochter an, die immer hinterm Zaun pfiff, wenn sie Lust zum Reden hatte. Ins Dorf brauchten sie eine Viertelstunde zu Fuß zum Milchholen oder zur Schule. Nach der Schule eilten sie nach Hause, wo der Vater mit dem Essen wartete. Unheimlich war der Weg in der Dämmerung. Da fürchteten sie sich vor tollwütigen Füchsen oder dem Schwarzen Mann. Doch ging meist einer der Älteren mit.

Auf ihrem Berg lebten sie für sich. Jeder Besuch musste die steile Anhöhe hinauf. Man sah von weitem, wer kam. Überraschend erschienen nur die Rehe oder Fasane, die vor allem im Winter und Herbst Fressen suchten, oder die Katzen, die überall herumschlichen. Wenn er heimkam, saß fast immer eine am Weg, um ihn zu begrüßen, sich streicheln zu lassen, wie die Nähmaschine zu schnurren und wieder wegzuspringen. Manchmal kletterte er ihnen auf einen Baum hinterher, am liebsten auf die Eiche *Windstärke 12*, an deren dickem Seitenast er Schweinebaumeln übte, bis ihn das Blut im Kopf angenehm verwirrte.

Zwischen den Fichten mit der Schaukel durch und durch, die Hühner nachmachen, wie sie gackern! Da, das Herakleum, zisch, macht der Stock, als er den dicken Stengel trifft, ihn trotzig absäbelt, dass es saust. Wie ein Baum fällt der Pflanzenstamm zu Boden. Es riecht würzig und grün. Ich bin mächtig, mächtig, ein Degenfechter mit Umhang. Komm her, Schwarzer Mann! Dich schlag ich auch noch in die Flucht, mit dem Stock, mit meinem Mut. »Komm doch! Trau dich nur!« Laut, so laut. Schreien. Niemand ist da, wieso sieht ihn keiner, nicht die Geschwister, nicht die Eltern? Noch einmal schlägt er zu, mit Hass, mit Kraft, bis der Stock zerbricht und er sich mit dem Schwung weiterdreht, den Holzrest in seiner Hand fortschleudert, der weit fliegt, hoch, bis fast zu den Nachbarn, aber weit entfernt von ihrem Auto. Zwei-, dreimal tritt er noch in die Erde, nach dem stark riechenden Stumpf, nach allem, was unter ihm ist, und verlässt dann stolz den Garten.

Hammer und Sichel

Fäustel, Meißel, Stechbeitel, Vorschlag-, Picard-, Schlosser-, Holzhammer. Die Angst beim Halten der Brechstange, zu schwer für den Achtjährigen – verrostetes Eisen, ausgefranste Schlagfläche, die Stange einen Meter lang, drei Zentimeter im Durchmesser. »Setz sie auf! In die Mitte vom Stein, nein, noch weiter rechts! So! Jetzt halt fest!« Kein Satz ohne Ausrufezeichen, Befehl, Vorwurf. Der große Vorschlaghammer, fünf Kilogramm, zum Schlag erhoben. Er konnte herunterfallen, ihm den Fuß zerquetschen. Wie der Topf, den er einmal aus Versehen auf den Fuß des Bruders fallen ließ.

Lächerlich im ersten Moment, als bunt geblümtes Emaille mit rot-orangefarbenen Blumen auf weißem Grund ihm aus der Hand gleitet. Dann der Schreck, der plötzliche Schmerz, ein Blitzschlag im Nacken, als der Topf den Bruderzeh trifft. Der Junge muss fortrennen, so schnell es geht, ruft im Laufen noch: »Das wollt ich nich, das wollt ich nich!« Der Bruder schreit und schreit, am meisten, als die Mutter erst den Schuh, dann den Strumpf (mit dem blauen Kreuz – seine haben rote, die des kleinen Bruders weiße) ausziehen will. Er geht auf die beiden zu, näher, entschuldigt sich wieder und wieder, in das Wimmern und Weinen hinein. Ein Blutbrei, ein zertrümmerter Nagel, ein See aus irgendetwas Fiesem bildet sich, als die Mutter das gelbe Desinfektionspulver aus der petrolfarbenen Plastikflasche auf die Wunde stäubt. Später werden die Nagelreste von selbst abfallen, und ein neuer Nagel wird darunter wachsen.

Würden sie ihm den ganzen Zeh abschneiden, wenn der Vorschlaghammer fiele? Wie die meisten Werkzeuge war auch dieses alt, der Stiel angeknackst, mit rotem Isolierband verstärkt, der Kopf nur provisorisch festgeklemmt. Die ersten Schläge, sachte. Sie sorgten für den Halt der Brechstange. Dann holte der Vater aus, weiter, höher, bis über den Kopf. Dann der Schlag, unter dem die Stange erzitterte, die Gelenke schmerzten, und dann natürlich – sein Zurückzucken. »Du verdammter Angsthase! Kannst du nicht festhalten!« Dann war es vorbei, dann machte er sich fast in die Hose. Unten beim Schuppen warteten die richtigen Hasen im zentimeterhohen Strohkotgemisch auf frisches Futter und den Tod. Am Schaukelgestell hing einer von den Blauen Wienern, »Der Balg!«, wie ihn der Vater belehrte. Da war ihm aber schon so schlecht, dass er kotzte; zufällig stand die Glastür zum Garten auf, und es ging nur ins Gras – vorm Schaukelgestell mit dem Hasenfell. »Kaninchen!«, sagte der Vater, und abends kam es als Braten auf den Tisch. Das Fell wurde auf einen eigens dafür gebastelten Holzrahmen gespannt und trocknete im Flur.

Später half der Junge selbst schlachten. Wie hatten sie den Hahn gejagt, den gefährlichen, klugen, heimtückischen, der einen anfiel, wenn man mit Futter ins Gehege kam. Der Hahn versteckte sich, aber man wusste ja, dass er kam, und versuchte, sich zu schützen. Mit dem Eimer, mit der Schaufel, so lächerlich. Dieser unglaublich große Leghorn war weiß und hatte eklig spitze Sporen an den Beinen. Kleine Unachtsamkeiten bestrafte er sofort, warf sich, die Krallen voran, in den Gegner und hackte in die Waden. Erst nach Tagen vergingen die blauen Flecke. Als es dem Hahn ans Leben gehen sollte, entwischte er aus dem Gehege und rannte wild kreischend auf dem Grundstück umher, hielt kurz inne, wechselte plötzlich die Richtung, griff an, so dass der Junge erschreckt zurückzuckte. »Du Schlappje! Wirst doch nicht vor dem Mistvieh Angst haben!« Der Vater konnte nicht so schnell rennen, also hatte er ihm die Aufgabe des Hahnenfängers übertragen. Keine Ahnung, wie er ihn schließlich packte. Da stand der Vater schon mit der Axt, *mit dem Handbeil!*, und wollte zuschlagen. Wieder ein Zucken, aber nicht vom Hahn, der plötzlich still lag. »Pass doch auf! Ich treff dich schon nicht. Hab doch nicht immer so Angst um dein bisschen Scheißleben!«

Der Schlag ging fehl, weil der Hahn sich plötzlich wieder wehrte und nun auch zuckte. Der zweite traf. Auf dem weichen Untergrund wollte und wollte die stumpfe Axt aber den Hals nicht durchtrennen. Übelkeit, als erst beim dritten Schlag Blut spritzte. »Schneid' ihm jetzt den Kopf ab!« Er zog – *ein echter Junge hat immer sein Taschenmesser dabei!* – das Taschenmesser und suchte umständlich eine Klinge, während der Vater den Hahn hielt. »Geht das nicht ein bisschen schneller! Das Blut stockt!« Sehr scharf war sein Messer nicht mehr. Also säbelte er herum, bis der Vater den kopflosen Hahn hoch erhoben zum Schuppen trug, wo er ausbluten sollte. Hinter ihnen eine rote Spur im Gras.

»Träumst du?!« Wieder festhalten und wieder ein Schlag. Wann zersprang der Stein endlich? Kaputt, kaputt, kaputt! Funken stoben, als der Vater Brechstange und Knöchel streifte. Bis der Stein zerklopft war, musste man aushalten. *Indianer kennen keinen Schmerz.* Die Spiele mit den Brüdern schreckten ihn weniger. Außer sie spielten Roulade.

Dann wickelten sie das rote Plastikseil um ihn herum, bis er sich nicht mehr rühren konnte und ließen ihn unter dem Pflaumenbaum liegen. Niemand zu sehen, alle drei Brüder hinter dem Haus, keine Antwort auf Rufe. Manchmal drohten sie ihm vorher noch, den Schwarzen Mann zu holen, der wohnte in der Nähe. Weil sie selbst vor ihm Angst hatten, glaubte er ihnen nicht. Aber was, wenn sie ihm in die Hände liefen und ihn nicht mehr befreien konnten? Die Roulade war immer noch besser als einmal der Speer im Rücken. Die angespitzte Haselnussrute traf rechts neben dem Rückgrat, ein Schreck, der den Schmerz in den Schatten stellte. Über den Verrat, den feigen Bruder, der ihm in den Rücken warf. Als hätte der Speer ihm Schwung gegeben, rannte er los. *Wie von der Tarantel gestochen* – ohne zu wissen, was eine Tarantel war. Das Loch im Hemd, der Blutfleck, das gab Ärger für beide, aber den Bruder schlug der Vater härter. Feigheit und Heimtücke duldete er nicht.

Endlich zerbirst der Stein in zwei Teile. Splitter spritzen. Eifrig hebelt der Junge mit der Brechstange. Jetzt kann der Vater den Vorschlaghammer aus der Hand legen, graben, die Schaufel – Spitzschaufel! – nehmen, und er darf wieder Gras schneiden, für die Kaninchen. Leicht pendelt die Sichel durch die Halme, weiter ausholen, Schwünge durch Grünzeug – »Das ist kein Huflattich, sondern Breitwegerich!« – noch mehr Schwung. Aus Spaß bittet er den Vater um den Schleifstein. Echter Türken-Korund, der Türke mit seinem Fez lacht wie bei Karl May. Er fragt, wie man schleift. »Mir hat auch nie jemand was gezeigt! Mein Vater war lang tot, als ich so alt war wie du!«, sagt der Vater. Der Junge führt den Schleifstein schwungvoll an beiden Schneidenseiten entlang und prüft dann die Schneide, wie er es beim Vater gesehen hat. Weiter geht das Sicheln. Mit der linken Hand stützt er sich auf den Grasboden, schwingt rechts weiter die Sichel, als sie ihn plötzlich zwischen Daumen und Zeigefinger trifft. Nichts gleicht dem Schnitt von frisch geschärftem Metall, er schmeckt hell, nach Eisen, kalt. Dann wird es plötzlich dunkel vor Augen, wieder hell, aber im Dunkeln. Die Hand, eine Nahaufnahme, Blut sickert aus der Wunde. Erst dann ein Schmerz, wie ein Tritt in den Bauch, keine Luft mehr, kein Ton, gar nichts.

So war es, als der Bruder zutrat: Sie stritten um das Fernsehprogramm, den Sitzplatz. Er hielt sich an der Sofalehne fest, verzweifelt, da wollte er nicht weg! Der Bruder drückte plötzlich am Fernseher herum, schaltete ihn aus. Die breite weiße Linie bis zum Bildschirmrand. Schnell wurde sie schmaler, ein Punkt, kleinerer Punkt, noch immer sichtbar. Er hielt sich weiter fest. Schläge, Tritte, Schreien des Bruders; Festhalten. Wieder das Anschalten, Umschalten, Schläge, – Festhalten. Eine halbe Stunde Kampf, bis er aus der Ecke sprang, davonlief durch die Glastür über den Federballplatz, über den Zaun, auf den Acker. Der Bruder immer hinterher, hänselnd, schreiend, spottend, bis der Junge plötzlich stehenblieb, sich duckte, so dass der Bruder über ihn stürzte und sich den Ellbogen in den Bauch rammte, stöhnend liegenblieb. Laufen. Weg, weg, weg. In den Steinbruch, die Sasse suchen, die Kuhle an der Felsnase aus weichem Sandstein, der sich so schön ritzen ließ. Viel leichter als der Betonputz am Schuppen, in den er mit Stechbeitel und Schlosserhammer wie ein Bildhauer Zahlen hineinschlug, alle Zahlen bis 10, dann sein Geburtsdatum und schließlich seinen Namen. Deshalb gab es weniger Schläge für den Werkzeugmissbrauch – »für Beton nimmt man einen Meißel, Stechbeitel sind für Holz!« – und die Beschädigung des Schuppens.

»Schläge gehören dazu«, meinten die älteren Geschwister, die früher viel mehr aushalten mussten. Sie hatten bei

Unachtsamkeiten Kopfnüsse, Ohrfeigen, Klapse, bei Streichen, schlechten Noten, Verbotsübertretungen Prügel kassiert, mit der Hand, dem Kochlöffel, dem Teppichklopfer, dem Schaufelstiel, einmal sogar mit einer Eisenstange. Jetzt ging es dagegen oft mit Schreien und Schimpfen ab. Trotzdem planten die drei Jüngsten immer wieder, vor der Bestrafung unter der Hose eine oder gleich zwei Lederhosen anzuziehen. Dazu kam es aber nie, nicht einmal bei den angekündigten Schlägen mit langer Wartezeit vorher. Mehr als einmal sperrte sie der Vater in ihr Zimmer, um einen Schuldigen zum Geständnis zu bringen. Bis einer der drei sich dann erbarmte oder es zugab, dauerte es manchmal Stunden. Oft erzählte der Älteste dann Märchen, wie sonst nur vor dem Einschlafen. Dafür bewunderten ihn die anderen so, dass sie versprachen, für Tage, Wochen, schließlich Monate als Diener zu arbeiten, wenn er nur weitererzählte. Aber auch das hielt höchstens einen Tag, bis zum ersten Streit darüber, was ein Diener alles tun musste, was man von ihm verlangen durfte. Wütend kündigte man schnell alle Verträge. Beim Warten auf Geständnis und Strafe aber erzählte der Älteste ganz ohne Bestechung weiter.

Wenn man Glück hatte, kamen beim Prügeln nur Kochlöffel zum Einsatz, die schnell zerbrachen, keine schlimmen Beulen hinterließen. Die nahm der Vater vor allem in der Küche, wenn er plötzlich wütend war. Früher dagegen hatte es sogar drei Straf-Kochlöffel gegeben, auf denen die Namen zweier Schwestern und des Hundes standen. Viel schlimmer waren die geflochtenen Teppichklopfer aus Bambus, die biegsam waren und böse zischten. Den kleineren fürchteten sie mehr, weil der Schmerz sich konzentrierte, der größere verteilte den Schlag besser. Am meisten demütigten Ohrfeigen und Übers-Knie-Legen. Erst zähes Nähern: »Komm jetzt endlich her!« Dann Weinen, Zagen, Schreien: »Ich habs doch nicht getan! Ich tu's nie wieder! Nein, bitte nicht!« Das ärgerte den Vater nur noch mehr. An mehr als zwanzig Schläge konnte sich keiner erinnern. Ganz selten, wenn der Vater sich rühren ließ, man in die Hand Besserung gelobte und unwirsch weggewiesen worden war, spürte man ein tröstliches Echo der Schläge, das Nachbeben am Hosenboden, wie in Gelenken und Händen nach der Brechstange. Man war davongekommen – gerettet.

Die Rose von Jericho

Am Dorfrand, unweit ihres Hauses, lag die Baracke. Dunkles Holz, zwei Stockwerke hoch, ein flaches Dach, sehr breit und mit Fenstern, die selbst im Winter offenstanden. Oft hing eine Rauchfahne über dem Gebäude und viel Wäsche an den Leinen davor. Er nahm an, dass es von der Baracke her stank, aber er traute sich lange Zeit nicht nah genug heran, um es zu überprüfen. Es sollten eine Menge Leute dort wohnen, aber er sah fast nur Kinder, die entweder zu klein oder zu dumm waren, um in die Schule zu gehen. Sie mussten in die Sonderschule. Die meisten Erwachsenen blieben unsichtbar, obwohl man immer wieder ihren Lärm hörte, Schreie oder lautes Radio. Stunden um Stunden aber lehnte eine Frau im Fenster und rauchte – manchmal sogar Pfeife. Das war die »Rose von Jericho«.

Der alte Lehrer Schmitt hatte einmal auf dem Pausenhof geschrien, sie sollten nicht so viel Radau machen. Das höre sich ja an wie bei denen da. Er zeigte in Richtung Baracke und warnte eindringlich davor, sich mit dem Gesindel abzugeben. »Seht euch nur die Rose von Jericho an, die da den ganzen Tag herumlungert: im Hemd! Ab-scheu-lich!« Das machte den Jungen nur neugieriger. Nachmittags pirschte er sich in weitem Bogen an die Baracke heran und bemerkte einen großen Schutthaufen dahinter, voller alter Kacheln,

Steine, Linoleum, Asche, Holz. Viele Fahrräder standen am Wochenende herum, manchmal ein Moped oder zwei, doch jetzt waren alle weg. Fenster gab es auf dieser Seite weniger als vorn, wo sogar ein paar Kohlköpfe und Blumen wuchsen. Obwohl das Gebäude wie versteckt in der Senke mit dem Haselnussgebüsch lag, sah man den Rauch noch in weiter Entfernung. Zur Baracke der Assis führte keine richtige Straße, nur ein Schlackeweg. Aber das war bei ihrem Haus auch nicht anders.

Die Rose von Jericho konnte er leicht beobachten, weil sie auf nichts achtete, während sie rauchte oder döste. Manchmal war er sich trotzdem ziemlich sicher, dass sie ihn bemerkte. Aber sie blieb unbeeindruckt, unbewegt. Vielleicht war sie so alt wie seine Mutter, sicher einen Kopf größer. Ihre schwarzen, dicken Haare hingen einfach so übers Fensterbrett herunter ins Freie. Wie braun ihr Gesicht war, ihre nackten Arme! Ihr Unterhemd wirkte noch weißer. Er musste an Indianerinnen denken, lächelte und ärgerte sich gleich, weil doch alle die Assis eklig fanden. Dick sah sie aus, ein wenig schlampig, auch nett. Sie sprach mit sich selbst, summte und sang manchmal. Der Junge sah, wie sich ihre Lippen bewegten, hörte Worte und Melodiefetzen, verstand aber nichts. Ob sie und ihre Leute Vertriebene waren oder Ausländer oder einfach nur Arme?

Später beobachtete er Jochen, wie er zur Baracke fuhr. Seit seine Mutter gestorben war, nahm er ihr Fahrrad, obwohl er viel zu klein war, um auf dem Sattel zu sitzen und gleichzeitig an die Pedale zu kommen. Er hielt sich immer erst am Lenker fest, stieg über den Rahmen auf das eine Pedal und schob sich dann an. Wenn er genügend Tempo hatte, setzte er den anderen Fuß aufs Pedal und fuhr im Stehen weiter. Das sah gefährlich aus, zumal Jochen in seinen kurzen Lederhosen noch kleiner wirkte, als er sowieso schon war. Aber er stürzte nicht einmal, wenn er plötzlich bremsen musste. Deshalb verspotteten die Dorfjungen ihn nie, obwohl es ein Damenfahrrad war. Jochen langte vor der Baracke an, blieb unter dem Fenster stehen und redete mit der Rose von Jericho. Was sie sprachen? Es dauerte mindestens eine Viertelstunde. Die Rose von Jericho lachte und wedelte mit den Armen. Ein Mädchen kam an ihre Seite und hörte zu, wie es schien. Sie schien so alt wie er zu sein. Warum sie nicht in die Schule ging? Jochen blieb die ganze Zeit zwischen Sattel und Lenkstange stehen. Dann wendete er das Fahrrad umständlich und fuhr davon. Zwar kannte er Jochen, der zwei Klassen unter ihm war, nicht gut, aber in der Pause bot er ihm Glühweinbonbons an und fragte ihn nach der Baracke und ob er wüsste, warum der Schmitt so geschimpft hatte. Jochen nahm die Bonbons, schüttelte den Kopf und meinte schließlich doch noch: »Das sind halt Assis.«

In den Pfingstferien ging der Junge mit dem kleinen Bruder zu den Haselnussbüschen bei der Baracke, doch die Rose von Jericho lehnte nicht im Fenster. Dafür stand Jochens Fahrrad an der Baracke. Sie warteten lange, sahen aber nichts als Rauch, den Kohl und die Blumen. Er stellte sich vor, in die Baracke zu gehen, mit der Rose von Jericho zu reden, mit dem Mädchen. Aber er musste auf den kleinen Bruder aufpassen. Beim Milchholen am nächsten Abend ließ er fast die Kanne fallen, als Jochen dicht an ihm vorbeiraste. Es lag plötzlich Rauch in der Luft, und zehn Minuten später hörte er auch schon die Sirenen. Er rannte ihnen entgegen, um die Feuerwehrautos zu sehen. An der qualmenden Baracke standen ein Ford Transit und zwei Magirus Deutz mit Leitern. Eine wurde gerade ausgefahren, zum Fenster, wo die Rose von Jericho ruhig wartete, wahrscheinlich weil der Rauch vom Eingang her kam, ganze drei Fenster entfernt.

Nicht einmal Flammen, nur dicke Schwaden, die der Wasserstrahl verwirbelte.

Der Feuerwehrmann auf der Leiter hilft der Rose von Jericho heraus. Zum ersten Mal kann der Junge ihren Unterleib sehen, in einem dunkelgrünen Rock bis zu den Knöcheln, darunter helle Hausschlappen, die sie behutsam auf die Holme setzt. Dass sie obenrum nur ihr Hemd anhat, stört sie gar nicht. Während sie die paar Meter herabsteigt, redet sie mit dem Feuerwehrmann und lacht. Das Mädchen folgt ihr. Ihr blaues Trägerkleid ist kurz. Es klettert sehr geschickt. Inzwischen haben die Feuerwehrleute einen Schrank, der qualmt und mitten auf dem Hof zerbricht, aus dem Eingang gestoßen. Später werfen sie verkohlte Möbel hinterher und schaufeln die verbrannten Sachen zu einem rauchenden Haufen zusammen. Auf einer alten Bank schauen die Rose von Jericho und das Mädchen zu.

Der Vater fragte, warum er so verbrannt roch. Er erzählte von der Feuerwehr, wie sie die Baracke löschten. »Das kommt vom Zündeln!«, sagte der Vater. Zwei Tage später las er beim Frühstück aus der Zeitung vor, dass die Barackenbewohner mit Zigaretten nicht aufgepasst und einen Schwelbrand ausgelöst hatten. Der Junge konnte es kaum glauben, als er Jochen in der nächsten Woche wieder Richtung Baracke fahren sah. Die Rose von Jericho lachte von Weitem, winkte und verließ ihren Platz am Fenster. Mit dem Mädchen erwartete sie Jochen, der diesmal besonders gekonnt bremste. Beide gaben ihm einen Kuss, obwohl er wieder das Fahrrad zwischen den Beinen hatte. Dann gingen sie zusammen hinein.

Am Ende der Sommerferien erzählte die Mutter, dass die Baracke abgerissen würde. Nach dem Essen rannte er den Berg hinunter und sah gerade noch einen Bagger mit

Abrissbirne, der die letzten Wände umlegte. Unter den Leuten, die zufrieden zusahen, stand Oberlehrer Schmitt, den die Geschwister nur noch »Schmitt-Schnauze« nannten, seit sie das vom Vater gehört hatten. Ein wenig abseits wartete Jochen, bis eine Planierraupe Schutt und Trümmer zusammenfuhr. Bevor er wieder auf das Pedal stieg, um wegzufahren, stopfte er sich noch einen kleinen Kohlkopf unter den Pullover.

Das Skelett auf der Toilette

Nur nicht wieder in die Hose machen! Wie mit sechs. Da musste er die Gummihosen noch einmal anziehen. Ihm wurde übel. Das Wort allein schon: *Gummihosen.* Er sah sie vor sich, die leicht bräunlichen, mit schwarzen Einsprengseln gemusterten, durchsichtigen, kurzen Plastikhosen mit dem starken Gummizug, der unten an den Beinen und oben am Bauch einschnitt. Ob die Färbung vom langen Gebrauch kam? Noch mehr ekelte er sich nur noch vor sich selbst, als er einmal vor der Mutter stand, das warme Pi innen fühlte, das leicht gluckerte, die Hosenbeinchen aufblähte, hinablaufen wollte. Das war das letzte Mal. Nein, einmal noch, als der Schwager ihn so gekitzelt hatte. Aber es war nur wenig und die Hose zum Glück alt, verwaschen und dunkel genug, so dass er es verheimlichen konnte.

Die Gedanken helfen gar nichts. Er hält es nicht mehr lange aus. Wieso kann er nicht einfach einschlafen? Sich das Bad ersparen! Aber er muss, dringend. Hinter der Badtür sitzt es im Dunklen. Ein Skelett, leicht phosphoreszierend wie die Uhrzeiger. Und es grinst.

Mit dem kleinen Bruder sprach er darüber – vor den Großen schämte er sich zu sehr –, wie man das Skelett zum Verschwinden bringen könnte. Durch Licht, viel helles, plötzliches Licht.

Man musste möglichst rasch, am besten, ohne die Augen zu öffnen und in einem Schwung, die Tür zum Badezimmer öffnen und sofort den Lichtschalter umlegen. Dann verschwand es, ehe es irgendetwas anderes tun konnte. Zu ihm ans Bett konnte das Skelett nicht kommen. Im Flur schirmte ihn das Lichtlein vor dem Bad ab. Der Vater hatte es gebastelt, den kleinen Drahtkorb, das Papierschirmchen, auf ein Brettchen das Glühbirnchen von der Modelleisenbahn angebracht. So verbrauchte das Lichtlein kaum Strom und war doch hell genug. Es brannte erst, wenn sie im Bad gewesen waren und zu schlafen hatten. Nur für den Notfall, wie jetzt, wenn einer von ihnen dringend musste. Es hatte keinen Zweck. Er stand auf, beneidete die beiden Schläfer im Zimmer und öffnete leise die Tür.

Im schummrigen Rotgelblicht sehen die Holzverkleidung der Wände und der schwarze Bücherschrank besonders schön aus. Selbst die Kreuzotter in der Flasche mit der bräunlichen Flüssigkeit und dem Porzellanverschluss, die Totenmaske und die Totenhand des Großvaters vor den Büchern wirken weniger unheimlich. Die ersten fünf Meter bedeuten Sicherheit. Dahinter strahlt es aus und durch die Tür hindurch. Gegen das Skelett ist der Schwarze Mann ein Klacks.

Das Skelett hatte er im Fernsehen gesehen, wie es mit Sindbad focht. Wieso blieben die anderen auf dem Sofa so ruhig? Der Vater rauchte, die Mutter trank Weißwein aus dem geriffelten Glas, die beiden Brüder kuschelten sich aneinander. Da kam noch eine Riesenspinne, auf deren Fäden Sindbad balancierte. Er schloss die Augen, floh aus dem Zimmer. Zu spät. Immer wieder riss er nachts plötzlich die aus dem Bett hängende Hand hoch. Da war etwas unter seinem Bett. Er ahnte den schwarz-leuchtenden Panzer, hörte ihre Beingelenke knacken, spürte fast die tausend Härchen. Die schreckliche Schwester der Spinne, die Tag und Nacht vor dem Schlafzimmerfenster faustgroß lauerte. Da, wo die Regenrinnen aneinanderstießen und ins Fallrohr übergingen, hockte sie, vielbeinig, dunkeldrohend, unbweglich, immer.

Die Dielen auf dem Flur knacken. Hoffentlich weckt er den Vater nicht. Die Badtür glänzt hellgrün, die Klinke silbern und zu kühl. Er stützt sich auf die Kommode auf, um weniger Geräusche zu machen. Ali, der Meisterdieb! Wo ist mein schwarzer Umhang? Tatsächlich knarzt kein Brett bei den letzten beiden Schritten zur Tür. Und jetzt muss er die Tür öffnen.

Ein Taschentuch, das ihm die Mutter am Abend gab, half früher gegen die Schrecken. Er sah darauf, solange Licht brannte, hielt sich im Dunkel daran fest, fasste mit beiden Händen zu, dachte an das Muster. Am Morgen war es weg, – jeden Morgen. Er fragte die Brüder, er fragte die Mutter. Das Taschentuch blieb verschwunden.

Die Gutenachtlieder der Mutter halfen auch, und er summte sie manchmal vor sich hin. Die Gespräche mit den Geschwistern lenkten ab. Zu dritt sprachen sie sich in den Schlaf. Das war am besten. Am schlimmsten, wenn die anderen vor ihm einschliefen, der Mond ins Zimmer schien, viel zu wenig hell, um die Geister zu vertreiben, nur hell genug, um sie anzulocken, die auch im Keller und auf der Treppe warteten. Die konnte man wie das Skelett durch elektrisches Licht verscheuchen.

Gegen die Spinne unter dem Bett half nur Hinsehen. Minutenlang zögerte er, ließ in mutigen Momenten extra weit die Hand herausbaumeln, strich sogar unter dem Bett umher. Da war ja nichts. Klar! Doch hinzusehen, fehlte ihm trotzdem manchmal die Kraft. Er hatte nachgefühlt. Es war lächerlich, unters dunkle Bett zu schauen. Und was bewies ihre Abwesenheit? Dass gerade jetzt, in diesem Moment keine Riesenspinne dort lauerte. Vielleicht war sie in Afrika. In einem Film sah er drei Meter hohe fleischfressende Pflanzen, aus denen die herbeigerufenen Elefanten Tarzan gerade noch befreien konnten, und dann in der Höhle die noch größere Riesenspinne, gefährlicher als bei Sindbad, – langsam, unerbittlich – und Tarzan in ihrem Netz hängengeblieben. In letzter Sekunde kam er an sein Messer, schnitt sich los und entkam. Oder tötete er sie? Er hatte immer wieder die Augen geschlossen, weil es so unerträglich war. Tarzan aber nicht anzusehen, war genauso unerträglich!

Warum geht die blöde Türe nach außen auf? Er drückt die Klinke mit geschlossenen Augen, tastet nach dem Lichtschalter, der sich noch höher befindet, als er gegriffen hat. Das Klicken bringt Licht. Einen Moment noch zögert er. Der schlimmste Moment. Hinter den geschlossenen Augen sieht er es dasitzen. Immer länger zögert er, die Augen zu öffnen, die Tür hinter sich zu schließen. Dann sieht alles aus wie sonst. Er atmet wieder.

Rechts die liegende Heizstrahler-Acht vor dem Blechschirm, links der alte Holzschrank mit dem widerlichen Irrigator. Der hatte irgendwie mit Groß zu tun. Über der Badewanne hing der Boiler. Sein rotes Licht leuchtete, seine Heizung summte laut. An dem Regelrad durfte er auf keinen Fall herumspielen! Zu teuer war der Strom. Weit beulte sich der Boiler über die Wanne. Ihm fiel ein, dass er sich daran oft Beulen holte. Die Klobrille fühlte sich kalt an. Skelette waren wohl auch kalt. Er sah die 2-Liter-Plastikflasche mit dem

Fichtennadelschaumbad auf dem Wäschepuff. Links neben ihm stand die Trommel mit dem Scheuermittel. Er hasste es, *ATA* nachzufüllen, den feinen Staub, wenn etwas danebenging. Der verbogene Löffel war zu groß für die Öffnung der Streudosen. Der Staub nahm ihm den Atem. Tief Luft holen und dann möglichst schnell löffeln war die Lösung. Langte die Luft aber nicht aus, sog er im Nachatmen den Staub besonders tief in die Lungen.

Als er sich umdreht, um zu spülen, fährt es um seinen Nacken kühl, unheimlich. Über ihm schaut das Schrägfenster in die Nacht. Keinen Blick riskieren. Lieber spült er schnell, schaut nicht ins Klo, obwohl es in ihm schreit: »Die Klobürste, du Swinjak!« Fünf Schritte, dann ist er an der Tür.

Die Nackenhaare sträubten sich wie in Dänemark, als er einmal nicht zum Strand hatte mitgehen wollen. Spät wanderte er aber doch los, zu einsam wirkte das Haus. Der Weg dehnte sich. Die Dämmerung wich mit jedem Schritt mehr dem Dunkel. Auf der Landstraße brannte keine Laterne. Er näherte sich dem haushohen Bunker, den sie zu dritt und am Tag nur ein wenig untersucht hatten. Geborstener Beton, rostige Eisenbögen, Pfützen, eingestürzte Wände. Oder explodierte? Wie sollte er jetzt daran vorbeikommen? Pfeifen war gut. Aus dem Bunker kam ein gedämpftes hohes Kreischen, ganz kurz. Umso schlimmer. Weglaufen! Aber wie? Er konnte sich nicht entscheiden, ob zurück oder weiter. Während er im Dunkeln stand, auf den Bunker starrte, kam es wieder. Das war keine Katze, kein Mensch, kein Vogel! Es lief ihm über den Nacken wie der Stromschlag am Kuhzaun. Damals tat er so, als wolle er den Draht berühren, und sein Bruder haute ihm auf den Arm. *Wamm*, fuhr der Schlag durch ihn, verebbte nur langsam. Ein Beben wie nach einem Sprung aus großer Höhe. Wieder der Schrei. Leiser? Am Strand traf er wenigstens die anderen. Ein Schritt, der zweite, dritte, es ging. An den unregelmäßigen hohen, traurigen Schreien vorüber. »Hallo, Eule!«, sagte er halblaut. Er hatte noch nie eine rufen gehört.

An der Badtür beginnt das Spiel von vorne. Wenn das Skelett nur auf den Moment wartet, in dem er das Licht löscht, um aus der Nacht wieder hineinzukommen? Er öffnet die Tür, geht hindurch, zieht sie hinter sich zu, bis er den Arm fast einklemmt, der innen den Schalter umlegt. Klick. Tür zu. Ein großer Schritt von ihr fort, zu den anderen. Im Bett findet er sein Taschentuch und schläft schnell wieder ein.

Die Schwester des Künstlers

Die eigenen Schwestern lebten, bis auf die jüngste, gar nicht im Haus, sondern in anderen Städten, manche weit weg. Sie studierten – und immer sah er bei dem Wort jemanden Trompete spielen – bis auf die Älteste, die schon arbeitete. Niemand mochte erzählen, was das für eine Arbeit war. Auf Schwesternbesuch freuten sich alle Geschwister, besonders weil es fast immer Geschenke gab.

Von den anderen Schwestern, denen im Krankenhaus, bekam er keine. Vertraut und fremd erschienen sie. Dass sie untereinander keine Schwestern waren, vermutete er, schon weil manche so alt, andere so jung wie seine Schwestern waren. Sie unterschieden sich auch in der Kleidung, obwohl sie ähnlich aussahen: weiße Kittel, weiße Schuhe, weiße Hauben mit oder ohne rotem Kreuz, graue Kittel, graue Schuhe, schwarze Hauben und ein Kreuz um den Hals. Alle hatten nur Vornamen, und auch im Umgang mit den Kranken konnte er kaum einen Unterschied erkennen. Meist sprachen sie wenig, eher streng, fast harsch, aber wenn jemand vor Heimweh weinte, vor Schmerzen oder aus Furcht, dann konnten die Schwestern auf einmal sanft sprechen, die Tränen fortstreichen. Der Junge sah sie gern und oft.

Gehirnerschütterung – da hatte er beim Versteckspiel jemanden unter einer Betonplatte gesucht, die eine Höhlung deckte, und war vornüber mit der Stirn auf die harte Kante gefallen. Bevor der Schmerz ihn blendete, wunderte er sich noch über das Rot. Dann erkannte er den Blutvorhang. Seine Schwester brachte ihn auf dem Fahrrad die fünf Kilometer zum Krankenhaus, zu den Anderschwestern. Wie sie das geschafft hatte? Er verstand es während der Fahrt so wenig wie danach. Hoffentlich gingen die Blutflecken aus ihrem Kleid!

Mandelentzündung – die schnitt ihm der alte Nickles raus, ein Schreckgespenst und Strafgericht zugleich, der zuvor schon all die Verletzungen der Geschwister an Beinen, Armen, Köpfen mit Heftigkeit verarztet hatte, der mit Spott nicht sparte, bedrohlich wirkte durch seine schneidende Stimme, die dicke Brille, das Alter. Wieso nur durfte der auch im Krankenhaus operieren? Und dann noch an seinem Hals! Die Narkosenadel im Arm, sollte der Junge zählen und zählte sich in Träume, in denen er auf einem Bahnübergang zusammengeschnürt lag. Da kam eine Kutsche mit zwei Rädern, dünnmetallscharf wie die in Wachspapier gefalteten Rasierklingen, und die Räder fuhren langsam – der Kutscher lachte, und von irgendwo ertönte dazu eine Stimme mit immer demselben »Nagaina, nagaina, nagaina« – über seinen Hals. Regnete es? Er erwachte, unverwundert, im Nassen, im Bluthusten, Blutwürgen, sickerndes Blut auf dem OP-Hemd, Blut im Schlund, Blut am Kinn, froh, dem Traum entkommen zu sein, noch viel froher, als die Anderschwester ins dunkle Zimmer kam. Sie schrie kurz auf, rannte davon und kam mit dem Onkel Doktor wieder. Das blasse Fürst-Pückler-Eis zwei Tage später tröstete. Der Hals blieb rau und rissig.

Loch im Kopf – auf dem Röntgenbild, das er aus dem braunen Umschlag am Bettfußende holte, sah er Totenköpfe. Der Kopfverband mit Haube machte ihn zum Sultan. Ein Backstein hatte seinen Schädel getroffen, geworfen im Schlachtspiel vom zwei Jahre älteren Bruder.

Loch im Kopf – wieder ein Stein auf den Kopf, diesmal ein Sandstein. Der Arzt lachte: »Bei vier Jungens kommt sowas vor.« Obwohl er nicht wusste, ob er es durfte, blätterte er immer wieder in seinen Röntgenbildern. Der Umschlag am Fußende des Bettes wurde dicker als der aller anderen Jungen im Saal. Oft erzählte er in der Schule, wie oft er schon im Krankenhaus gewesen war und zeigte manchmal die Narben. Besonders lange Ratscher waren auch zeigenswert. Er und seine Geschwister rannten durch dichten Wald, spielten im Brombeergebüsch, drängten sich hindurch und hinein, betrachteten nachher Blutstautropfen auf den Risswunden, die wie Nähte aussahen. Je länger die sich erstreckten, je toller ihre Kurven, desto lieber trugen sie die kurzen Hosen.

Blinddarmentzündung – ein schwer lesbares Wort, die schlimmste Zeit bei den Anderschwestern. Nicht wegen der plötzlichen Verschärfung, als aus der Beobachtung eine rasche Entscheidung zum Operieren wurde. Nicht wegen der Angst vor der Operation. Nicht wegen der Einsamkeit, schließlich befanden sich noch sieben andere Kinder im Zimmer. Nicht wegen der ekelhaft beschämenden Wörter, die hier verwendet wurden, *Groß* für *Aa*, *Klein* für *Pipi* oder noch blöder *an Wiss machen*. Nicht wegen der Gedanken an die Schule, die gerade ohne ihn losging. Die Penicillinspritzen in den Po quälten den Jungen wie nichts zuvor.

Zwei am Tag, sechs Tage hintereinander. Die ersten erträgt er, denkt an Winnetou, Old Shatterhand, Nscho-tschi. Bald ist es damit vorbei. Er weiß lange vorher, dass gleich die Anderschwester mit der Spritze kommt, er sich auf die Seite drehen muss, die Hose herunterziehen, sie den Tupfer mit Alkohol tränkt, die Haut abreibt. Dann der schlimme Satz: »Jetzt tut's kurz weh.« Er spürt die Spritze in den Po stechen. Das geht noch. Aber die Anderschwester drückt langsam, so widerlich langsam den Kolben hinunter, bis er die Schmerzen nicht mehr aushält. Dann weint er, ruft, bittet: »Aufhören!« Das Warten darauf, dass er leidet und zusammenbricht. An den letzten beiden Tagen bittet er schon um Gnade, als die Schwester die Türe öffnet: »Heute nicht, nicht mehr, bitte, bitte!« Und hört nicht auf, lange nachdem die Nadel herausgezogen ist.

Seine Schwester war mal so etwas Ähnliches wie eine Anderschwester, doch nur eine Zeit lang, als sie Geld für das Medizinstudium dazuverdienen musste. Sie arbeitete nicht im heimischen Krankenhaus. Er hätte sie gerne einmal besucht, um sie in Weiß mit Haube zu sehen. Sie konnte auch malen. Ein merkwürdiges Bild von ihr hing in der Küche, auf starker Pappe zogen sich dunkle, zackige Farbstreifen hin, unterbrochen von Schwarz, Dunkelblau, blitzdünnen Weiß- und Gelblinien. Nichts zu erkennen. Warum er immer zu ihm hinschaute? Dabei gefielen ihm die bunten Tonfiguren der Mutter viel besser, eine Familie, eng zusammengestellt, aus einem Stück scheinbar, ein Fisch recht flach, mit Augenhöhlen, buntfleckig, ein Schwein mit stumpfer Nase, sonst gesichtslos. Von wem stammte nur das gelbe, schmale Band mit den acht Walnussschalen, jede mit einem Gesicht bemalt und mit Haaren unterschiedlicher Farbe und Frisur beklebt? Sie stellten die acht Geschwister dar, und es waren ihre Haare, die der Mädchen natürlich etwas länger. Ganz oben hing die Älteste, dann die drei anderen Schwestern, dann der Älteste und die drei Jüngsten. Jahrelang hing das Band an der Stummelwand, die das Doppelwohnzimmer gliederte. Als die unterste Walnussschale einen Toten bezeichnete, verschwand das Band.

So ging es anderen Basteleien, wenn sie verstaubt oder im Wege waren: Mobiles, Stabiles, Laubsägearbeiten, manchmal

Bildern. Die der jüngeren drei Geschwister fielen stets gegen die der älteren ab. Nicht, weil die älter waren. Es fehlte ihnen an Geduld und Sorgfalt, was der Vater nicht verstehen konnte. «Der macht aus Dreck Schönes«, hatte ein Schulfreund gesagt. Einen Schrank unter dem Aquarium beizte der Vater ab, bemalte ihn mit Herzen, Ranken, lackierte ihn und ließ ihn bestaunen, tat aber das Lob wegwerfend ab. Das Schleifen, Polieren, Schnitzen, Malen, Kleben, Flechten, Löten, Bohren, Schrauben hielt ihn lange im Keller. Aus Wut ging er manchmal ans Werk, aus Langeweile ein andermal, aus Freude auch oder Gewohnheit. Als ihn die Mutter einen Künstler nannte, lachte er nur. Nicht einmal der Großvater war einer, obwohl sein großes Wende-Ölbild im Esszimmer hing: auf der einen Seite eine schöne Landschaft am Meer mit sehr hohen schmalen Bäumen oder Büschen, auf der anderen Seite bunte, eckige Farbflecke, schwarze Striche und doch Rehe. Auf den ersten Blick sahen sie die Tiere, obwohl sie in Dreiecken, Vierecken, Zacken und im Wald verborgen lagen, obwohl sie blau schimmerten, grün auch, nur wenig braun. Die Mutter erzählte von Franz Marc, der sei der wahre Künstler, der Großvater habe sich das nicht ausgedacht, er habe das Bild nur nachgemalt. Ihnen war das egal. Nie würden sie so malen können. So seltsam wie die Rehe im Wald war keines der anderen vielen Bilder im Haus. Der sandige Rasenhang mit Halmen wie zum Pflücken, die Rose in der Glasvase mit Knick im Stiel, das Haus im Wald fast ganz verborgen hinter Grün, die Zeichnungen von schwäbischen Städten und Stätten, die Drucke von Hamburger Ansichten. Geheimnisvoll sahen aber doch die Fischer am Strand mit ihrem zweirädrigen Pferdekarren aus. Was sie da taten in Gischt und unter Wolken?

Sein Lieblingsbild musste er heimlich ansehen. Es hing innen an der Tür vom Arbeitszimmer der Mutter, und drunter stand sein Titel: »Die Schwester des Künstlers«. Es stammte aus einem Kalender, »Dezember« und ein paar Zahlen waren nicht ganz abgeschnitten. Die braunen Töne, der Blick durch die Türe aus einem Zimmer, das ihm so bekannt vorkam, die Öllampe in ihrer Hand, das weiße Hemd unterm braunen Kleid, ihr ruhiger, schwer zu deutender Blick an ihm vorbei, die schwarzhaarige Schwester liebte der Junge sehr und dachte sich: »So sieht also die Schwester des Künstlers aus.« Genau das war sie, das zeichnete sie aus: Sie war die Schwester des Künstlers. Welches, spielte keine Rolle. Wie sie hieß, was sie sonst tat, bedeutete nichts. Sie lehnte da, in sich ruhend und in ihrer Aufgabe als Schwester des Künstlers. So sehr er die eigenen Schwestern liebte, keine liebte er so wie diese.

Die indische Susanne

Zwar sah er sie die lange Treppe hinaufgehen, die quer durchs Grundstück lief – selbstgefällte Stämme dienten als Pfosten und Geländer –, doch versteckte er sich im Gang hinter den Gardinen, dichten, dunklen Lappen, mit fahlbunten Dreiecken, Kreisen, Strichen gemustert. Sie trug ein Körbchen, ging scheu den Ziegelsteinweg entlang zum unteren Hauseingang. Durch die Tür mit den vielen, kleinen Riffelglasscheiben sah er ihre Umrisse, sah, wie sie sich bückte, den Korb abstellte, kurz wartete – wollte sie klingeln? hatte sie ihn gesehen? –, dann aber wieder ging, langsam. Ihre Zöpfe wippten blond; sonst trug sie die Haare glatt über die Schultern.

Susanne war seine Freundin – seine erste. Nachbarstocher, Klassenkameradin. Bei den Einschulungstests sprachen ihre Eltern miteinander. Sein älterer Bruder war mit ihrem älteren Bruder, der Thomas hieß, befreundet. Da freundeten auch sie sich an. Wann das begonnen hatte, wusste keines. Sie sagten nie, dass sie sich gerne hatten, und wussten es einfach. Susanne ging mit ihm von der Schule heim, den steilen Berg hinauf. Manchmal begegneten sie dem Schwarzen Mann und seinem Boxer. Schwarz war er nicht, er trug nicht einmal schwarze Sachen, aber sie erkannten ihn doch, weil sie Angst vor ihm hatten. Vor ihm hatten die Eltern gewarnt. Der Schwarze Mann war böse und bot Bonbons an, die Mutter sagte »Bontsche«, die man ablehnen musste. Überhaupt durfte man nicht mit ihm sprechen, nichts annehmen von Fremden, nirgendwo mitfahren, sondern sollte ohne Trödeln nach Hause gehen. Bei Susannes Mutter durfte er natürlich mitfahren. In ihrem hellblauen Käfer klirrte singend hell der Motor. Er wusste von seinem Bruder: Es war der Boxermotor, der diesen hellen Nebenklang erzeugte. Susannes Mutter gehörte zu den wenigen Frauen im Dorf, die ein Auto fuhren. Doch nur eins mit Halbautomatik; wahrscheinlich kriegte sie das Schalten nicht so recht hin. Ganz selten holte Susannes Vater die Kinder ab, wenn er mittags schon aus seiner Fabrik kam. Er fuhr große Wagen, manchmal einen Lieferwagen, manchmal einen Mercedes. Braune Haut, immer ein Lächeln im rundlichen Gesicht, fröhliche Sprüche, Schwung, freundlich neckend, anders kannte er Susannes Vater nicht. Er war *Fabrikdirektor*, das Wort sprachen sie heimlich und bewundernd aus, reich und fröhlich. Was war das für ein anderer Vater! Susannes Familie besaß zwar ein kleineres Grundstück als ihres, dafür aber ein neues, schönes Haus, das mit zwei Stockwerken und flachem Dach in den Hang gebaut worden war, wie eine riesige Schuhschachtel. Eine Terrasse gab es, breite Balkons, große Zimmer mit sehr großen Fenstern. Jedes der drei Kinder besaß ein eigenes Zimmer, hatte seine eigene Einrichtung. Hinten im Garten gab es ein kleines Schwimmbecken, zum Dachgeschoss eine Treppe, die sie mit einem langen Hakenstab herunterklappen konnten. Stahlfedern halfen dabei und gaben lustig knallende Geräusche von sich.

Das Wort Paradies *fällt ihm hier oft ein, wo sie märchenhafte Geburtstags- und Faschingsfeiern erleben, so reich geht es zu, so lustig, so überraschend, so verwirrend unbeschwert. Nichts ist zu fürchten, der Weg durchs*

Niemandsland zwischen den zwei Zäunen hindurch nur eine kurze Mutprobe, wenn sie sich an den Jagdhunden vorüberdrängen, die in einem Zwinger heulen, geifern, wild gegen das Drahtgitter springen. Danach klettern sie über den Zaun und sind da. In Verkleidung, nehmen sie natürlich den längeren Weg unten herum. Erst ihre Treppe hinunter, den Weg entlang bis zur Behelfsstraße, dann die kurze Strecke unten am Jagdhundgrundstück vorbei, den anderen Berg wieder hoch, und dann kommt das Klingeln an der dunklen Metalltür. Drinnen spielt Musik, »Schnaps, das war sein letztes Wort, dann trugen ihn die Englein fort. Schnaps, das war sein letz-tes Wort, da trugen ihn die Eng-lein fort.« Limonade, Coca-Cola, Zitronentee gibt es zu trinken. Andere Kinder sind schon da. Ältere bringen den Jüngeren Spiele bei. Topfschlagen spielt der Junge mit und gewinnt etwas – wie jedes der Kinder. Selbst die Trostpreise hier hält man als großes Glück in den Händen. Oft sind es kleine Figuren, Autos oder Süßigkeiten. Die gibt es in kleinen Schüsseln, dazu in größeren Chips, Erdnusswürmer, Salzstangen. Negerküsse natürlich auch. Nach Würsten schnappen sie, und dann tanzen sie wieder. Mit Luftballons an den Fesseln, die man schützen muss, während man versucht, die der anderen Paare zerplatzen zu lassen.

Die Eltern erlaubten ihnen meist gerne, dorthin zu gehen, aber manchmal nur zögerlich oder ärgerlich. Warum die Erwachsenen einander nie besuchten? Vor einem Faschingsfest klagte der ältere Bruder, dass sie sich mit ihren Kostümen aus zusammengewürfelten abgelegten Kleidern vor den Reichen schämen müssten. Da bastelte der Vater in ein paar Stunden aus Stoffresten, Schnüren, Goldpapier und Pappe ein Indianer-, ein Cowboy- und ein Chinesenkostüm. Das war blau, der Umhang langweitärmlich, breit und rund der spitze Hut, schwarz bis zum Nabel fallend der Schnur-Schnurrbart und bis zum Po der Papierzopf. Eigentlich hatten sie auf gekaufte Kostüme gehofft, obwohl sie wussten, dass kein Geld dafür da war. Zwischen Bewunderung und Enttäuschung schwankten sie nun, zögerten unsicher in ihren neuen Kostümen ein wenig, was den Vater wütend machte. Rasch bedankten sie sich, indem sie sich tief verbeugten. Der Cowboy- und der Chinesenhut baumelten über dem Boden, worüber die Mutter, dann auch der Vater lachen mussten. Susanne, ihre Schwester, ihr Bruder, ihre Eltern, die Kinder zu Gast, alle lobten ihre Kostüme, wollten nicht glauben, dass sie an diesem Tag erst hergestellt worden waren. Nun wandelte sich ihr Gang von leichter Scham in Stolz und dann in Freude, bis sie alles vergaßen, auch die Uhr. Ihr großer Bruder holte die drei ab, bereitete sie auf Ärger vor, der diesmal glimpflich mit Schimpfen abging.

Nicht so ausgelassen wie der Kinderfasching, doch ähnlich schön und fremd zugleich waren seine Besuche bei Susanne, der heiteren, die kurze Kunstlederkleidchen trug mit einer Blume, einen Pony und Lackschuhe manchmal. In ihrem Zimmer saßen sie oft nur auf dem Bett herum und sprachen. Sie zeigte ihm ihre Schätze: ihre Puppen samt Haus, ihre Kindercreme, die »Bébé« hieß, ihren leuchtendroten Tresor mit dreifacher Zahlenkombination. Hier konnte er mithalten, denn seine Patentante aus Kanada hatte ihm eine noch ungewöhnlichere Sparbüchse geschenkt. Es war ein schwarzer Metallkasten mit einem niedrigen Absatz vorne, auf dem eine Fläche mit »coin« bezeichnet war. An der Seite befand sich ein Schlüssel zum Aufziehen. Hatte man ihn aufgezogen und legte eine Münze auf die Fläche, öffneten sich dahinter zwei Türen, und aus dem Dunkel kam ein phosphoreszierender Knochenarm, dessen Hand den Groschen ins Innere zog, worauf sich die Türen wieder schlossen.

An einem Nachmittag stritt er sich mit Susanne. Es hatte ihn so überrascht, wie laut sie plötzlich geworden waren, wie sie einander beschimpften, dass er gar nicht recht sagen konnte, wie es gekommen war. Wütend rannte er aus ihrem Zimmer, aus dem Haus, stieg über den Zaun, rannte an dem Jagdhundzwinger vorüber, kroch durch das Loch im Zaun, lief hinauf in das den Brüdern gemeinsame Zimmer. Tief unzufrieden, ängstlich, wütend, traurig setzte er sich auf sein Bett. Am nächsten Tag war es noch schlimmer, denn er schämte sich. Aber wie sollte er wieder mit ihr reden? In der Schule mied er sie. Rannte danach ohne sie heim. Es war Wochenende, er hatte sehr viel Zeit. Doch am Samstag, als er im Wohnzimmer lustlos aus dem Fenster guckte, sah er sie kommen, schlich sich hinunter in den Flur, wartete, bis sie wieder gegangen war, öffnete die Tür und fand seinen ersten Brief. Vorher hatte es einzelne Postkarten gegeben, aber dies war ein Umschlag, auf dem eine indische Marke klebte, dunkelgrün, mit einem Elefanten drauf und ausländischen Worten, Schriftzeichen. Er lag in dem Körbchen, das vollgefüllt war mit Süßigkeiten, wie es sie sonst nur bei den Festen gab. Glück, Spannung, Glück, Heißhunger, Glück, Neugier, Glück, Scham, Glück, Stolz, Glück, Trauer, Glück. »Ach, der Brief, der Brief!«, dachte es jubelnd in ihm, während die Hand eine Lakritzschnecke aufrollte und das Ende in den Munde steckte. Er las die süßen Worte von Entschuldigung und Bitte um Wiedergutsein oft und oft, weinte und lachte, bis die Lakritzschnecke verschwunden war.

Der schwarze Mann

Die Rückseiten der Spielkarten unterschieden sich deutlich. Manche waren sehr fein schwarz und weiß und schräg gestreift, manche rot-weiß mit dem Sparkassen-S, manche mit blau-weißen Rauten, manche mit grün-weißem Wappen. Am schönsten sahen die nachtblauen mit dem weißen Engel auf dem weißen Hochrad unter einem weißen Sternenhimmel aus. Wenn er mit seinem kleinen Bruder Karten spielte, dachten sie sich Regeln aus, mischten die verschiedenen Blätter, ließen aber die Auto-, Schiff- und Panzer-Quartett-Karten weg und auch die mit dem Schwarzen Peter. Der ältere hatte ihnen die Farben und Namen beigebracht, und vom Vater kannten sie Sprüche dazu. Herz: »Hatten is keen swatten«. Pik: »Pikarius, der Waldspecht.« Karo: »Karutschen mit Maibutter.« Kreuz: »Ein Kreuz hat ein jeder.« Der Vater redete überhaupt gerne beim Skat, drosch die Karten auf den Tisch, rief: »Mut hat selbst der Mameluck.« »Langer Weg, kurze Farbe.« »Hand hat allerhand.« »Beim *Grang* spielt man Ässe, oder man hält die Fresse.« »Nachtigall, ick hör dir trapsen.«

Die bayerischen Karten verachtete der Vater, doch in der Schule gab es keine anderen. Also lernte der Junge dort noch Eichel, Grün, Herz, Schelln kennen, dass die Ober wie die Damen galten, die Unter wie die Buben und die Asse »Sau« hießen, obwohl nur auf einer, seiner Lieblingskarte, der fliehende Keiler von einem Hund gebissen wurde, der auf ihm ritt; er nannte sie nur »Hund-beißt-Schwein«. Schafkopf wollte ihm niemand beibringen. »Das kann doch jeder!« Er schimpfte auf das dumme Spiel. Schon der Name! Und überhaupt hatte man weniger Karten auf der Hand als beim Skat. Wer mit dem Vater spielte, musste sich an Regeln halten, an die des Vaters. Einwände fegte er beiseite. Wenn andere verloren, triumphierte, spottete er, und das war die Regel. Verlor er, ärgerte er sich lautstark, schlug auf den Tisch, geschah es öfter oder triumphierten die anderen, schimpfte der Vater, warf plötzlich die Karten auf den Tisch und stürmte, ohne sich um Bitten und Beschwichtigungen zu kümmern, davon.

Beim Schwarzen Peter erlebte die Familie den Vater anders, obwohl ein Stück Eierbrikett auf der Untertasse wartete. Die Tierpaare zu sammeln, machte allen Spaß. Sie hatten Hüte auf, Tücher um, Regenschirme unterm Arm, Pfeifen im Mund und glichen doch genau den Hamstern, Dackeln, Fröschen, die sie kannten. Blieb der Schwarze Peter beim Vater, durften sie ihm tatsächlich die Nase mit der Kohle anmalen. Das trauten sie sich nur ein bisschen, aber der Vater lachte mit ihnen und warf am Ende das Kohlestück in den Küchenherd. Obwohl man mit ihr verlor, mochte der Junge die Karte mit dem Kater besonders, und den Spruch darauf sangen er und die Brüder manchmal vor sich hin: »Mich fürcht im Spiel ein jeder, ich bin der Schwarze Peter«.

Vor dem Schwarzen Mann fürchtete er sich tatsächlich, auch wenn er einfach nicht verstand, was zu befürchten war. In der Schule hätte er fragen können, im Turnunterricht, wenn sie »Wer hat Angst vorm Schwarzen Mann« spielten. Da bestimmte die Lehrerin einen als Schwarzen Mann, der an der einen Wand der Turnhalle lauerte. Der rief dann laut:

»Wer hat Angst vorm Schwarzen Mann?« Alle anderen, die an der gegenüberliegenden Wand warteten, schrien wild: »Niemand!« »Wenn er dann aber kommt?«, rief der Schwarze Mann. »Dann laufen wir davon!« antworteten sie und liefen ihm entgegen. Man musste an ihm vorbeikommen, er musste einen berühren. Damit wurde man selbst zu einem Schwarzen Mann und jagte beim nächsten Lauf die anderen. Manche Jungens rempelten einen richtig um. Bei Mädchen machten sie es nicht. Die rannten so wendig, dass man sie auch nur schwer greifen konnte. Trotzdem kreischten sie so spitz und laut, dass ihm die Ohren wehtaten. Wie ihn die Schreie trafen, wie es ihm kalt und doch wohlig den Rücken hinunterlief, wie er in Lachen ausbrach und noch schneller rannte! Seine Haare auf den Armen und Beinen stellten sich manchmal auf – wie bei Manfred, den er, wenn sie in einer langen Reihe darauf warteten, am Reck oder am Barren zu turnen, solange sachte am Rückenausschnitt des Turnhemds streichelte, bis der eine Gänsehaut bekam, sich schüttelte und »Uaa-a-a-a« ausstieß. Manfred gehörte wie sein Freund Georg zu den älteren in der Klasse, stammte aus der Siedlung, war größer und stärker als die meisten und wohl ärmer. Sein Ranzen war alt, seine Sachen auch. Der Junge wollte gerne Manfreds Freund sein, traute sich aber nie, es ihm zu sagen. Und die Siedlung war so weit entfernt. Beim Völkerball nahmen die Jungens keine Rücksicht aufeinander, selbst wenn sie mit dem Medizinball spielten. Ehrensache, so hart wie möglich zu werfen, Prellungen, blaue Flecke waren Ehrenzeichen.

Wenn es ihm gelang, zwei-, dreimal am Schwarzen Mann und seinen immer mehr Helfern vorbeizurennen, als letzter übrig zu bleiben und damit zu gewinnen, fühlte er sich einen Moment unbesiegbar. Er schaute, ob ihm Susi zusah oder Katharina mit den braunen Zöpfen, die lustig lang am Kopf baumelten. Fast immer erwischte ihn der Schwarze

Mann wie die anderen und ging als Sieger zur Lehrerin, um sich eine Belohnung zu holen.

Auf dem Heimweg von der Schule traf er oft den echten Schwarzen Mann mit seinem Boxer, fürchtete beide, den Mann am meisten, obwohl er alt war. Als er ihn einmal genauer ansah, bemerkte er, dass auf der Linken kein gewöhnlicher Handschuh saß. Das Leder lief von den Fingern über das Handgelenk hinaus in den Ärmel der Jacke hinein. Es warf keine Falten, zeigte nur feine Nähte, schimmerte schwarzbraun über den Händen, den Fingern, die sich nie bewegten.

Einmal sprach der Schwarze Mann mit ihm, sagte nicht nur »Guten Tag«. Er fragte, ob es ihm in der Schule gefalle, ob es ihm hier im Süden gefalle, ob ihm ein Mädchen besonders gefalle. Bei jeder Frage zog es ihn mehr in der Brust, das Herz klopfte, er kam dem Boxer zu nah, der kurz schnappte, ihn jedoch nicht erwischte. Der Junge drehte sich plötzlich um, rannte weg und rief, er habe etwas in der Schule vergessen. Erst hinter dem Haus mit den beiden wütend bellenden schwarzen Spitzen, die sich an der Scheibengardine der Tür drängten, hielt er an. Ob er den schmalen Weg nach hinten gehen sollte, dann über die Wiesen und quer durch die Haselnussbüsche bei der Baracke? Das war weiter, und er machte seine Sachen schmutzig. Wahrscheinlich war auch der Schwarze Mann schon längst zuhause. Der wohnte nicht weit von der Stelle, wo er weggelaufen war, in einem großen Haus mit flachem Dach und weitem Grundstück, das ein Eisenzaun umgrenzte. Tatsächlich begegnete er ihm nicht mehr auf dem gewohnten Heimweg, aber das Herz klopfte ihm so wie bei dem komischen Anruf zur Mittagszeit.

Die Eltern haben ihn ausnahmsweise ins Wohnzimmer zum Telefon geschickt. »Anständig melden!«, ruft ihm der Vater nach. Er hebt ab. Als er sich anständig gemeldet hat: Stille.

Kein Freizeichen. Atem? Er ist sicher, dass jemand horcht. Dann kommt die Stimme. Er weiß nicht, ob eine Frau oder ein Mann spricht, hoch, beinahe singend, lockend: »Hallooo, weißt du, dein Vaaater, der macht es mir immer so schöööön.« Ekel zerreißt ihn, der Druck auf der Brust und das Herzrasen halten ihn fest. Die Hand am Hörer tut weh. Das Ohr tut weh. Sogar der Bauch. Was tun? Er hört jetzt den Atem deutlich, einen seltsamen, lauten Seufzer, dann wieder, unverständlich gedehnt und hauchig hoch: »Dein Vaaater, der macht es mir so schöööön.« Die Lähmung beschämt ihn. Er will hier weg. Einfach auflegen, das ist unhöflich. Er will auf keinen Fall den Vater holen! Auf keinen Fall die Mutter! Er hält den Hörer am Ohr, will etwas antworten. Kann nichts fragen. Er will um nichts in der Welt wissen, was der Vater ihm oder ihr so schön macht, und warum und warum und warum er das jetzt gesagt bekommt. Es zieht im Bauch. Ihm wird schlecht. Da hört er, wie es wieder anfängt »Duuu …«, und endlich findet er die Kraft aufzulegen und fühlt sich so schlecht dabei. Wieso klappern die Zähne? Wieso läuft er gegen den Schrank? »Wer war das?«, fragt der Vater. »Das hab ich nicht gehört, es hat so gerauscht.« »Na, der wird schon wieder anrufen, wenn's dringend ist.« Er zwingt sich weiterzuessen. Er darf nicht weinen. Es darf niemand etwas merken. Er hasst den Anrufer. Die Anruferin? Diese hohe Stimme, so widerlich süßlich in seinem Ohr und immer wieder: »Dein Vaaater, der macht es mir so schöööön!« Er kann sich nicht wehren, es dauernd zu denken, sogar noch am Abend im Bett und Tage und Wochen und Monate später fällt es ihm ein. Lange geht er nicht mehr ans Telefon. Immerhin weiß er, dass es nicht der Schwarze Mann war. Seine Stimme klingt tief und warm.

Im Schuljahr darauf erzählte die Lehrerin von der Burg im Dorf. Der Junge hatte hier nie eine gesehen. Das Fräulein meinte aber, der Name Haidenburg ginge auf eine alte Befestigung zurück. Er fragte, ob auf der Burg Heiden gewohnt hätten. Nein, sagte das Fräulein und lachte, um die Burg erstreckte sich freies Brachland, eine Art Heide, und erst nachdem die Burg dort stand, kamen Bauern, verwandelten das Land in Äcker. So wurde aus Burg und Heide, die man manchmal mit »a« schrieb, Haidenburg. Sogar Wein gab es früher hier. Natürlich wollten alle wissen, wo und warum es nicht wenigstens eine Ruine von der Burg gab. Fräulein Bräutner freute sich über die Fragen. Sie setzte sich auf das Pult und klatschte in die Hände. Ihr Maxirock war heute kariert, grau und rot, und das Rot war genau dasselbe wie das von ihrer knatternden Ente, die vor der Schule auf sie wartete. »Wisst ihr,« sagte sie, »das Klima hat sich geändert. Dem Wein wurde es zu kalt. Er schmeckte sehr sauer. Den mochte keiner mehr trinken. Und die Burg… Da gibt es eine Geschichte. Eines Tages griffen Feinde an, und es waren so viele, dass die Ritter auf der Haidenburg Angst bekamen. Sie schickten einen Trompeter los, um Hilfe zu holen von der nahen Burg in Kohlenbach. Er ritt los, so schnell er konnte, doch am Fluss geriet er in dicken Nebel. Da kam er vom Weg ab. Das Pferd wollte nicht weiter. Der Trompeter trieb es an. So gerieten sie in einen Sumpf, blieben stecken und sanken langsam immer tiefer. Verzweifelt blies der Trompeter sein Signal und hoffte, die Ritter in Kohlenbach kämen zu Hilfe. Der Trompeter blies und blies solange, bis der Sumpf ihn erstickte. Doch niemand hörte es. Die Haidenburg verbrannte. Die Bauern sagen aber, in nebligen Nächten, da höre man den Trompeter immer noch.« Niemand sagte etwas. Keiner bewegte sich. Es war kalt im Zimmer. Auf einmal lachte Fräulein Bräutner: »Ihr glaubt wohl noch an den Schwarzen Mann? Das ist doch nur eine Geschichte, um kleinen Kindern Angst zu machen. Ihr wisst doch, dass es keine Geister gibt. Wie soll der arme Mann nach seinem Tod immer noch trompeten? So etwas erzählen sich die Leute, weil es ihnen manchmal Lust macht, Angst zu haben. Oder wenn sie Kinder wie euch einschüchtern wollen.«

Als Hausaufgabe sollten sie den Reiter malen, wie er im Nebel versinkt und Trompete spielt. Der Junge war ganz aufgeregt, als er seinen Farbkasten auspackte, das Deckblatt vom Zeichenblock mit dem Collie drauf umschlug und ihn quer vor sich hinlegte. Das Malen konnte er nicht gut, aber Pferde gingen, und wenn man dann mit Grau alles übermalte, sah man es nicht so deutlich. Er versuchte erst das Pferd in Dunkelgrau. Es ging ganz gut. Dann den Mann, auch grau. Nur die Trompete sollte goldgelb sein, doch alles verwischte, als er es mit Nebel übermalte. Den malte er erst mit viel Wasser, dann unten mit mehr schwarzer Farbe, so dass die Beine vom Pferd verschwanden, dann oben auch schwärzer, und es tat ihm gut, den Mann verschwinden zu lassen, den Kopf und einen Teil der Arme. Nur die Trompete sah man noch, schmutziggelb, und den Armstumpf, der sie hielt.

Die Tochter des Negerkönigs

Die Bohne war natürlich eine Peperoni, das Lachen allgemein, sein Weinen, Stöhnen, Entsetzen nach einigen Minuten vergangen. Die malaiische Reistafel brannte lange auf seiner Zunge. Es war der zehnte Hochzeitstag, und der Vater zeigte einen dieser Anfälle von Zauberei. Nicht einmal zum dreißigsten Geburtstag der Mutter hatte er sich solche Mühe gegeben. Immerhin hatte er damals eine Marzipantorte hergestellt, ganz so, wie sie beim Konditor Hümmer zu sehen war: Die Schrift lief gleichmäßig schön in Silber, und quer über der Torte lag eine Marzipanrose mit grünem Stiel und rosa Blüte. Vor dem Hochzeitstag verbrachte er fast alle Zeit mit den Planungen und Vorbereitungen. Sie konnten sich gar nicht vorstellen, was er da machte. Wie lange kochte, schnitt und briet er in der Küche, wie viele Dinge, die sie nie gesehen hatten, kaufte er ein. Dann durfte für Stunden niemand mehr ins große Wohnzimmer, außer dem Vater natürlich, der immer wieder hin- und herlief.

Endlich erlaubte er, der Mutter zuerst, den Eintritt. Der Junge wusste gar nicht, dass es so viele Schüsselchen im Haus gab. Der große Tisch stand voll von ihnen. Und fast in jeder lagen unbekannte Speisen: viel Gemüse, kleingeschnittenes Fleisch in grüner Soße, Fischiges in gelber Soße, kleine weiße Körnchen über braunen Stengeln, die Peperoni, fremdartige Nüsse, mit rotem Puder bestreut, schwarzlappige Pilze wie

Ohren, die schauderhaft knorpelig zu beißen waren. Nur winzige Portionen durfte man sich nehmen. Mehr traute er sich auch nicht, denn wer wusste schon, was da auf dem Teller landete. Allein der Reis verbreitete gewohnten Dampf.

Neugier vertrieb die Furcht, die Freiheit der Feier die Anspannung. Was für eine Festtagslaune selbst beim Vater, dessen Gesicht ungewöhnlich rot glänzte, der aber wie sonst alles Lob abtat. Beim nicht enden wollenden Essen kamen sie darauf, wie der Vater eigentlich die Mutter kennengelernt hatte. Der Vater faltete seine Serviette zusammen, trank einen Schluck Reiswein aus einem Eierbecher und sagte: »Sie ist die Tochter des Negerkönigs.«

Die Geschwister, fünf, sieben und neun Jahre alt, wussten, dass der Vater zuweilen Dinge sagte, die er anders meinte als sie klangen. Manchmal scherzte er mit leeren Eiern, die er umgekehrt in den Eierbecher steckte und sie ihnen als Extra-Ei anbot, manchmal lobte er sie »das hast du ganz prima gemacht« oder sagte »Na, du bist mir ein Held!«, und sie spürten sofort den Tadel. In den schönsten Momenten blieb unklar, ob er sie auf den Arm nahm, ob er die Wahrheit sprach, ob er beides vermischte. Grundsätzlich glaubten sie ihm. Zu oft hatte er als Beweise die unwahrscheinlichsten Gegenstände vorgelegt, wie den mit Ritzzeichnungen versehenen Elefantenstoßzahn, auf dem man laut tuten konnte, oder die lange, dünne, braungraue Seenadel oder das gewaltige Büffel-Trinkhorn mit dem Blutfleck. Viele Fotografien von fernen Ländern, auf denen er in Matrosenmontur zu sehen war, zeigte er ihnen. Sie fanden ihn in den Wanten des Dreimasters oder neben einem gutaussehenden Herrn im Anzug. Das sei ein wohlhabender Herr gewesen, der in Brasilien kurz an Bord gekommen sei und in ihm einen Namensvetter gefunden habe. Daraufhin habe er ihn mit an Land genommen, ihn durchs Land gefahren, ihm Geschenke gemacht, da diese Mate-Tee-Trinkgarnitur und dieses Bild mit dem leuchtendblauen Falter auf schwarzem Grund und der goldenen Schrift »Rio de Janeiro«.

Wie weit weg war Brasilien? Weiter als Dänemark? Das lag knapp hinter dem nächsten Hügel. Der Vater sprach zwar von tausend Kilometern bis zu dem Strand, an den sie Jahr für Jahr in den Sommerferien fuhren. Wenn sie aber einschliefen kurz nach dem abendlichen Aufbruch (hinten auf Decken und Gepäck im Kofferraum des Opel Caravan), wachten sie vor dem Ferienhaus wieder auf. Hinter den heimischen Hügeln und über das Flusstal tuteten doch auch regelmäßig mittags und um fünf die Dampfer, und wo die waren, war auch das Meer. Überhaupt war das Meer überall im Haus, besonders im Raum unten, der aussah wie ein Dänemark-Urlaub. Fremde nannten ihn »Fischerzimmer«, sie nur »Fernsehzimmer«. An die Decke hatte der Vater Leisten genagelt und daran alte grüne und blaue Netze befestigt, manche noch mit Korkschwimmern. Hier hing das Seehundsfell an einer Wand, über der Tür lauerte die ausgestopfte Raubmöwe, an der anderen Wand machte das Delphinskelett ein langgezogenes S, und der vertrocknete Knurrhahn hatte kleine Zähne im offenen Maul. Schekel schaukelten in den Netzen, und die Schiffsglocke in der Ecke hallte lange nach, wenn man sie anschlug. Segelschiff-Bilder fanden sich überall im Haus, und im Kleiderschrank Mützenbänder, auf denen »SS Deutschland« stand. Der Vater erzählte einmal, dass er als Pirat mit Klaus Störtebeker gefahren sei. Doch wurden sie von der Hanseflotte mit dem Flaggschiff »Bunte Kuh« im harten Kampf besiegt . Störtebeker hatte sich eine Gnade ausgebeten: Wenn er geköpft sei, wollte er versuchen, an seiner Mannschaft, die in Reihe aufgestellt war, vorbeizulaufen. Alle, an denen er noch vorbeikommen werde, möge man begnadigen. Das gewährten ihm die Richter, und Störtebeker wurde mit einem großen Schwert geköpft. Dann lief er los und kam glücklich bis zum zwölften, der Vater war der dreizehnte. Da stellte der widerliche Henker Störtebeker ein Bein, so dass er hinfiel. Durch den Schwung taumelte der Kopflose aber noch am Vater vorbei. So überlebte er mit genauer Not, und nur deshalb konnte er heute noch davon erzählen.

Die Geschichte mit dem Negerkönig konnte also stimmen. Dennoch zweifelten sie, weil sie aus dem »Struwwelpeter« wussten, dass Neger schwarz wie die Mohren waren, ihre Mutter aber weiß. Diesen Einwand ließ der Vater nicht gelten, sie sollten erst einmal bis zu Ende zuhören.

»Ich kam vor gut zehn Jahren mit dem Schiff nach Afrika. Dort empfing mich der Negerkönig freundlich und lud mich zum Essen ein. Beim Essen hab ich eure Mutter gesehen und sie mich. Da wollten wir heiraten. Als ich den Negerkönig um die Hand seiner Tochter bat, wollte der nichts davon wissen. Zum Glück war er ein Schleckermaul und hatte außerdem nichts so gern wie Kühlung, weil es am Äquator so heiß war. Ich schlug ihm also vor, eine Menge Eis aus der Antarktis zu bringen. Dafür sollte er mir seine Tochter zur Frau geben. Der König freute sich mächtig. Er gestattete seiner Tochter, die darum bat, sogar gnädig, bei der Eissuche helfen zu dürfen. Auf der langen Fahrt nach Süden wurde es immer kälter, und eure Mutter zitterte, obwohl ich ihr drei Mäntel umlegte. Sie wurde immer bleicher und weißer, und als wir nach dreiundsiebzig Tagen an den Negerkönigshof zurückkehrten – mit einem Eisberg im Schlepptau –, da war sie so weiß wie jetzt. Der Negerkönig erkannte sie kaum wieder. Er hatte sowieso nur Augen für den Eisberg und ließ mich mit seiner Tochter ziehen.«

Nach dieser Geschichte sahen sie die Eltern mit anderen Augen an, zumal die Mutter nicht widersprochen, sondern während der ganzen Erzählung nur gelächelt hatte.

»Keine heiße Asche einfüllen«

Vorsichtig schob er die schmale Blechschaufel unter das grauweiße feine Pulver, zog sie langsam heraus. Noch langsamer schüttete der Junge die Asche in den Ascheimer, ließ sie rieseln und gleiten. Er achtete darauf, nicht zu niesen. Der Gedanke allein kitzelte die Nase. Wie lustig: die Vorstellung einer Staubwolke, die sich auf den Herd, die Spüle, den Küchentisch verteilen würde. Auf den Beeten verstreute er stattdessen die Asche, die ein guter Dünger für Gemüse war. Genau wie die abgeschnittenen Finger- und Fußnägel, die in den Eimer mit den Essensabfällen wanderten, dazu Haare, selbst die Stoppelreste aus dem Rasierapparat des Vaters. Der Wind spielte mit der Asche und stäubte die Rosen, die Stachelbeersträucher, den Schnittlauch ein, wie Puderzucker, wenn er noch nicht alt geworden war. Sonst strich der Vater die Klümpchen mit einem Löffel durch ein Teesieb, um Kuchen weiß zu bestäuben oder Erdbeeren. Große Ascheflocken flogen weit davon und so hoch, dass er sie nicht mehr verfolgen konnte.

Der Küchenherd ließ sich durch einen kreisrunden Metalldeckel schüren. Der Junge hielt sich als gebranntes Kind lieber von ihm fern. Am linken Arm bog sich ein vier Zentimeter langer Halbmond, rot und erhaben und oft schmerzhaft heiß, als wäre die heiße Ofenplatte immer noch in der Nähe. Was für ein dämlicher Einfall vor sechs Monaten!

Wie in den lustigen Filmen wollte er so tun, als stütze er sich aus Versehen auf den Deckel des schwarzen Holzofens im Spielzimmer, als risse ihm der Schmerz den Arm in die Höhe. Beim Spiel vor den Brüdern hatte er zu sehr auf die Zuschauer geachtet und war tatsächlich mit dem Unterarm auf die glühendheiße Metallplatte gekommen, hatte aus echtem Schmerz und zu spät den Arm weggerissen. Als die Brandblasen abgeheilt waren, blieb die Halbmondnarbe, die er gern zeigte. Obwohl er die schwarzglänzende Emaille des Ofens gern mochte, freute er sich doch, als der erst in den Keller und später ins Freie und noch später beim Sperrmüll landete. Dem Küchenofen erging es kurz darauf genauso, als der Gasherd und die Ölöfen kamen und mit ihnen der schwere Geruch, der schmierige Ruß, das schwappende fettige Öl, das manchmal hoch auf dem Boden des Brennraums stand, vergaß man, es rechtzeitig anzuzünden. Dann musste man es abfackeln, wobei der Ofen immer heißer wurde, laut bullerte, mit dem Deckel klapperte und vor Hitze schier platzen wollte. An Schlafen war da lange nicht zu denken. Statt der Ascheimer bekamen sie nun Mülltonnen, auf denen aber immer noch das Schild klebte »Keine heiße Asche einfüllen«.

Der Junge liebte das Feuer. Zündhölzer stahl er aus der Tischschublade, wo ein, manchmal zwei Pakete mit je zehn Päckchen lagen. »Welthölzer« stand in weißer Schrift auf blauem Grund, das l und das t mit roten Köpfchen sahen aus wie Streichhölzchen, die auf dem Kopf standen. Nirgendwo sah er andere. Das kam so, erklärte der Vater, weil Hjalmar Schacht ein Monopol auf Streichhölzer verkauft habe, das bis heute gelte. Wenn die Pakete nicht angebrochen waren oder erst ein Päckchen fehlte, nahm der Junge lieber nichts. Hatte er Streichhölzer geklaut, brauchte er bald neue. Es gab so viele Tricks, die ihm die älteren Brüder beigebracht hatten: Man steckte drei Streichhölzer nur mit ihren Füßchen längs in die Schachtel, flocht vorn an den Zündköpfchen ein weiteres quer hinein und zündete alles an. Oder man riss die vordere Klappe auf und zündete mit einem Hölzchen alle anderen auf einmal zu einer stinkenden Stichflamme an. Oder man klemmte das Streichholz mit dem Köpfchen nach unten auf die Reibfläche und versuchte, es mit dem Finger so wegzuschnippen, dass es sich entzündete und im Flug brannte.

Der kleine Bruder durfte meistens zuschauen, wenn er zündelte. Am liebsten im Steinbruchwäldchen zwischen den Birken, wo sie eine Mulde gruben, Holz sammelten und Feuerchen schürten. Der weit zu sehende Rauch und der Geruch ihrer Kleidung verriet sie immer wieder einmal. Dann gab es Senge. Das nächste Mal ging der Junge vorsichtiger vor. Oder er suchte nach Feuern von anderen. Im Herbst fiel das nicht schwer, weil die Bauern ihre Wiesen- und Ackerraine abbrannten, manchmal sogar das ganze Stoppelfeld. Der Vater schimpfte über sie, die Abfall loswerden und mit der Asche ihre Äcker düngen wollten, aber dabei viele Insekten, Eidechsen, Mäuse, Schlangen, Kleinstlebewesen töteten, die doch für den Boden wichtig waren: »Diese Dämlacks kümmern sich nicht einmal um das neue Verbot!«

Spät im Herbst steigen überall in der Umgebung Rauchsäulen von den Kartoffelkrautfeuern auf. Dicker, grauweißer, verlockender Qualm, der in die Augen sticht. Dennoch drängen sich die drei Geschwister an die Glut heran, stochern hinein, bis Flämmchen aufflackern. Dann lesen sie im abgeernteten Acker nach und finden genügend Kartoffeln, meist kleine, halbgrüne auch, zerschnittene, manchmal ausgewachsene Knollen. Zwei menschenähnliche, die eine wie ein Kopf mit Nase, die andere wie ein Rumpf mit zu kurzen, knolligen Gliedmaßen heben sie bis zuletzt auf. Am Feuer zurück, stoßen sie Stöcke in die

Kartoffeln und versenken sie im Gluthaufen. Den richtigen Moment gilt es abzuwarten, bis die Schale schon schwarz, manchmal ein paar Millimeter dick verbrannt ist. Darunter das glühend gelbe, ganz weiche Fleisch, beinahe wie Kartoffelbrei, aber viel besser mit dem Brandgeschmack. Sie verbrennen sich die Finger, die Lippen, die Zungen und schnappen weiter gierig und stöhnend nach den Kartoffeln. Sie schmieren einander Striche auf die rußigen Gesichter und lachen, als sie mit den Röststöcken gemeinsam in den rohen Kartoffelrumpf stechen, ihn in den niedrigen Gluthaufen schleudern. Dann die Gesichtknolle hinterdrein. Sie sehen zu, wie sie Blasen werfen, hören die fiependen Laute, spüren die Hitze, die beide Kartoffelmenschen zu Schwarzklumpen verkohlt, die sie in Stücke zerstoßen.

Oft trafen sie andere Kinder an den Kartoffelfeuern, alle hatten sie Stöckchen, alle lasen sie Kartoffeln nach, alle verbrannten sie sich die Finger, die Zunge, die Lippen, alle rochen wie die Schinken, niemand bekam daheim Prügel. Eltern steckten manchmal sogar selbst Kartoffeln in den Haufen, oder die Bauern stellten den Trecker ab, nahmen Kartoffeln vom Anhänger und schenkten sie den Kindern, versuchten zum Dank von den garen Früchten. Rauch war überall in der Luft, der friedliche Brand. Kein Kind, das als Kalenderbild für den Herbst nicht Kartoffelfeuer malte. Kam der Junge heim, bemerkte er erst, wie stark er roch. Natürlich musste er sich umziehen, die verräucherten Sachen der Mutter geben, sich waschen. Vor dem Schlafengehen hob er im Bad den Deckel vom Wäschekorb und roch an seinen Sachen. »Hilfemord im Wäschekorb«, dachte er. Der ältere Bruder erklärte später, der Familienspruch heiße »Hilfe! Mord im Wäschekorb!« Er verstand ihn deshalb nicht besser, mochte und verwendete ihn aber genauso gern wie die vielen anderen, die fast wie Parolen von der ganzen

Familie verwendet wurden: »Mut hat selbst der Mameluck!« Oder: »Luther, Schiller, Goethe, tausend Assoziationen steigen in mir auf.« Oder »Jetzt kommt der große Bulala.« Oder »Der Lauscher an der Wand hört seine eigne Schand.« Oder: »Was macht der Meier am Himaláya?« Oder: »Wer flüstert, ist selbst ein Schwein.« Oder: »Eins, zwei, drei, vier, fünf, sechs, sieben, wo ist meine Frau geblieben? Ist nicht hier, ist nicht da, ist wohl in Amerika.« Oder: »Messer, Gabel, Schere, Licht sind für kleine Kinder nicht!« Der Spruch hielt ihn nicht von den Streichhölzern fern.

Einmal brachte die österreichische Tante Schinken und Stroh-Rum mit aus Tirol. Jeder bekam ein Stück Schinken und durfte ihn sich selbst einteilen. Er schmeckte sehr salzig und trocken. Nachts schlich er hinunter in die Küche, schnitt sich vom Schinken ein Stück ab, nahm Zündhölzer, einen Kerzenstumpen und kroch wieder unter seine Decke. Die hob er an und zündete darunter die Kerze an. Aber das war doch zu gefährlich. Also schlug er sie rasch zurück und hielt nun den Schinken über die Kerze, der zischte und prasselte, an fettigen Stellen sogar brennen wollte. Am Ende schmeckte er nach Wachs und an den verbrannten Stellen scharf nach Kohle. Am nächsten Abend überredete er den kleinen Bruder, mit ihm den Stroh-Rum auszuprobieren. »80 %« stand auf der Flasche. Das würde reichen. Sie schütteten eine Lache Rum auf das blecherne Fensterbrett ihres Schlafzimmerfensters und zündeten sie an. Blau loderte die Flamme auf, lief die leichte Schräge hinab und brannte noch kurz, als sie über die Kante stürzte. Ganz leise, ohne ein Geräusch zu machen. Das taten nur brennende Styroportropfen, die im Fallen wie leise Brandbomben tönten. Die giftigbunten Tropfen schmerzten fürchterlich und hinterließen nach der Mutprobe langlebige, weiße Narbenmale auf der Haut.

Der ältere Bruder bastelte mit Freunden Bomben aus alten Metallrohren, gefüllt mit einem Gemisch aus Puderzucker und »Rasikal«. Sie ließen sie in der Sandgrube explodieren, wo es wirkliche Sprengungen gab, vor denen ein mehrfaches lautes Tuten warnte. Bei den Bruderbomben durfte er einmal zusehen. Die Älteren brannten eine Art Zündschnur an, die im Pulver des möglichst fest verschlossenen Rohrs steckte. Die Explosion kam, ehe sie in Deckung waren. Alle Hunde der Umgebung bellten. Die Stichflamme, das Krachen erschreckte sie fast weniger als der Blick auf das zerborstene Rohr, dessen scharfkantige Teile weit entfernt lagen.

Noch schöner als im Birkenwäldchen zu zündeln, war es in der hohen Brombeerhecke, die sich so dicht, hoch, tief und lang am Steinbruchrand hochzog. Tiere hatten Tunnel ins Dorngestrüpp gedrückt. Es gab sogar eine Sasse mitten in der Hecke. Dort sah ihn niemand, selbst wenn jemand etwas Rauch bemerkte. Mit ein wenig Erde löschte der Junge das Feuer. Zwei Stunden später hörte er Feuerwehrsirenen und freute sich, dem Einsatz zuzusehen. Als er merkte, wohin sie fuhren, blieb er lieber zuhause. Es half ihm nichts. Der Vater sagte es ihm auf den Kopf zu: »Du hast da hinten rumgekokelt!« Die Tränen verrieten ihn gleich, und Ehrlichkeit schien ihm ein rettender Strohhalm. »Zum Glück sind wir versichert!«, sagte der Vater. Die ganze Hecke war abgebrannt, dazu das Heu auf dem Feld daneben. Kein Schreien diesmal, keine Prügel. Der Vater redete eindringlich mit ihm, hielt ihm vor, wie viele Tiere er durch das Feuer getötet hatte, was geschehen wäre, wenn die Feuerwehr nicht so schnell da gewesen wäre. Zum Wald fehlte den Flammen nicht viel, und dahinter standen die Häuser der Nachbarn. Das hielt der Junge nicht gut aus. Er weinte, schämte sich, wollte, dass der Vater aufhörte. Er wollte vor allem nie, nie, nie wieder etwas gefährlich anzünden. Er hatte das Feuer doch gelöscht! Der

Vater erklärte ihm, wie das Feuer unter wenig Erde einfach weiterglüht, dass Wind alles wieder anfachen konnte, dass Glut nur einen Strohhalm braucht, dass die Brombeerhecke knochentrocken und idealer Brennstoff war. Er zeigte ihm, wie man ein Feuer sicher löschte, mit viel Wasser, das man langsam gießen musste, besser noch mit feuchter Erde, die dem Feuer die Luft entzog.

Auch mit dem Feuer war der Vater vertraut, und er verbrannte einmal im Jahr Holzabfälle, die er auf dem Rasen zu einem Scheiterhaufen auftürmte. Wie das flammte und flackerte, wie die Funken weit davonflogen, manchmal in die Bäume und über die Grenzen hinaus auf den Acker! Wie lange das brannte, und wie lange es noch glühte! Feuerwache zu stehen, war das Schönste. In die Glut schauen, wo es dunkel schimmerte und wimmerte und zischte und knackte und brach und explodierte und zusammensank und zerfiel. Dann hielt er seine Brandnarbe über die Glut, die wie erfreut brannte. Wo der Scheiterhaufen erloschen war, wuchs das ganze Jahr kein Gras mehr, nur harte Erde im Rasengrün, oval und graubraun.

A-ATE, MAI-MOS, STAM-TRIE, WAM-ZZ

Oft schimpfte der Vater, weil sie Bücher schlecht behandelt hatten. Sie malten mit Filzstiften quer über den Text oder mit Wachsmalkreiden in die Zeichnungen. Sie bauten mit Büchern Türme, rissen im Streit an ihnen, drückten die Deckel so weit auf, dass der Buchblock brach. Viele durften auch die älteren Geschwister kaum in die Hand nehmen. Sie blieben im schwarzen Schrank hinter Glastüren, sichtbar und unerreichbar. Nur selten nahm der Vater eines heraus und las ihnen vor oder zeigte ihnen Bilder in den Zigarettenalben. Die hießen so, weil man früher mit jeder Zigarettenschachtel Bilder bekam, die man auf leere Flächen in den Alben einkleben konnte. Es gab im schwarzen Schrank auch Bücher, die der Großvater geschrieben hatte, mit einem grünen Gespenst oder einer Katze drauf, eines des Stiefgroßvaters ebenfalls mit einer Katze, über der aber ein Messer hing.

Die besten Bücher standen im kleinen Zimmer. Die konnten den Vater widerlegen. Beim Sonntagsfrühstück brach beim langen Reden über Länder, Autos, Geschichte, Kleidung nämlich oft ein Streit aus. Dann kam sicher der Moment, in dem der Vater sagte: »Hol den Brockhaus!« Der stand hoch im Regal des Nebenzimmers, schwer, jeder Band mit blauem Schutzumschlag, jeder in einem grauen Pappschuber. Der Goldschnitt machte den Wert dieser Bücher klar. Sie konnten sich nur alle drei Monate einen weiteren Band leisten. Mit dem zwanzigsten sollte das Alphabet vollständig sein. Deshalb stand der Junge manchmal gar nicht erst vom Frühstückstisch auf, wenn er wusste, dass sie den Band mit dem strittigen Wort nicht besaßen. Zweifelte der Vater an ihm, dann sagte er nur: »RIT bis SCHO ist der letzte Band.« Er wollte immer das Lexikon holen und merkte sich die Einteilungen. Der nächste Band »STAM bis TRIE« gefiel ihm sehr gut, auch »MAI bis MOS«, bei »KAT bis KZ« konnte er sich nicht entscheiden. Es klang einerseits wie eine doppelte Katze, andererseits sprachen die Erwachsenen »KZ« allein hart aus, in einem seltsamen Ton, der unheimlich klang.

Im Brockhaus blätterte er auch sonst, heimlich. Banknoten fand er in »A-ATE«, die fünfzig Jahre alt waren und beschriftet mit dem komischen Text: »Reichsbanknote. Tausend Mark zahlt die Reichsbankhauptkasse in Berlin dem Einlieferer gegen diese Banknote. Wer Banknoten nachmacht oder verfälscht oder nachgemachte oder verfälschte sich verschafft und in Verkehr bringt, wird mit Zuchthaus nicht unter zwei Jahren bestraft.« Fein glänzende, durchscheinende Blütenblätter gab es in späteren Bänden, lila gewordener Mohn oder angebräunte Rosen, hauchdünn, die leicht zerfielen.

Wenn der Vater aus dem Brockhaus vorlas, hörten alle am Tisch gespannt zu, keiner aß, keiner trank. Ab und zu las der Vater plötzlich langsamer und ein wenig leiser. Dann konnte er den Brockhaus plötzlich zuklappen und schimpfen, dass der Band ja gar nicht mehr aktuell sei oder dass auch das beste Nachschlagewerk Fehler habe. Sonst aber las er weiter vor, ließ manchmal noch weitere Bände holen, wenn es Verweise gab, sprach ausführlich über das Gelesene, freute sich darüber, wie sich das Wissen ergänzte und manchmal einfach so, dass er sich getäuscht habe. In so einem Moment hatte er dem Vater ein »Siehste!« zugerufen. Die

Schimpfkanonade kam nicht überraschend, die Lautstärke und Dauer schon. Er schämte sich seiner Schadenfreude.

Mit der Zeit rissen die Brockhaus-Umschläge ein, so dass sie der Vater abnahm und fortwarf. Um die Lederrücken zu schonen, zog er blaues Band hinter ihnen hindurch, knotete es zu einer Schlaufe, an der man die Bände leicht aus dem Pappschuber ziehen konnte.

Den Brockhaus durften die drei kleinen Geschwister nicht allein lesen. Erwischten die Eltern sie doch, ging es meist glimpflich ab. Dem Jungen gefielen vor allem die Bilder der Waffen: Panzer, Kanonen, Gewehre, Säbel, Raketen, Flugzeuge. Unheimlich wirkten die vielen Seiten »Mensch«. Der Mann hatte blonde, kurze Haare und einen ganz normalen Kopf, doch darunter war er aufgeschnitten, man sah in ihn hinein, Arme hatte er nicht. Links und rechts von ihm gingen gerade Striche wie Nadeln zur Seite, an deren Ende die Namen der Teile standen, die man sah: Schilddrüse, erste Rippe, Aortenbogen, Lungenarterie, Kranzgefäße. Einige, wie Herzohr, wollte er behalten, andere merkte er sich leider besser: absteigender Grimmdarm, Harnleiter, Schweißdrüse, Mastdarm. Noch schlimmer war die Frau, denn es gab sie zweimal, einmal wie den Mann von der Seite, ganz ernst schauend, braunhaarig, und einmal von vorne, aber die eine Hälfte fast wie durchsichtig, weil sie auf einer Zellophanseite gedruckt war. Und dann kamen weitere durchsichtige Seiten, die immer mehr von ihrem Inneren zeigten. Sie war wie der Mann blond, recht kurzhaarig und trug einen Scheitel, sie lächelte ein wenig. Der Junge durchblätterte sie oft mit Furcht und dann doch wieder, wenn er sie von vorne sah, den einen Busen, die halbe Schambehaarung – die rechte Hälfte zeigte die Muskulatur unter der Haut – mit Erregung. Das hatte mit »Sex« zu tun, ein Wort, das er gespannt nachschlug, aber alle Artikel, die mit »Sex« anfingen, waren langweilig und nichtssagend, »Sexualität«, »Sexualkunde«, »Sexualwissenschaft«. Auch »Hoden« oder »Schwanz«, »Brust« oder »Vagina« verrieten nichts. Das Nachsehen selbst erregte ihn trotzdem. »Schoß« enttäuschte, »Ficken« und »Fut«, »Vögeln« kamen gar nicht vor.

Dafür der Großvater, wenngleich nur mit einem Artikel von wenigen Zeilen und ohne Bild. Der Junge dachte, wie er den Artikel länger machen könnte, es gab viel mehr Bücher des Großvaters, als der Brockhaus erwähnte. Und wie könnte er selbst in den Brockhaus kommen? Immer wieder las er den Großvater-Artikel und dachte, seiner würde einmal als nächstes kommen. Wie bei Herrschern stünde dann da: »Enkel von 1«. Blieb die Frage, was er dafür tun musste. Erfinder werden ging nicht, weil er in Rechnen so schlecht war, Sportler vielleicht, doch für Federball bekam man sicher keinen Artikel. In Deutsch hatte er gute Noten, aber Bücher schreiben? Wie funktionierte das? Und was für welche? Bei den längeren Artikeln mit Fotos schaute er nach und stellte fest, dass sehr viele Politiker waren. Das war die Lösung. Der Vater hatte so oft zu ihm gesagt. »Du redest wie ein Politiker.« Er beschloss, in eine Partei einzutreten, in die SPD am besten. Erst würde er Ortsvorsitzender, dann Landkreisvorsitzender, dann Bayernchef, dann von Deutschland und schließlich Bundeskanzler. Während er sich seine Laufbahn überlegte, fiel ihm aber ein, wie viele Jahre das alles dauern würde, wie viele Reden er halten und hören müsste, wie schrecklich langweilig das alles werden würde, und so klappte er den Brockhaus zu und schob ihn zurück in den Schuber.

»Lass die Dschungel los, Hathi!«

Vorn auf dem großen Bilderbuch stand »Das Dschungelbuch«, darunter sah man kleine Wölfe mit Mogli spielen. Er kannte ihn aus dem Kino. Nur die Schwester und er gingen am Nachmittag dorthin. »Ist er auch schon sechs?«, hatte die Frau hinter der Glasscheibe gefragt. Fast unheimlich war es im dunklen Saal, wo eine Frau mit Stifttaschenlampe zu den Sitzen führte. Wie viele noch auf den Film warteten, konnte er nur schwer erkennen. Allein in seiner Nähe saßen sicher fünfzig. Riesengroß tanzten die Figuren über die Leinwand, und der Junge lachte über die Geier und die Affen, fürchtete sich vor Shir Khan, hörte Akela gut zu, aber am Schluss, als alles gut zu werden schien, da ärgerte er sich über den blöden Mogli, der bescheuert ein Mädchen anstarrte, das am Fluss Wasser holte. Es schaute mit großen Augen in Moglis Richtung, und der war so unglaublich dumm, ihr zu folgen, statt im Dschungel bei seinen treuen Freunden zu bleiben. Das verdarb ihm den Film. Wie konnte man Balu und Bagheera verlassen! Das Bilderbuch ärgerte ihn noch mehr, denn es ließ viel und gerade das Schönste oft weg. Nur die Doppelseite mit Shir Khans Kopf fand er toll, und immerhin konnte er das Buch schnell lesen.

Bei den kleineren Büchern ohne bunte Bilder fiel das schwerer. Er wollte aber wissen, was die älteren Brüder lasen. Old

Shatterhand, mehr noch Kara Ben Nemsi lockten ihn dann in unglaublich dicke Bücher hinein. Aufhören konnte er nicht, und er überschlug lange Beschreibungen von Landschaften und Völkern, um zu erfahren, wie es weiterging. Dumm nur, dass auf dem Schrank des ältesten Bruders manchmal der erste Band stand, der zweite Band nicht, der dritte dann wieder. Dann musste er sich dazwischen viel zusammenreimen.

Seitdem suchte er im Wald Spuren, schlich geduckt und so leise durch die Bäume, wie es nur möglich war. Es gelang ihm nie wie Kara Ben Nemsi. Unter dem Laub brachen Äste mit lautem Knacken. Auch das Laufen wie Old Shatterhand klappte nicht. Dabei versuchte der Junge immer wieder, beim Dauerlauf erst das eine Bein mehr zu belasten, dann nach einiger Zeit das andere. Statt eine Stunde ohne Erschöpfung laufen zu können, taten ihm nur die Beine weh.

Er beneidete den älteren Bruder, als der ein hellgrünes Leinenbuch mit einem goldfarbenen Panther darauf geschenkt bekam; dessen Titel: »Die Dschungelbücher«. Es gab also mehrere. Lange hatte er zu warten, bis ihm der Bruder gnädig erlaubte, es zu lesen. Viele Geschichten handelten gar nicht von Mogli, spielten nicht einmal in Indien. Die weiße Robbe war anders als alle anderen, sie litt unter dem Spott wie der Junge in der Schule. Sie kämpfte, setzte sich durch, erkannte die Gefahr durch die Menschen und suchte verzweifelt einen Ort, wo die Schlächter mit den Knüppeln nicht hinkommen konnten. Und Rikki, der Mungo, wurde unterschätzt, weil er klein war, dafür wendig, mutig, hartnäckig. Niemals ließ er einen Schlangennacken los, in den er sich verbissen hatte. Dann kamen ganz unvermittelt doch noch Mogli-Geschichten, vom älteren, von seiner Zeit unter den Menschen im Dorf, und auf einmal verstand der Junge, was Rache ist und Wut und Erbarmungslosigkeit.

Gegen das Piesacken des älteren Bruders wehrte er sich oft nicht, gegen das Immerrechthaben, Immerstärkersein des Vaters hatte er keine Chance, und so hielt er seine Wut zurück, gab klein bei, lächelte, machte Witze statt zu schlagen oder zu schreien. Es quälte ihn, dass er die Geschwister nicht verteidigte, wenn sie ungerecht behandelt wurden. Gerade der ältere Bruder brauchte jemanden an seiner Seite. Der Junge ließ ihn allein, blieb auf Seiten der Eltern, wunderte sich, wie verzweifelt und laut der Bruder stritt, verstand ihn einfach nicht. Gegen Eltern, Lehrer gab es kein Gewinnen. Manchmal riet er ihm sogar nachzugeben, Demütigungen hinzunehmen und Befehle einfach zu befolgen, selbst wenn er sie als sinnlos ansah. Ihm half das ja auch, er stand dadurch gut da, er galt lang als Liebling, der Bruder dagegen als Nervensäge und Streithammel. Maßlos konnte der in seiner Wut werden, rücksichtslos gegen sich, seine Sachen, die Familie. Er verachtete seinen großen Bruder manchmal wegen dieser Dummheit. Warum musste der so schreien, seine liebsten Sachen zertrümmern, um sich schlagen, bis er weinte und kreischte?

Angst bekam er in solchen Momenten vor dem Bruder, am meisten Angst vor diesem Wahnsinn und dass er selbst vielleicht nur einen Wimpernschlag davon entfernt sein könnte. Er spürte die Wut ja auch, sah sich mit dem Messer in Menschen stechen, in Tiere, mit dem Gewehr schießen – immer in die Beine. Der Junge achtete auf die Ähnlichkeiten zwischen sich und dem Bruder, erschrak, wenn er in der Stadt mit dem Bruder verwechselt wurde. Das bestritt er heftig, fürchtete sich aber innerlich noch mehr. Er begann, dem Bruder helfen zu wollen und wusste nicht recht, wie. Er stand im Streit mit den Eltern weitherhin nicht auf seiner Seite, riet ihm aber nachher, was er besser machen sollte. Er lieh dem Älteren Geld oder sein Fahrrad, sein Radio. Das beruhigte den Bruder ein wenig. Die Wahnsinnsangst des

Jungen blieb. Was, wenn die Trennwand zwischen ihnen fiel, wenn er plötzlich selbst so jähzornig wurde, wenn es vorbei war mit der Liebe der anderen, wenn sie ihn fürchteten, wie sie den Bruder fürchteten?

Er vermied von nun an mit Bedacht alles, was der Bruder tat, verhielt sich entgegengesetzt, hielt sich von ihm sogar fern. Selbst wenn ihm etwas gefiel, was dem Bruder gefiel, gab er es nicht zu. Es tat weh, den Bruder allein zu lassen, aber er konnte seine Furcht nicht überwinden, in den Wahnsinn und ins Gehasstwerden abzugleiten.

Eine würgende, drückende Masse sammelte sich in ihm, die ihn quälte, auch wenn er lachte oder sich freute. In ihm stimmte etwas nicht mehr, als wäre da ein Loch oder etwas anderes Unheimliches, das ihn von innen auffraß. Wie sollte er sich dagegen wehren?

Da liest er in den »Dschungelbüchern« von Moglis Rache, wie seine Pflegemutter, die seine wirkliche Mutter ist, von den Dorfbewohnern als Hexe eingesperrt wird, wie er fliehen kann, seine Eltern befreien, wie er dem Dorf den Krieg erklärt, wie er zu Hathi dem Elefanten geht, wie er, der Frosch, der Nackte, den mächtigen Hüter der Dschungelgesetze dazu bringt, die Dschungel loszulassen auf das Dorf, indem er ihn beschwört bei dem Leiden, das sie beide kennen, bei dem Schrecklichen, das nur vergessen kann, wer die in Vergessenheit stößt, die ihm das angetan haben. Der Junge liest mit steigender Wut, im Bauch macht sich etwas breit, drängt nach allen Seiten, bis er kaum noch atmen kann. »Lass die Dschungel los, Hathi!« Der Satz brennt sich ein, und er wühlt mit Lust in seiner Wut, die sich entlädt mit dem Angriff des Dschungels auf das Dorf, die jede neue Attacke begrüßt, die stumm bleibt nach außen, aber innerlich schreit und tobt, so wie die Wildschweinherden auf den Feldern des Dorfes toben, so wie die Elefanten die Palisaden eindrücken und umwerfen. Er fühlt kein Mitleid, nur Hohn für die Vertriebenen, die in Panik vor dem Zorn fliehen, der auf sie losgebrochen ist. Sie haben ihn ausgelöst, es gibt für sie kein Erbarmen außer dem Erbarmen, sie leben zu lassen und nur zu vertreiben. Die grenzenlose Wut füllt ihn, die Macht der Zerstörung lockt ihn, er möchte Häuser anzünden, Bäume umhauen, ein Tier töten, sich selbst verletzen. Aber er findet keinen Weg für die Wut. In ihm scheint es nur sie zu geben, doch heraus kann sie nicht.

Er las die Geschichte noch einmal und erlebte alles wie vorher, vielleicht noch stärker. Es half nichts. Die Lust am Lesen minderte die Lust an Taten. Er las nur noch die wichtigsten Sätze, immer wieder »Lass die Dschungel los, Hathi!« In seinem Nacken sträubte es sich, er hätte schreien wollen, aber er konnte es nicht. Er klappte das Buch zu, verwirrt, bedrückt, gedemütigt.

Röcke und Hosenträger

Die Kirschkerne flogen ihm ins Gesicht, viele, hörten gar nicht mehr auf, warm, eingespeichelt; wohl zwei Dutzend. Tröpfchen begleiteten sie. Und Lachen, unaufhörliches Lachen über ihn, der dastand, ohne sich zu rühren, starr, wütend, ohnmächtig, schamzerpört. In eine Lachpause der Mädchen hinein wollte er erklären, dass es nichts zu lachen gebe, doch sein Gesicht amüsierte die beiden nur noch mehr. Er hasste sie. Aber sie waren Mädchen. Deshalb musste er stehenbleiben, durfte sich nicht auf sie stürzen, sie schlagen, damit sie endlich aufhörten zu lachen. Rings umher grinsten alle auf dem Schulhof. Unter dem gelben Hemd spürte er Kirschkerne auf seiner Brust und auf dem Rücken. Das gab sicher Flecken. Ekel. Lähmung.

Wieso hatte er Katharina geglaubt, wieso Gabi getraut? Katharina hatte seine Gutgläubigkeit ausgenutzt, ihn zu Gabi geführt, weil die ihm etwas sagen wollte. Die stand da, wartete, bis er direkt vor ihr stand. Und dann kamen die Kirschkerne. Wahrscheinlich hatten sie die ganze Pause ihren Plan ausgeheckt, vielleicht sogar gemeinsam die Kirschen gegessen. Noch immer läutete die Pausenglocke nicht. Noch immer stand er hier.

»Ich darf Mädchen nicht schlagen!«, sagte er fest.

»Warum denn nicht?« Sie lachten vor Erschöpfung inzwischen fast nicht mehr.

»Das tut ein Junge nicht.«

Jetzt prusteten sie von neuem los.

»Uns macht es nichts aus!«, ermutigte ihn Katharina und kam lachend näher. »Trau dich nur! Wir sind stärker als du denkst.«

»Das ist gemein. Ich kann mich nicht wehren.«

Gabi stellte sich vor ihn hin und verschränkte sogar die Arme hinter dem Rücken, streckte den Kopf vor. »Schlag doch, schlag doch!«

Es quälte ihn beinahe mehr als die Kirschkerne. Weder konnte er sie schlagen noch sich verständlich machen.

»Ihr habt mich gedemütigt«, brachte er noch heraus, da klingelte es. Er rannte voraus, um auf dem Klo die Kirschkerne aus dem Hemd zu bekommen. So schlimm sahen die Flecken nicht aus, eigentlich sah man sie kaum. Gabi hatte genug Zeit zum Abnagen und Ablutschen des Fruchtfleisches gehabt. Ohne nachzudenken steckte er einen Kern in den Mund und schluckte ihn hinunter.

Wer hatte ihm nur beigebracht, dass man Mädchen nicht schlagen durfte? Die Schwestern schlug er natürlich nicht. Er mochte sie viel zu gern, größer und viel stärker waren sie sowieso. Der Junge hatte das Gefühl, Mädchenschlagen war unmöglich. So wie das Ernstmachen beim Erwürgenspielen mit der Katze. Mit Mädchen konnte er mindestens genauso gut spielen wie mit Jungen. Sie waren sogar lustiger, netter, weniger gemein. Jedenfalls meistens. Dass ihm Heidi eine gescheuert hatte, war seine eigene Schuld gewesen.

Er steht hinter dem Baum versteckt, um die Mädchenbande zu belauschen, zu der er so gerne gehört hätte. Blöd sind die aber nicht. Heidi, größer als die anderen, entdeckt ihn. Sie geht schon auf die Hauptschule, die anderen Mädchen mit ihm in die dritte Klasse. »Ein Spion«, ruft Heidi und »Komm her!« Obwohl er weit genug entfernt steht, um abzuhauen, läuft er den kleinen Abhang hinab, fast freudig und mitten in den Kreis der Mädchen hinein; Flucht hätte lächerlich ausgesehen, und viele von ihnen laufen mindestens so schnell wie er. Von einer Mädchenbande im Rennen erwischt zu werden, das wäre das Letzte. Der Kreis schließt sich sofort wieder, und in sein Lächeln hinein schlägt Heidi, fast einen Kopf größer als er, ansatzlos, routiniert und ernst mit der flachen Hand auf seine Wange, gleich darauf noch einmal mit der Linken; nicht besonders hart, eher klatschend. Es macht ihn stolz, dass er nicht weint, fein stillhält, nur dasteht. Einen Moment rechnet er damit, das könne eine Mutprobe, ein Aufnahmeschlag gewesen sein. Doch Heidi schickt ihn unter Drohungen wieder weg. Selbst Ulrike sagt nichts, obwohl sie doch manchmal miteinander Quartett spielten. Dann geht er stolz weg, dreht sich nicht um. Auch die anderen Mädchen bleiben still. Immer noch ist er traurig, dass er kein Mitglied werden darf. Aber eigentlich hat er ja nicht einmal gefragt.

Er sollte sich besser an die Jungens halten, aber er verstand vieles von dem, was sie taten, nicht einmal. Sie rannten im Pausenhof hinter den Mädchen her und versuchten, deren Röcke zu heben. Das sah lustig aus, aber die Mädchen kreischten, und manche weinten, wenn es mehrere Jungen waren. Auch durften die Lehrer nichts merken, sonst bestraften sie es hart. Einmal hatte er sich den anderen angeschlossen und es bei der dicken Andrea geschafft, aber es hatte ihm nichts bedeutet, die hellen, leicht verfilzten Strumpfhosen noch etwas weiter zu sehen. Zuhause wollte er eigentlich die Mutter fragen, was das alles bedeutete, doch die deckte gerade den Tisch und redete dabei mit dem Vater. Also hob er einfach ihren Rock hoch und bekam die erste Ohrfeige von seiner Mutter. So aufgebracht sie war und wütend, so wenig erklärte sie etwas. »Das tut man nicht!«

Widerrede duldete sie ausnahmsweise nicht, und er war nicht klüger als zuvor.

Ulrike, die immer Hosen anhatte, zu fragen, traute er sich. Gingen sie nebeneinander, neckten der Postbote oder der Bürgermeister sie manchmal: »Na, seid ihr Zwillinge?« Tatsächlich ähnelten sie sich. Sie sah eher einem Jungen ähnlich, er einem Mädchen, und ihre Haare hatten dieselbe dunkle Farbe, denselben Pilzkopf, bei ihm sogar etwas fülliger als bei ihr. Natürlich wussten alle im Dorf, dass sie die Pfarrerstochter war und nicht seine Schwester. Ulrike rannte fabelhaft. Sie überholte noch Jürgen auf der Aschenbahn, obwohl der längere Beine hatte, aber Ulrike zog mit schnellem Tritt an ihm vorbei und lachte noch. Sie lief die 50 Meter unter 8 Sekunden. Da kam niemand mit. Und es sah so schön aus, wie sie auf der Bahn losrannte, als sei sie schon vorher gelaufen. Die ersten Meter bedeuteten für sie fast immer sofort einen Vorsprung. Ulrike rannte nicht nur schnell, sie gehörte auch zu den Klassenbesten. Und sie lächelte unvergleichlich: Nie wusste er, ob sie spöttisch, nachsichtig, liebevoll, freundlich oder einfach nur so lächelte. Niemand hob ihren Rock hoch, aber nicht nur, weil sie Hosen trug, sondern weil alle Ulrike achteten. Dass sie die Pfarrerstocher war, wollten gerade die Jungs aus der Siedlung nicht glauben.

Beim Schulgottesdienst hatten er und Ulrike das erste Mal nebeneinander gesessen, auf dem Rückweg »zwei zu zwei« sich die Hände gegeben, und seitdem trafen sie sich auf dem Sportplatz bei der Schule oder auf der Wiese beim Friedhof. Sie spielten Quartett oder rollten nur die Wiese hinunter, bis ihnen schwindlig wurde und sie zu stehen versuchten, lachend umfielen, wieder aufstanden, so taten, als könnten sie immer noch nicht stehen, sich hinwarfen, liegenblieben, nebeneinander, manchmal die Hände fassten oder sich kitzelten. Einmal bekam er, während sie so dalagen und nur hochguckten, plötzlich Angst, sie könnten in den Himmel fallen, er krallte sich in die Erde, hielt Ulrike fester, die ihn ernst ansah und nicht lachte, als er es ihr erklärte. Das Blau war plötzlich so weit, so weit weg und so tief, so ohne Halt und Ende. Ohne es zu merken, lockerte er die Erdhand, während er mit ihr sprach, in ihre Augen blickte, aber sein Herz schlug immer noch heftig. Sie sagte nichts. Er sagte nichts. Dann stand sie auf, zog ihn mit, und sie rollten noch einmal, ehe sie sich trennten.

Als er sie nach Rockhochheben fragte, meinte sie nur, die Jungens wollten den Mädchen unter den Rock schauen, um sie zu ärgern. Was sie davon hatten, konnte sie ihm aber auch nicht sagen. Wahrscheinlich waren sie einfach dumm. Mädchen und Jungs unterschieden sich, das war doch klar, das sah man aber nicht an den Strumpfhosen. Sie hatten heute in der Schule, aber das müsste er für sich behalten, in der Mädchenbande beschlossen, den Jungens in einer der nächsten Pausen die Hosenträger zu öffnen, dann werde man ja sehen.

Tatsächlich rächten sich einige Mädchen unter Ulrikes Führung bald und trieben die Jungs über den Pausenhof. Die ersten drei, vier hatten sie einfach überrascht, und dann waren sie in der Überzahl, so dass die Jungs keine Chance hatten, und weil die meisten Hosenträger trugen, liefen sie bald mit den Armen fuchtelnd, bald ihre Hosenträger schützend vor den spottenden Mädchen weg. Er selbst war auch unter ihnen und lief weg, doch zu Ulrike hin, die ihm augenzwinkernd die Klemmen hinten öffnete, so dass ihm die grün-weiß-gestreiften Träger ins Genick schnellzten. Sie wieder festzuzwicken, versuchte er gar nicht, die Mädchen hätten sie doch geöffnet.

Wieder wollte er einfach zu ihnen gehören, bei ihnen sein, mit ihnen. Bei den Jungs ging es um Angeben, Streit, Wettkampf: Wer konnte am höchsten an die gekachelte Wand pinkeln? Wer konnte am lautesten rülpsen? Wer sprang vom höchsten Ast? Wer radelte am schnellsten den Berg hinunter? Wer kannte den bösesten Witz? Wer hielt am meisten Schmerz aus? Das machte oft Spaß und oft nicht. Da hätte er gerne etwas anderes getan oder gesagt und ließ es lieber. Er kannte das Gelächter der Brüder oder der Schulkameraden, das Hänseln und Spotten, auf das sich alle einigen konnten, die Unmöglichkeit, da rasch wieder rauszukommen.

Sogar der vorige Pfarrer hatte ihn verspottet. In der Schulpause und manchmal im Unterricht nannte er ihn vor den anderen immer »Baron«. Und wie er es sagte: abschätzig, wegwerfend, nachsichtig, überdeutlich auf Hochdeutsch, was er sonst nie sprach, wie zu einem Dorfdeppen. Die Klassenkameraden nahmen das Wort zwar nicht auf, aber sie lachten, wenn der Pfarrer es sagte. Sie beschimpften den Jungen als eingebildet und fremd. Er sollte wie sie sprechen, nicht so wie die Lehrer, aber ihren Dialekt verstand er ja ab und zu nicht einmal. Er versuchte zu erklären, dass er nichts dafür konnte, dass seine Eltern eben so sprachen, dass er das Fränkische lernen wollte. Sie hörten ihm nicht zu, riefen *Preuß, Saupreuß, Fischkopf, Nordlicht.* Dabei hatte er keine Erinnerung an seine Geburtsstadt, hatte Hamburg noch nie bewusst gesehen. Die Jungen blieben anstrengend, unverständlich und zu fürchten. Plötzlich konnte einer zuschlagen, um auszuprobieren, ob er Schmerz ertragen konnte, ob er sich wehrte.

Die Schwestern und die Mädchen in der Schule dagegen redeten mit ihm, erzählten ihm Geschichten, gingen mit ihm spazieren, spielten mit ihm. Er sah ihnen gerne zu und bewunderte sie. Er hätte gerne öfter mit ihnen gespielt, wie Winnetou und Nscho-tschi wollte er mit Ulrike leben, weit weg von den anderen, in den Bergen und der Prärie! Einmal zog er den roten Hosenanzug der Schwester unten aus ihrem

Schrank. Ihr passte er schon lange nicht mehr, ihm immerhin die Hose, die Weste und auch eine ihrer abgelegten weißen Blusen. Nur ihre Schuhe waren alle zu klein. Seine schwarzen Spangenschuhe erschienen ihm viel zu klobig. Trotzdem ging er in Rot und Weiß und Schwarz zum Zimmer, wo der ältere Bruder mit seinen Freunden feierte. Eine selbstgebastelte Lichtorgel warf bunte Blitze in die schummrige Beleuchtung. Erst beachtete ihn niemand, vor allem die Knutschenden, dann lachten einige und tanzten mit ihm. Martina nahm ihn sogar bei der Hand, führte ihn vor die Tür und seufzte zufrieden: »Immer, wenn ich dich im Bus gesehen hab, hab ich mich gefragt, ob du ein Junge oder ein Mädchen bist. Aber eigentlich hab ich's gewusst. Das hab ich Martin auch immer gesagt: Das ist ein Mädchen.«

Warum nur musste sie irgendwann dahinterkommen? Er wiegte sich ein wenig zur Musik und sah Martina bewundernd an, neugierig, vor allem ihr Gesicht, das so viel Wärme und Stärke ausstrahlte. Er merkte, dass es ihr gar nichts ausmachte: »Du hast tolle Locken«, sagte er.

Martina schüttelte ihre blonden Haare, warf den Kopf zurück und lachte. »Du bist dafür schön schlank! Willst du wieder mit rein?« Er schüttelte den Kopf. Sie nahm ihn bei der Hand, drehte ihn einmal rundherum, schaute an ihm herab und meinte: »Ein bisschen altmodisch, aber es sieht ganz nett aus. Nur mit deinen Haaren müsstest du endlich was machen. Bis zum Gymnasium geht das schon, aber dann gucken die Jungen. Und die Mädchen erst recht. Glaub mir!« Sie umarmte ihn, gab ihm eine Art Kuss und ging zu den anderen.

Ganz langsam ging er zu seinem Zimmer zurück, wiegte sich in den Hüften, sah dort in den Spiegel. Er gefiel sich mit der roten Weste und Hose, den weißen Rüschen an der Knopfleiste. Das Herzklopfen ließ langsam nach. Als er sich setzen wollte, schreckte ihn ein Krachen auf. Zu spät:

Zwanzig Zentimeter lang war die Hose vom Schritt nach hinten aufgeplatzt. Er zog sich traurig aus. Legte den Hosenanzug zusammen. Der rote Stoff fühlte sich hart an und rauh, als er ihn ins Fach mit den alten Sachen zurücklegte.

»Halt! Hier Zonengrenze«

Wie ein langsamer Wecker: tack, tack, tack, tack. Die Straße war breit, hellgrau, als bestehe sie nicht aus Asphalt, sondern aus Zement, ja aus riesigen Zementplatten, die man aneinandergelegt hatte. Wo eine an die andere stieß, blieb eine Fuge. Fuhren die Reifen darüber, machte es jedes Mal tack, tack. Im Gebüsch daneben, unter den Bäumen und Brombeerranken sahen sie eine zweite Spur. Hitler hatte hier eine Autobahn gebaut, sagte der Vater, die hatten die Russen durch die Mauer abgeschnitten. Jetzt sei es nur noch eine normale Straße, die irgendwann aufhöre. Tatsächlich fuhr er bis zur Grenze in der Nähe von Hof. Es gab da keinen Grenzübergang, sondern Warnschilder: »Halt! Hier Zonengrenze«. Später sahen sie sogar welche, die vor Minen warnten. Die explodierten, wenn man drauftrat, rissen einem die Beine ab. Dann kamen die DDR-Grenzer und holten einen ab. Wenn man geduldig und aufmerksam war, sah man sie im Wald gegenüber. Davor erstreckte sich freies Feld, Schussfeld, durch das mitten hindurch die Grenzanlagen liefen. Stacheldraht und Schranken versperrten selbst die Bauernwege, die zur Grenze hinführten. Eine Streife vom Bundesgrenzschutz näherte sich mit einem Kübelwagen. Kurz hielten die Bewaffneten an und warnten sie, nicht zu nahe an die Grenze zu kommen. Der Verlauf sei nicht überall klar, die *Kollegen* von der anderen Seite hätten manchmal einen nervösen Zeigefinger. Auch die Bundesgrenzschutzbeamten trugen nicht nur Ferngläser, sondern auch Pistolen und hatten Maschinenpistolen hinten im Wagen.

Auf dem Rückweg stellten sie das Auto an der Saale-Brücke ab, warfen Steine hinunter, die viele Sekunden brauchten, bis sie unten ankamen. Wieder war nur eine Spur befahrbar, die andere führte hüben wie drüben ins Gebüsch. Genau dort wuchsen Unmengen von Himbeeren. Im Kofferraum fanden sich ein Karton und ein Beutel. Und beim Pflücken aßen sie dutzendweise Himbeeren, bis sie die roten Finger gar nicht mehr sauber lecken konnten und lachten. Nur die besten sammelten sie, die reif und unversehrt waren. Ihr eigenes Gewicht drückte roten Saft durch den fleckigen Stoffbeutel. Sie wanderten durch den Wald, der sich über den Hügel zog, hinunter zur Saale, der Vater wie immer voran. Schließlich hatte er sich noch nie verlaufen, war stets sicher, sagte die Mutter. Fast eine halbe Stunde brauchten sie bis zu dem flachen Fluss, in dem Kiesel das Wasser verwirbelten. Der Junge und die beiden Brüder suchten flache, um zu ditschen. Der Vater tat mit, und seine Steine flogen am weitesten und hüpften am häufigsten. Sie zogen die Schuhe, die Strümpfe aus und wateten im kühlen Wasser. Die Hosen wurden dabei nass, da meinte die Mutter, sie sollten lieber nackt plantschen, die Sonne schien ja. Jetzt konnten sie herumspritzen, wie sie wollten, durchs Wasser rennen, Frösche und Fische suchen, bis die Füße vor Kälte schmerzten. Auf dem Rückweg liefen sie mit dem Vater unter der Brücke hindurch. Man sah die hohen, dicken Pfeiler, die Brückenauflagen an beiden Talseiten, hausgroße Quader, zu denen Treppen hinaufführten. Der Vater zeigte ihnen die Temperaturfuge, die dafür sorgte, dass die Brücke sich im Sommer ausdehnen und im Winter zusammenziehen konnte, ohne dass sie einstürzte. Er zeigte ihnen die Sprenglöcher für die Pioniere. Die seien schon seit dem Weltkrieg da. Wenn der Russe kam, dann steckte man dort Sprengladungen hinein, und die Brücke flog in die Luft. Dann gab es keinen Übergang mehr. Die ganze Zeit, die sie hier verbrachten, hörten sie kein anderes Auto, nicht einmal Flugzeuge oder Kondensstreifen sahen sie. Der Vater sagte: »Hier ist die Welt mit Brettern vernagelt.« Das sagte er später auch noch, wenn es gar nicht mehr weiterging. Und wenn sie sich manchmal mit dem Auto verfuhren oder sich nicht mehr auskannten, sagte der Vater: »Jetzt kommt gleich ein Schild ›Halt! Hier Zonengrenze‹.« Dann dachte der Junge immer an den Himbeerausflug und die Saale-Brücke.

Viel näher lag eine Hochebene, wo sie regelmäßig spazieren gingen, vor allem am Wochenende. Durch zwei Dörfer und einen dichten Wald fuhren sie mit dem Auto, dann einen gewundenen Schotterweg hinauf und von dort aus zu Fuß weiter an krüppligen Kiefern und Ginster vorbei. Oben lagen braunweiß gesprenkelte Äcker, die halb aus Erde bestanden, halb aus Kalksteinen. Die meisten waren nur klein, doch offenbar fanden die Bauern beim Pflügen regelmäßig größere. Viele hohe Steinhaufen flankierten die Felder. Der Vater zeigte ihnen, wie man darin Versteinerungen finden konnte. Es genügte, zehn oder zwanzig aufzuheben und genau anzusehen, um mindestens einen zu finden, der eine Reihe winziger Pflanzen in Braun und Grau zeigte oder spiralig geriffelte Schneckenabdrücke oder keilige Spuren. Viele hatten die Pflugscharen zerbrochen, andere spalteten oder zertrümmerten sie, bis man darin die Versteinerungen fand. Ab und zu fuhr der Vater mit dem Auto auf die Hochebene, obwohl der Weg schlecht und nur für Traktoren erlaubt war. Dann luden sie den Kofferraum mit Steinplatten voll, als Trittsteine für den Garten. Sie durften nur nicht zu gierig sein, sonst schurrte der Unterboden auf der Mittelwölbung des Wegs, und sie mussten Steine entladen.

Noch schöner war eine andere Hochfläche in der Nähe mit einem viel weiteren Ausblick ins Land und Modellfliegern am Wochenende, die ihre Balsaholzflugzeuge testeten. »Der kleine Uhu« flog dort, den man aus der Hand in die Luft warf, wo er sich bei gutem Aufwind lange hielt. Auch der älteste Bruder hatte so ein Modell, probierte es hier, sonst aber nie aus. Ein paar der Flugzeuge lärmten wie tausend wütende Wespen. Ihr winziger Motor produzierte ein fast kreischendes Geräusch und kleine Qualmwolken. Ihre Besitzer starteten sie auf dem Rasen und steuerten sie weit über den Abhang hinaus, ein Stück ins Tal. Wie weit die Funkfernsteuerung reichte? Stunden schauten sie den Bastlern, Testern, Kleinpiloten zu.

Am Sonntag ging es nachmittags oft nur die Auffahrt hinunter, den Weg hinab, kurz die Straße entlang in den nächsten Wald, wo sie im Sommer Pilze suchten und Heidelbeeren. Birkenpilze und Kapuziner kannte er bald. Im Wald schwärmten sie deshalb immer gleich aus, riefen sich von Zeit zu Zeit. Abends wurde es stiller, aber die Geräusche schienen lauter zu werden. Dann erschreckten die Geschwister einander, stürzten brüllend hinter einem Baum hervor, mit erhobenen Armen und Krallenhänden. Sonntags sagte der Vater sehr oft: »Nach dem Essen sollst du ruh'n oder tausend Schritte tun.« Auch wenn Besuch kam oder die Eltern sich zum Mittagsschlaf hingelegt hatten, zogen sie los, nur etwas später. Langweilig bekannte Wege veränderten sich überraschend, wenn der Vater versuchte, ihnen Orientierung beizubringen, Vogelstimmen, Knochen erkennen. Sie sollten auf den zurückgelegten Weg achten, auf ungewöhnlich hohe Bäume, den Sonnenstand, Felsen, Flechten an der Rinde. So gern sie ihm zuhörten, lernten sie doch wenig. Sie verließen sich auf seine Findigkeit.

Nur bei der Schnitzeljagd passten sie auf wie die Schießhunde. Ob der Junge lieber Hase oder Hund war, konnte er nicht sagen. Die Freude und Anspannung, wenn er als Hase loslief und erst nach fünfzig Metern die erste Markierung hinterließ, sich überlegte, wie er gerecht und doch nicht auffällig die Papierreste hinstreuen konnte, schnell und doch sorgfältig, trieb ihn munter vorwärts, aber er war allein. War es nicht doch besser, ungeduldig zu zählen, bis man in der Gruppe hinterherrennen durfte, dann die ersten Papierschnitzel fand und irgendwann den Bogen erahnen konnte, den der Hase schlug? Um Müll im Wald, auf den Feldern und Wegen zu vermeiden, wies sie der Vater an, nur noch Pfeiljagd zu spielen. Das machte noch mehr Spaß, wie ein Indianerspiel. Nicht nur aus Holz fügten sie Pfeile auf dem Weg zusammen, auch Steine konnte man nehmen oder Früchte von Ebereschen oder Knochen, oder sie ritzten Pfeile mit einem Stock in die Erde. Das stammte alles aus dem Wald oder gehörte dorthin. Die Hinweise fanden sie nicht so schnell, freuten sich dann aber umso mehr. Das war Spurenlesen wie bei Karl May. Und wenn die Hunde – manchmal erst nach Stunden – den Hasen so nahegekommen waren, dass sie sie sahen und die Hetzjagd zur Freistatt auf dem Grundstück begann; dann schrien sie alle und rannten und balgten sich schließlich oft ein wenig oder rissen Ruten ab, um damit zu fechten. Zuhause gab es als Erfrischung kühlen Eibierschaum oder Wasser mit Himbeersirup, in dem Ameisensäure drin war – für die Haltbarkeit.

Der Großvater im Schrank

Wenn der Opa nach einem seiner seltenen Besuche, stets braun und gesund aussehend, in sein Auto stieg und den Berg hinunter vom Haus fort fuhr, wenn die kleinen Rücklichter seines weißen Mercedes 280 SL in der Kurve am Ende der Auffahrt verschwanden, dann mied der Junge die Nähe des Vaters, der schimpfte, klagte, wütend war. Schwer wogen die Geschenke des Opas für die Kinder, gewinnend sein Lächeln, das Leise, Feine, die Zufriedenheit, die Überlegenheit – so ganz anders als die Anstrengung, die Angespanntheit, Heftigkeit des Vaters. Der Opa malte, obwohl er doch eigentlich Arzt war, sogar »Obermedizinaldirektor«, wie der Vater gedehnt sagte. Das klang wie Donaudampfschiffahrtskapitänsmützenknopfhersteller.

Obwohl er ihn selten sah, erkannte er den Opa schon am Klang des Motors. Ein Mercedes, und dann noch solch einer, fuhr sonst nicht zu ihnen hoch. Man konnte Angst haben, der weiße Sportwagen könnte auf dem selbst gebauten Weg mit den Betonspuren aufsetzen. Auch sein Gesicht war ihm geläufig. Doch konnte er es nicht mit der Maske verbinden, die im schwarzen Bücherschrank neben dem Handabguss lag. Das sei der Großvater, hatte der Vater erklärt. Es hatte dem Jungen genügt. Doch später fragte er sich, wenn er aufs Klo ging oder in sein Zimmer zum Schlafen und dabei die Maske hinter den Glasschiebetüren sah, warum es sie und diese Gips-Hand überhaupt gab und warum das Gesicht einen Schnurrbart hatte, er den Opa aber nur glattrasiert kannte. Ganz unverständlich wurde es, als die Mutter einmal von der Totenmaske sprach. War der Opa gestorben? Das traute er sich nicht zu fragen. Außerdem kannte er die Maske doch schon immer. Und einige Monate danach kam der Opa zu Besuch. Nach der Maske fragte er lieber nicht. Das graue Gesicht und die Hand im Bücherschrank wurden ihm unheimlich. Vielleicht hatte das alles mit dem Reichtum des Opas zu tun, den sein Auto schon bewies, die Geschenke, am meisten aber sein Haus, das sie bei dem einzigen Besuch sahen.

Weit war die Fahrt und wie immer schnell, aufregend, gefährlich. Der Opel Rekord fuhr 180 auf der Autobahn, die Tachonadel stieß dann fast an den Anschlagstift, und der Schalthebel am Lenkrad zitterte heftig. Aber der Vater ließ den Fuß auf dem Gas, so lange es ging, lieferte sich Rennen mit anderen Fahrern, selbst wenn deren Wagen mehr PS hatten, und manchmal blieb er Sieger, weil die anderen weniger wagten. Die Handknöchel der Mutter vor ihm sah der Junge weiß werden, wenn sie sich am oberen Haltegriff der Tür festhielt.

Auf der Autobahn war es die pure Geschwindigkeit, auf der Landstraße das Überholen, das ihnen Angst einjagte. »Kolonnenspringen« hieß das und kam sogar in seiner Lieblingssendung »Der siebte Sinn« vor, wo falsches Fahren in kleinen Filmen vorgeführt wurde, wobei ihm die Unfälle am besten gefielen: Manchmal überschlug sich sogar ein Auto, bloß weil der Fahrer geschlafen hatte. Er vertraute dem Vater fast immer. Auch wenn entgegenkommende Autos hupten oder mit den Scheinwerfern blinkten, der Vater fand schließlich immer eine Lücke. Schrie jemand auf oder kritisierte den Vater, dann fuhr der höchstens noch schneller und schimpfte verächtlich.

Beim Opa wartete ein großes Grundstück mit Villa und Swimmingpool und Chow-Chow, der böse blickte, bellte, schnappte, schlitzäugig, blauzüngig. Der Opa hielt ihn so halb im Zaum. Seine zweite Frau kam dazu, lang, schlank, wie durch ein Mundstück sprechend und in leichtem Singsang. Nett wirkte sie schon. Warum misstraute der Junge ihr? Umständlich holte der Vater sein Geschenk aus dem Kofferraum und stellte fast wortlos den Birkenmann hin. Der war größer als die Kinder, wohl eineinhalb Meter. Der Opa freute sich, dankte, staunte, wollte nicht glauben, dass der Birkenmann selbstgemacht war, aus eigenen Stammteilen. Er bat darum, ihn bei den Tannen am Swimmingpool aufzustellen. Als sei es ihm wie dem Vater peinlich, rief er rasch ins Haus zum Kaffeetrinken. Den Koffer sollten sie erst einmal im Auto lassen. Seine Frau, die gebeten hatte, sie bei ihrem Vornamen zu nennen, schob ein Stück Torte nach dem anderen auf eine große Glasplatte. Es gab nicht nur eine Torte, sondern verschiedene Sorten und sogar vom Konditor, nicht selbstgemacht, und es gab so viel, wie man wollte. Am besten schmeckte ihm die Schwarzwälder Kirschtorte mit dem Alkohol. Nach dem dritten Stück musste er aber aufhören. Außerdem wollten sie im Swimmingpool baden. Zuvor sollten sie das Laub herausfischen, obwohl es nur wenige Blätter waren. Den Käscher mit langem Stiel wollte jeder von ihnen durchs Wasser schieben, die anderen damit nassspritzen und wieder in den Pool halten. Bis sie endlich zum Baden kamen, war die Sonne schon hinter Wolken, das Wasser ungeheizt, so dass sie nur kurz planschten. Es genügte, dass der Junge sich erkältete; oder war es die Fahrt gewesen? Dem großen Bruder machte es offenbar nichts aus. Eine Sonne auf grünblauem Grund lächelte von der Packung mit Halswehtabletten, die ihm der Opa gab.

Am folgenden Tag lud er sie zum Essen ein: in ein Restaurant. Es gab dort Kellner, sehr höfliche und geschickte, dazu

Essen, wie er es noch nie gesehen oder gegessen hatte: Kroketten, frische Champignons, Spätzle, Wildschwein, Hirsch. Den Opa kannten die Kellner, der Besitzer kam sogar und begrüßte ihn und seine Gäste. Ob er sich richtig verhielt? Die vielen Gläser und Besteckteile verwirrten. Als er sein Eis aufgegessen hatte, sagte der Junge laut, es habe ihm noch nie so gut geschmeckt. Der Vater zuckte zurück, der Opa lächelte, winkte dann dem Kellner, bat ihn um die Rechnung und legte einen Hundertmarkschein hin. So viel Geld für einmal Essen! Und dann hatte der Opa noch fast zehn Mark Trinkgeld gegeben. Soviel hatte der Junge sich von seinem Taschengeld in einem Jahr zusammengespart; erst vor kurzem hatte er die Münzen aus seinem Sparhasen mit einer aufgebogenen Haarnadel geangelt, weil er den Schlüssel verloren hatte. Einen Hundertmarkschein sahen die drei Geschwister zum ersten Mal in echt. Sie wollten selbst so reich wie der Opa sein, der sicher noch mehr Hundertmarkscheine besaß. Sie verließen das Gasthaus satt und stolz. Die Eltern kamen hinterher, der Vater schimpfte leise. Bald brachen Sie auf. Die Heimfahrt war weit, die Kinder mussten am nächsten Tag in die Schule und ausschlafen, meinte die Mutter. Der Vater schwieg. Herzlich verabschiedete sie der Opa und seine Frau. Der Chow-Chow kläffte.

Im Auto fragte der Vater, warum sie so rumgeschleimt hätten? Der Obermedizinaldirektor hatte doch mehr Hypotheken als sonst was! Wer hatte den Opa von seinen Schulden befreien und ihm das Haus abkaufen müssen? Er! Nur deshalb konnte der jetzt dicke tun! Nur deshalb fehlte es ihnen jetzt an Geld! Außerdem hatte der da sich einen Dreck um seine Kinder gekümmert, hatte sie und seine Frau sitzenlassen. Und wenn es ihnen im Restaurant so gut schmeckte, dann sollten sie doch dort essen und nicht mehr bei ihm. Sie würden sich schon noch nach seinen Fleischtöpfen zurücksehnen. Darauf gebe er Brief und Siegel. Niemand wagte zu widersprechen. Der Vater fuhr schneller als auf der Hinfahrt. Als sie endlich den steilen Berg zum Haus hinaufkamen, war es Nacht und alle sehr müde. Selbst der Vater schimpfte nicht mehr. Wie immer dankte die Mutter, als er den Motor abgestellt hatte, dem Fahrer für das sichere Heimbringen. Der Vater murmelte etwas und trug das Gepäck ins Haus.

Alles sah aus wie immer. Die selbstgebaute Garage aus grauen, grobporigen Hohlblocksteinen voller Gerätschaften, Torfsäcke, dazu die Mülltonnen, ein paar ausrangierte Möbel, Salz im Zentnersack zum Streuen im Winter. Auch die Treppe hatte der Vater gebaut, die sie schläfrig hinaufgingen. Nur die Betondecke der Garage, sie nannten sie »Plattform«, hatten Bauarbeiter gegossen. Beim Entlüften des flüssigen Betons, der »Speise«, hatte der Vater aber wieder selbst mitgeholfen, indem er mit dem Rüttler, einem riesigen Schlauch mit einem eisernen Rüssel, die Masse entlüftet hatte, damit keine Hohlräume blieben. Der Name erinnerte den Jungen an die Rüttelfalken, die überall in der Gegend zu sehen waren. Auf der Plattform blieben, weil sie nicht ganz plan war, nach Regenfällen Wasserlachen stehen. Das Wasser fegte der Vater mit einem Straßenbesen weg. Später versuchten sie es selbst. Es kam dabei nicht so sehr auf Schnelligkeit an, sondern auf gleichmäßigen Schwung. Die Kunst, Wasser zu fegen, erlernte der Junge erst nach vielen Monaten. Aber er machte es in der Lehrzeit schon gern, weil es etwas von einem Spiel hatte und schön aussah, wenn das Wasser Wellen bekam, kleine Strudel, zurückfließen wollte, er es wieder aufhielt und in die andere Richtung fegte.

In dieser Nacht traten sie in eine große Pfütze vor der Eingangstür. Freunde hatten einmal gefragt, warum der Eingang hinter dem Haus und auf Höhe des ersten Stockes lag. Er wusste es nicht. Es gab allerdings noch einen ebenerdigen Seiteneingang, doch der Weg war länger und im Dunkeln nicht gut zu gehen. Das Haus hatte der Opa bauen lassen, und an allen Fehlern hatte der die Schuld, sagte der Vater.

Ein paar Wochen danach sprach der Vater über seinen Vater, über dessen hartes Leben, seine Krankheiten und seinen frühen Tod. Dabei erfuhr der Junge, dass er sich die ganze Zeit getäuscht hatte. Die Totenmaske im Schrank bildete nicht den Vater der Mutter ab, sondern den des Vaters. Trotzdem blieb es schwierig, denn ein Dritter kam ins Spiel, der erste Mann der Mutter des Vaters, der gleichfalls früh gestorben war. Auch über ihn erzählte der Vater viele Geschichten, er sei Sitzredakteur gewesen, ein Kirchenkritiker, ein Schriftsteller. In der Hochzeitsnacht hatte er seine Braut erschreckt, weil er plötzlich nackt und sichtlich erregt vor ihr gestanden war. Die floh schreiend in den Schrank, öffnete erst ihrer Mutter. Der Junge verstand wenig von den Geschichten über seinen Stiefgroßvater, der gar nicht mit ihm verwandt war, doch wenn der Vater mit Schwung redete, hörte er ihm gerne zu. Hauptsache, er fragte nicht nach Zusammenhängen oder prüfte nach, was man behalten hatte.

Wie schwierig war es, sich in der Verwandtschaft auszukennen! Viele waren vor Jahrzehnten gestorben, andere lebten in der DDR oder in Übersee, so dass er sie nur von Fotografien kannte. Kamen sie dann wirklich zu Besuch, wunderte er sich manchmal, dass sie noch lebten. Der Junge verwechselte eine Tante mit der Mutter des Vaters, die er nur von Bildern kannte, weil sie im Alter der Mutter so ähnlich geworden war. Als er einmal mit der Tante spazieren war, ging sie plötzlich auf der Straße in die Hocke und pinkelte. Eine Pfütze lief unter ihrem Rock den Weg hinunter. Sie trug dabei einen Persianermantel und eine glitzernde Spange an der Bluse. Unheimlich erschien sie ihm und nett zugleich. Die Tante in Übersee mochte er noch lieber. Sie war seine Patentante und hatte ihm zum Geburtstag einen Fünf-Dollar-Schein geschickt. Lange konnte er sich nicht entschließen, ihn einzuwechseln. Die Tante und ihr Mann besaßen eine Farm in der Wildnis und darauf befand sich sogar eine Ölquelle. Leider waren sie nicht reich, denn alles, was einen Fuß unter der Erde lag, gehörte dem Staat.

Angeben konnte er also nur mit dem mütterlichen Opa. Niemand sonst kannten sie, der eine Villa besaß, einen Mercedes, einen Swimmingpool, nicht einmal Susannes Vater, schon gar nicht die Väter der Kinder, mit denen sie kämpften. Er hatte einmal versucht, die Gegner mit dem toten väterlichen Großvater im Lexikon zu beeindrucken. Das ließ die Dorfkinder kalt. Ihre Eltern und Großeltern arbeiteten auf den Feldern oder in der Spinnerei. Wer Bücher schrieb, war für sie eine Memme, kein Mann. Vor einigen Jungen aus der Siedlung hatte er Angst. Die wirkten hässlich, unberechenbar, verwahrlost. Der Junge erlebte, dass sie kräftiger, kantiger, ernster waren, aber eigentlich nicht böse. Nur ein Schläger befand sich unter ihnen, den er einmal mit einem zufälligen Stoß so gut traf, dass er ihn von da an in Ruhe ließ. Mit einer Familie im Dorf gab es eine Fehde; die Geschwister redeten oft davon, ohne dass es zu mehr als Wortstreit gekommen wäre. Einmal verabredeten sie sich dann zu einem Entscheidungskampf auf einer Wiese, ihr Anführer gegen ihren Anführer. Weil der Hund der Müllers immer wieder dazwischensprang und seinen Herrn verteidigte, wurde der Kampf abgebrochen. Ein zweites Mal trafen sie sich, drei von ihnen, fünf Müllerkinder und einige Neugierige auf einem Bauplatz, wo man sich auf die Dachbalkenstöße setzte und gegenseitig bedrohte. Es blieb bei Worten und war doch schrecklich. Ein Wettkampf der Drohungen, der leicht in Prügelei umschlagen konnte: »Haut bloß ab, das gehört uns!« »Macht mal die Augen zu, dann seht ihr, was euch gehört!« »Wir wohnen schon länger hier!« »Unser Haus steht schon immer da!« »Ich hol unsern großen Bruder, der verhaut euch!« »Dann holen wir unsern Bruder,

der ist bei der Marine!« Cousins und Onkel führten sie ins Feld, die Väter, die stark waren und versteckte Waffen besaßen. Und dann redete er auf einmal drauflos: »Mein Opa ist Millionär. Und wenn der kommt, geht's euch schlecht. Der kauft einen Zoo und lässt die Löwen und Bären und Tiger und Wölfe auf euch los!« Unwillig, weil ihnen keine Steigerung mehr einfiel, zogen die Müllers ab. Der Hund kläffte noch lange in ihre Richtung.

In Cowboys wachsen

Merkwürdige Beinschmerzen am Abend und in der Nacht, ein Kribbeln, Stechen, Ziehen, nichts vergleichbar. Zuerst hielt er einfach aus, hoffte, er werde einschlafen, was auch gelang. Einige Tage später kam das Gefühl wieder, nicht so schmerzhaft, dass er weinen musste, doch stark genug, um genau darauf zu achten, ob es sich verstärkte. Er sprach, als sie allein waren, mit der Mutter. Das sei ganz natürlich, sagte sie. Wenn der Körper sich streckte und dehnte, wenn die Knochen dicker wurden, dann fühlte sich das ein wenig an wie leichte Schmerzen. Seitdem freute der Junge sich, wenn das Gefühl wiederkam, denn er wollte ja bald in die Strickjacke des Ältesten passen.

Alle trugen ihre Kleidung lange, Löcher stopfte der Vater, manchmal auch die Mutter, und besonders große bedeckten sie mit Flicken aus Leder. Mit Flicken sahen die Hosen und Jacken besser aus, als gehörten sie noch mehr zu ihm. Er konnte verstehen, wenn die Mutter über die immer neuen Löcher und Risse klagte, wenn der Vater sie deswegen anschrie oder versohlte. Das Grundstück, der Acker, die Wälder waren aber zu reich an Dornen, Zweigen, Felsen. Wie sollten sie da mit heiler Kleidung und Haut nach Hause kommen? Die Kämpfe, die sie untereinander ausfochten, führten zu Blutflecken und weiteren Löchern. Selbst die dicken Cordhosen, so weich, dicht und warm, hielten nur ein, zwei

Jahre. Was an Sachen trotzdem überlebt hatte, wurde an die kleineren Geschwister weitergegeben oder für sie aufbewahrt. Die alten Gummihosen wanderten in den Müll, nachdem er sie ein paar Wochen lang in der ersten Klasse wieder hatte anziehen müssen; ein letztes Mal.

Sie waren es gewohnt, Socken zu erben, Schals, Mützen, Schuhe, alte Gummi- oder schwere Skistiefel, deren vielösige, vielhakige Schnürung und kaum knöchelhohen Schäfte bei den Besitzern von Plastikschnallenstiefeln direkt Entsetzen hervorrief. Die Holzskier der Geschwister mit der Drahtseilbindung noch mehr. Sie achteten nicht darauf, schauten mehr auf die älteren Brüder und ihren Besitz. Der Junge wollte vor allem in die helle Strickjacke wachsen. Sie gehörte dem Ältesten, zwei rote Cowboys waren hineingestrickt, die schwarze Lassos schwangen, der eine rechts, der andere links auf der Brust. Ihre Tante in Kanada hatte die Jacke selbst gestrickt und vor vielen Jahren mitgebracht. So etwas besaß niemand, kein Kind und kein Erwachsener, in Hamburg nicht, wo sie der Älteste schon trug, und hier im Süden erst recht nicht. Einige Zeit hing sie im Schrank, als sie für den Ältesten schon zu klein, für den nächsten noch zu groß war. Doch nicht lange. Es machte ja nichts, mit einer zu großen Jacke herumlaufen. Die beiden kleinen Brüder beneideten den Erben und wünschten, sie kämen bald an die Reihe.

Bis dahin zogen sie oft Geschwistersachen an, für die Brüder gleich dreifach gekauft. Das sparte Zeit beim Kaufen und kostete Zeit beim Sortieren, bis die Mutter wenigstens in die Strümpfe farbige Kreuze zur Unterscheidung einnähte. Undenkbar war das für die dunkelblauen Kinderanzüge mit goldenen Knöpfen und kurzen Hosen, die sie bekommen hatten, als sie vier, sechs und acht waren. Woher die Eltern wohl das Geld dafür hatten? Mit ihren Anzügen vergaßen sie das Rennen und Tollen, stolzierten zu dritt nebeneinander vor den Nachbarn umher. Frische Pilzköpfe krönten sie, die Herr Liebig unten im Dorf geschnitten hatte. War er nicht so gut aufgelegt, legte er wortlos ein Brett quer über die Lehnen des drehbaren Stuhls, damit sie in bequemer Höhe saßen, und rasierte ihre Köpfe mit seiner summenden Maschine einfach sehr kurz. Ihre Brüderdreiheit betonten am schönsten die Frottee-Bademäntel, alle weiß grundiert, doch verschiedenfarbig gestreift und so weit, dass sie Jahre lang nicht herauswuchsen, während doch gleichzeitig die Bleistiftstriche an der Speisekammertür höher wanderten. Der Vater zog sie ganz gerade an dem Buch entlang, das er auf die Kindsköpfe legte, um ein exaktes Ergebnis zu erzielen. Mit acht kam er endlich hoch genug, um das Regal mit den Obstkonserven zu erreichen.

Der Junge findet im Regal eine offene Büchse ohne Papier drum herum. Jetzt darf er sich nur nicht erwischen lassen! Der wunderbare Vorgeschmack von Pfirsichsirup, den der Vater manchmal aufhebt, um daraus Kuchenglasur zu machen, erfüllt ihn. Als er gierig und rasch einen großen Schluck nimmt, merkt er sofort und zu spät, dass sich der Saft anders anfühlt, erst nach nichts und dann dumpf, muffig, schmierig schmeckt. Für einen Moment steht er starr in der Speisekammer, weiß nicht, was tun. Endlich rennt er zur Spüle und spuckt aus, würgt, spült den Mund aus. Die Mutter hört ihn, fragt erschrocken. Er gibt – immer noch würgend und hustend – den Diebstahl zu. Sie lacht erleichtert, gutmütig, denn was er getrunken hat, ist Leinölfirnis.

Weil sie wuchsen, konnten die älteren Verwandten sie bei Feiern nicht mehr durch die Luft werfen – ein Gewinn, ein Verlust? Größerwerden brachte neuen Ärger, weil der treu tragende Plastiklaster, nachdem erst die Achsen verbogen waren, unter ihnen zusammenbrach. Es bedeutete, dass sie im Haushalt Pflichten übernehmen mussten: Staubwischen, Staubsaugen, Hunde-, Hühner-, Katzenfüttern. Die Katzen fingen meist genügend Mäuse, Blindschleichen, Eidechsen, Maulwürfe; von denen fraßen sie nicht viel oder gar nichts, legten sie nur auf die Matte vor der Tür.

Hinzugekommene Pflichten erfüllte der Junge zuerst gern, lernte Neues, fühlte sich den Erwachsenen zugehörig. Nach ein paar Wochen verlor er die Lust. Er glaubte den väterlichen Faulheitsvorwürfen, wenn er den Staubsauger mürrisch über die endlosroten Teppiche schob, wenn er mit dem Staubtuch immer missmutiger durch jede einzelne Aussparung der vielfach durchbrochenen Stuhllehnen wischte, sie dann mit dem Möbelspray nachpolierte, oder wenn er den alten Blechtopf mit dem schwappenden Essensrestebrei zum Hundezwinger balancierte und den Brechreiz unterdrücken musste. Nein, fleißig war er sicher nicht, also wohl faul. Dass der älteste Bruder ihnen eine Weile Geld für die Arbeit im Haushalt gab, half nur wenige Wochen. Der Wunsch nach dem Geld blieb, die Freude an der Arbeit schwand wieder.

Vielleicht war Kleinsein doch besser? Gern kroch er noch unter dem Tisch herum, setzte Hundemienen auf, wie er sie beim Schuhhändler bei den Hushpuppies gesehen hatte, den »Bassetts«, wie ihn der Vater belehrte. Das funktionierte immer, vor allem bei den Erwachsenen, die es nicht kannten, und selbst bei den anderen hielt die Wirkung erstaunlich lange an. Sie lachten, strichen ihm übers rundliche Gesicht und sagten mitleidige Worte im Kleinkindton. Beim Vater verfing die Tour nicht.

Trotzdem, wie erhebend, endlich Bäume erklettern zu können, die unerreichbar gewesen waren. *Windstärke 12*, die junge Eiche, die schon zwanzig Meter hoch war, aber dünn und klein im Vergleich zur alten Eiche hinter dem Hundezwinger: der Stamm zehnmal so dick und dreimal so mächtig die Krone. Ein Querast von *Windstärke 12* streckte sich im rechten Winkel einladend aus. Viele Jahre unerreichbar für ihn. Die Älteren zogen sich leicht daran hoch und spotteten von oben. Die Eiche pendelte herrlich im Wind, besonders bei aufziehenden Gewittern. Dann schlichen sie sich zu ihr, stiegen hinauf, um mit ihr die Macht der Böen, die Kraft des gedehnten Holzes zu spüren, ein Schwanken, das Katapultgefühle weckte und Matrosenfrohsinn wie hoch in den Masten.

Wachsen hieß, dicker zu werden. Mit zehn Jahren stieg er ernsthaft auf die Waage. Vorher hatten sie nur mit der federnden, wippenden Skala gespielt. Als die Waage über fünfzig Kilogramm zeigte, dann fünfundfünfzig, dann sechzig, dann fünfundsechzig, wunderte er sich. Vor kurzem rannte er noch schlank und beweglich über die Wiesen. Er rannte immer noch, doch nun hörte er Spottnamen wie »bulgarischer Donnerbrocken« oder »Wonneproppen«. Die Sachen spannten am Bauch, neue mussten her, zum ersten Mal T-Shirts statt Hemden, davon eines mit wildverlaufenem Batikmuster, hellblau der Grund. Die Freundinnen der Mutter fingen als erste an, immer wieder »Ganz die Mutter!« zu rufen. Er zog den Bauch ein, drehte sich weg, wenn sie ihm zu nahe kamen, zog sich nachlässig an, ließ die Haare wild wachsen. Die Kommentare von Nachbarn, sogar Unbekannten in der Stadt nahmen zu, so wie er zunahm. »Du gehörst auch da nauf! Das sieht man gleich«, sagten Busfahrer, Bäuerinnen, Polizisten, lächelten und strichen ihm über die Haare. Das größere Gewicht machte ihn langsam unbeweglicher, ruhiger. Er regte sich kaum mehr auf, ließ Zudringlichkeiten über sich ergehen, nachdem Leugnen nichts half. Sein neuer Körper gefiel ihm im Stillen. Nur den Geschwistern, den Leuten gegenüber schämte er sich, fremdelte mit ihm. Ratlos halb und halb behaglich zog er Speckfalten aus dem Bauch und dachte an die Geschichte der dicken Frau, die in der Familie umging: Sie habe von den Knien aus Fettwülste nach oben rollen können. Oft versuchte er es, war sich dabei aber immer unsicher, ob er es richtig machte und ob es ein Erfolg wäre, wenn es klappte, oder ein Zeichen dafür, dass er nun selbst ein Fettwanst war. In der Klasse taten er und der dicke Gramps sich unabgesprochen zusammen. Der Junge suchte seine Nähe, er spielte mit ihm Quartett. Irgendwann flauten die Hänseleien ab, und es gefiel ihm, dass man von ihm weniger erwartete als von sportlichen Klassenkameraden. Er richtete sich im Dicksein ein. Seine Mutter lebte dick, sein Vater trug seinen Bauch und war doch so kräftig. Und es rollte sich besser die Hügel hinunter.

Dann schoss er in die Höhe. Dreißig Zentimeter mehr machten aus ihm einen dünnen Jungen. Wieder musste neue Kleidung gekauft werden. Sachen der älteren Geschwister probierte er erfolgreich an, und zu seiner Konfirmation zog er einen abgelegten Anzug des Vaters und dessen gelbe Krawatte an. Er bekam etwas Geld. Dabei stieß er auf die Cowboy-Strickjacke. Plötzlich überkam ihn ein großes Glücksgefühl, und er zog sie hervor, mit Mühe allerdings nur über die Arme, die sie zwangsjackenhaft einschnürte und nach hinten bog. Die Nähte knarzten leise, die Wolle gab nicht nach. Er sah nicht mal in den Spiegel, legte die Cowboyjacke zurück in den Schrank, aus dem sie erst wieder hervorgeholt wurde, als das Rote Kreuz Altkleidung sammelte.

Die Igittis

Die drei Betten standen in drei Ecken, in der vierten der Ofen. Durch die Dachschräge lebten sie wie in einem Zelt oder einem kleinen Haus für sich. An den Holzwänden, helle, gehobelte Kiefernbretter, die mit den Jahren bernsteinfarben wurden, klebten Tiere mit Hüten, Hosen, Jacken und komischen Namen, die ihnen der älteste Bruder sagte: Donald Duck und Dagobert Duck, Daisy, Tick, Trick, Track, der kleine und der große Böse Wolf, die drei kleinen Schweinchen, Peter Pan. Schneewittchen und die Zwerge kannten sie selbst aus dem Märchen. Viel lustiger wirkten sie als die Tiere, die kleinen Kinder, Monde und Sterne auf ihren blauen Vorhängen. Im Sommer wurden sie zur Schlafenszeit zugezogen. An einer Wand gab es statt der Bretter Tapeten; links neben der Tür eine mit alten Schiffen, über der Tür und dem Schrank sah er Sterngebilde in toten Farben.

Selbst wenn nur eins der Geschwister krank war, hockten sie bei Erkältung zu dritt unter dem hohen Holztisch in der Mitte des Zimmers, um ein Kamillenbad zu nehmen. Die Mutter legte die große graue Decke mit dem Aufdruck *Wehrmacht* auf den Tisch und verwandelte den Platz zwischen den Tischbeinen in eine Schwitzhöhle. Die große Blechschüssel füllte sie mit viel kochendem Wasser und schüttete vorsichtig aus der braunen Flasche den braunen Kamillenextrakt dazu. Die dicken Dampfschwaden sollten sie möglichst tief einatmen. Stumm und tief beugten sie sich über die Schüssel, atmeten, atmeten. Jedenfalls solange, bis die Mutter das Zimmer verlassen hatte. Danach pusteten sie in den Dampf, redeten über Lokomotiven und Vulkane, stritten sich häufig, vor allem die beiden Jüngeren mit dem Älteren. Der ging schon in die Schule, wusste viel mehr als die beiden Jüngeren, schüchterte sie manchmal ein und ließ sie oft staunen, wenn er viel erzählte oder einfach abhaute über den Zaun, sich mit anderen Kindern traf.

Ohne ihn waren sie oft unterwegs. Zu zweit fühlten sie sich sicher, gar nicht als die Jüngsten. Um das Grundstück herum gab es keine richtigen Straßen, keinen Verkehr. Nur der Traktor kam alle paar Wochen, um das Feld neben dem Grundstück zu eggen, zu pflügen, abzuernten oder die Wiese zu mähen. Dann rannten sie hin, sahen von weitem zu, und nur wenn der Bauer winkte, kamen sie näher. Meist saß bei ihm auf dem Radkasten des Traktors die Bäuerin. Sie füllte Säcke mit Kartoffeln, befreite den Mähbalken von Ästchen, die ihn blockierten, oder nahm einen großen Holzrechen, mit dem sie das Heu aufhäufte. Lange dauerte es, bis der Bauer sie einmal mitfahren ließ. Zu zweit saßen sie auf dem Radkasten und spürten den Motor als Kitzeln im Hintern. Kam das Ochsengespann, blieben sie lieber fern. So langsam die Tiere sich bewegten, so unvermutet schüttelten sie sich und schleuderten Schleimflocken fort. Das schwere Joch auf ihren Nacken trugen sie zu zweit mit Leichtigkeit. Auch sie taten viel zu zweit, zündelten, schlugen Scheiben ein, fuhren mit dem Spielzeuglaster weit hinunter ins Dorf, den Dorfberg hinunter, immer lustig bergab. Unten wussten sie nicht weiter. Wie ging es zurück? Bergauf strengte sie an. Der Abend brach an. Dann fanden die Eltern sie und fuhren sie im Auto heim. Die verdiente Tracht Prügel schien ihnen weniger hart und lang als erwartet. Zu zweit standen sie das leicht durch. Zusammen spielten sie mit Tieren Zoo, mit Indianern, Cowboys, Zinnsoldaten, Spielsteinen, den Kasperlefiguren. Sie erzählten sich Geschichten, obwohl sie es nicht so gut konnten wie ihr älterer Bruder und sie seine oft nur wiederholten. Doch eine Geschichte gehörte nur ihnen. Plötzlich war sie da.

Zu zweit reden sie im Kinderschlafzimmer. Sommer: Warm und hell ist es. Sie liegen angezogen im Bett, zufrieden, als er die Geschichte von den Igittis zu erzählen beginnt. Der Junge sieht sie vor sich, Gestalten – Frauen, ein wenig wie Krankenschwestern. Er hört ihre tiefen, schönen Stimmen. Was sie sagen, versteht er nicht. Die Bilder in ihm und die Wörter fließen ineinander. Während er dem Bruder erzählt, erzählt er sich selbst. Gespannt sind sie beide. Der Junge sieht und erzählt, wie sich die Gestalten in einer dunklen Umgebung bewegen, sprunghaft: die Igittis – so heißen sie, so nennen sie sich selbst. Weiß, wie Krankenschwestern gekleidet bis zum Po. Dort sind sie nackt und dort baumelt eine meterlange weiße Spirale wie ein Schwanz heraus. Aus ihr können sie Groß machen und das Aa weit wegschleudern oder schießen. Warum und wann die Igittis Groß schossen, weiß er nicht. Er sieht es vor sich und muss lachen. Ihm kommt eine Idee. Er fordert den Bruder auf, sich die Hose auszuziehen und tut es auch gleich selbst. Dann sollen sie sich zusammenlegen. Irgendwie hat das mit den Igittis zu tun. Po an Po liegen sie, der ältere oben, und stoßen die Backen gegeneinander. Sie lachen, und das weichgefederte Bett hüpft. Es fühlt sich weich, warm, lustig an. Sie drehen sich um, finden es auch schön, aber weniger. Sie wechseln sich ab im Stoßen, im Oben- oder Untensein, lachen wieder, stellen sich ins Zimmer gegeneinander und reiben die Pobacken aneinander, bis einer ruft: »Die Igittis kommen!« Eine Warnung und ein Freudenruf zugleich. Als der kleine

Bruder aufs Klo muss, endet das Spiel. Sie sprechen noch über die Igittis. Es soll ein Geheimnis bleiben. Sie legen die Hände ineinander und versprechen es.

Der kleine Bruder plauderte öfter Sachen aus. Am Frühstückstisch verriet er, dass der zwei Jahre Ältere, als er dicker wurde, Angst hatte, eine Frau zu werden, weil er schon Brustansätze bekommen hatte. Der Vater, die Mutter, die Geschwister, alle lachten und spotteten noch eine ganze Weile. Über die Igittis sagte der Kleine nie etwas.

Ringe auf Reisen

Tief fiel der Stein in den Brunnen. Langsam zählte er bis vier, bis er ein dunkles *Plumps* hörte und etwas wie ein Echo. Der zweite, größere machte *Platsch*. Ein Streichholz, das er durch das große Loch im rostigen Deckel hinabwarf, konnte die Tiefe nicht ergründen, weil es zu schnell verlosch. Weit sah er in die Schwärze. Der Deckel knisterte, als er sich auf ihn stützte. Rost rieselte in den Brunnen. Vielleicht gehörte er zur alten Burganlage und hatte die Ritter bei einer Belagerung vor Durst bewahrt. Außer der Sage gab es keine Burgreste, kein altes Gemäuer, wenn er das niedrige Sandsteinhäuschen mit Schlot, den Backofen für die umliegenden Häuser, nicht zählte. Das hatte Fräulein Bräutner in Heimatkunde erwähnt und den Brunnen dazu, als sie vor ihm warnte. Niemand würde bemerken, wenn ein Kind dort hineinfiel. Man stürzte sich in dem Schacht zu Tode oder ertrank und zerschrammte sich zuvor noch Kopf und Hände und Seiten. Sofort hatte der Junge sich selbst gesehen, wie er in der Schwärze hinuntersauste, umhergeworfen wurde, aufschlug dann, unrettbar im dunklen Wasser wartend.

Jetzt aber war es hell. Unter den nahen Apfelbäumen summte und roch es süß gärend, wespengefährlich. Er verbrachte viel Zeit allein. Wie lange der kleine Bruder noch im Krankenhaus liegen musste? Mit dem weißen Strumpf auf dem Kopf sah er so lustig aus, dass alle lachten, obwohl es ihm noch nicht wieder gut ging. Die Ärzte, die Schwestern, sogar die anderen Kinder im Zimmer mochten ihn gut leiden.

Ein Tor war beim Fußballspielen in der Schule, keiner wusste recht wie, einfach nach vorne gekippt, auf ihn drauf, auf seinen Kopf, überall Blut, aber kein Schrei. Jedenfalls hatte das Stefan in der Pause erzählt. Da war der Krankenwagen, den der Junge auch gehört hatte, schon längst weg. Pfarrer Koch hatte ihnen verboten, aus dem Fenster zu sehen, als die Sirenen im Pausenhof erstarben: »Man weidet sich nicht am Unglück anderer«, hatte er gesagt. »Lasst uns lieber beten, dass die Sanitäter helfen können!« Der Hirte, die Schafe, die Hürden auf dem Religionsbuch fielen dem Jungen ins Auge; der Ausdruck gefiel ihm, »sich am Unglück weiden«. Dann hatten sie, ohne es zu wissen, für seinen kleinen Bruder gebetet.

Auf dem Heimweg war er erst die Allee hinaufgerannt, doch bei den kläffenden Spitzen – »Spitz pass auf!« spielten sie gerne, waren auch zwei der Schnüre an den Holzhütchen schon gerissen – hatte er angefangen zu trödeln. Obwohl er spät nach Hause gekommen war, hatten ihn statt einer Tracht Prügel nur ein paar Brote, die Nachbarin und der große Bruder erwartet, weil die Eltern noch im Krankenhaus hatten bleiben wollen. »Schädelbasisbruch«, sagte der Vater abends und die Mutter, dass es länger dauern werde, es aber viel Hoffnung gebe.

Hier am Brunnen war er mit dem kleinen Bruder nie gewesen. Jetzt fehlte er ihm. Und doch fühlte er sich durch das einsame Umherstreifen mutiger.

Noch auf den Brunnendeckel gelehnt, hörte er plötzlich böses Bellen. Hinter sich sah er den Boxer des Schwarzen Mannes, der sich frei gemacht hatte und zu ihm hin rannte, obwohl er gerufen wurde, barsch, befehlend, schließlich schrill. Der Junge sprang auf den Deckel, der sich tief einbeulte, wollte weg, aber der Hund sprang um den Brunnen herum. Da war der Schwarze Mann bei ihm, riss den Hund am Halsband zurück und ihn vom Brunnen herab auf den Boden. Kurz japste der Boxer noch, dann stand er still, brav, nur die Fäden am Maul zeigten seine Anstrengung. Immer noch hielt der Schwarze Mann den Jungen fest, daneben der Hund. Der Mann keuchte mit rotem Gesicht, das vor den weißen Haaren und unter dem dunklen Hut leuchtete. Wespengesumm, Hundehecheln. Der Junge fühlte die Hand hinten an seinem Kragen, der Knopf drückte am Hals, es würgte ihn fast, die Kehle war trocken. Obwohl er so nahe dem Schwarzen Mann und seinem Hund auf dem Boden saß, war er eher traurig als ängstlich, Tränen sammelten sich in den Augenwinkeln.

»Ich krieg keine Luft mehr«, stöhnte er.

»Das tut mir leid!«

Die Hand ließ los.

»Der hat Angst um dich gehabt. Schau, jetzt ist er ruhig. Du darfst doch nicht auf den Deckel hinauf! Wenn du eingebrochen wärst! Denkst du nicht an deinen kleinen Bruder?!«

Natürlich, im Dorf redeten alle und viel miteinander. Immer wieder fragten ihn Leute etwas Unverständliches über die Familie oder andere. Dann versuchte der Junge, nichts zu sagen, aber die fragten weiter, bis er doch sprach und sich nie sicher war, ob er aus Versehen etwas verriet. Den Schwarzen Mann hatte er allerdings noch nie tratschen gesehen, immer nur allein auf Spaziergängen mit seinem Hund.

»Willst du etwas Süßes?«

Rasch stand der Junge auf und klopfte sich die Sachen aus.

»Ach, dumm, ich hab ja gar nichts dabei. Höchstens daheim. Vielleicht besuchst du mich ja einmal. Komm, wir gehen ein Stück gemeinsam, wir haben doch den gleichen Weg!«

Der Schwarze Mann nahm mit der gesunden Hand die Leine auf und lenkte den Jungen mit der Lederhand an seiner Schulter Richtung Berg.

»Und bleibe um Gottes Willen vom Brunnen weg! Da ist vor Jahren ein Kind hineingefallen, als noch kein Deckel drauf war. Das haben sie erst nach vielen Tagen entdeckt. Du musst doch gesehen haben, dass der Deckel ganz mürbe war!«

»Aber der Hund ...«

»Der Ali hat nur gesehen, dass du in Gefahr bist. Glaub mir, der ist nicht dumm. Und er mag Kinder. Wie ich. Willst du ihn mal streicheln?«

Er hielt an und zog Ali näher, der das hässliche Gesicht schnüffelnd und ruckartig zu ihm hinstreckte. Die Schnauze war klebrig und fasste sich an wie Gummi. Plötzlich leckte ihm Ali über die Hand, die er erschrocken zurückriss. Sollte er sie an der Hose abwischen oder trocknen lassen? Er musste sich vorstellen, sie abzulecken. Sie gingen weiter, friedlich zu dritt nebeneinander. Die Sonne schien, der Schwarze Mann sprach nett mit seinem Hund und lud den Jungen noch einmal freundlich zu sich ein. Trotzdem ging der Junge schon vor der Stelle, wo sich ihre Wege trennten, nach links und der Schwarze Mann, der noch mit der Lederhand winkte, mit Ali nach rechts.

In den nächsten Wochen streichelte er manchmal Ali, wenn er den Schwarzen Mann traf, aber meistens tat er sehr eilig und lief an den beiden vorbei. Als der Junge aber sah, wie er mit Susanne zu seinem Grundstück ging, dachte er nicht nach, sondern rannte hinterher.

»Na, willst du mich diesmal doch besuchen?«

Der Schwarzen Mann lachte zusammen mit Susanne, als hätten sie über ihn gesprochen. Der Junge wusste nichts zu antworten, ging einfach mit ihnen durchs niedrige Gittertor im Zaun, den Weg zum Haus entlang, zögerte vor der offenen

Haustür und folgte dann Hund, Mann, Susanne in den Flur, mit einer Treppe rechts, einem schmiedeeisern gerahmten Spiegel und drei Türen.

»Ich wollte Susanne meine Sammlung zeigen.«

Der Schwarze Mann ging durch die hinterste der Türen. Bevor der Junge Susanne zurückhalten konnte, ließ sie sich schon von Ali, den sie an der Leine hielt, ins Zimmer ziehen. Wenigstens stand die Haustür noch offen. Er konnte Susanne nicht alleine lassen!

Im Zimmer sah er dunkelbraune Möbel, auf dem Boden lagen buntgemusterte Teppiche, ein wenig wie bei ihnen daheim. An den Wänden hingen allerlei Bilder. Das größte zeigte eine Frau mit weißer, weit aufgeknöpfter Bluse, brauner Haut, schwarzen Haaren, einem roten Kopftuch und großen goldenen Ohrringen, die leicht lächelte und die Hände albern verdrehte. Susanne und der Schwarze Mann standen vor einem Tisch. Von dort kam leise Musik, klimpernd, singend, hell wie ein Glockenspiel, aber feiner. Als er sich dem Tisch näherte, klappte der Schwarze Mann gerade ein hellbraunes Kistchen mit goldenem Schloss zu. Die Musik hörte auf, begann aber gleich wieder, als der Deckel eines zweiten gehoben wurde, unter dem eine Tänzerin aufstieg, die sich langsam drehte. Der Junge drängte sich näher, schaute auf das weiße Kleid, das weit vom Körper der Figur abstand. Ein Bein hielt sie hoch angewinkelt, das andere kerzengerade gestreckt bis in die Zehenspitzen.

»Bevor ich euch die anderen zeige, will ich noch kurz etwas holen.«

Der Schwarze Mann nickte ihnen zu und verließ das Zimmer.

»Komm, lass uns abhauen, Susanne!«, sagte er, nicht ganz überzeugt, und er merkte, wie ungewohnt der Name klang, wenn er sie damit ansprach.

»Er hat mir keine Bonbons angeboten.«

»Aber mir!«

»Was für welche?«

»Er hatte keine dabei.«

»Siehst du!«

Ali stupste ihn an und wollte mit ihm spielen.

»Aber das ist der Schwarze Mann!«

»Der ist aber nett, und die Spieldosen gehören seiner Frau, hat er gesagt.«

»Ich hab sie nie gesehen.«

»Die ist auch tot.«

»Da bin ich wieder. Wollt ihr etwas Brause trinken?«

Der Schwarze Mann stellte ein Tablett mit grüner Brause und drei Gläsern auf den Beistelltisch. Susanne und er schüttelten den Kopf.

»Schade! Ich habe nicht oft Gäste.«

Der Schwarze Mann schenkte sich ein, trank etwas und zeigte ihnen noch zwei Spieldosen, die eine mit »Fuchs, du hast die Gans gestohlen«, die andere mit »Der Jäger aus Kurpfalz«. Der Fuchs hielt eine Gans im Rachen und drehte seinen Kopf hin und her, der grüne Jäger saß auf einem Pferd, das die Vorderbeine heben konnte.

Onkel Karls Vers schoss dem Jungen durch den Kopf: »Der Jäger aus Kurpfalz, der reitet durch den Hühnerstall und schießt die Hühner tot. Das ist ja ein Idiot.« Hundertmal hatten sie das geplärrt, immer schneller, bis sie nicht mehr wussten, was die Wörter bedeuteten. Mit anderen klappte das auch: »Rot, rot, rot, rot, rot, rot, rot, rot«, riefen sie, und das Wort zerfiel in Klang ohne Bedeutung, so dass ihnen lustig schwindlig davon wurde.

Inzwischen schwitzte er, hätte gern Brause getrunken, wollte aber nichts annehmen, wäre am liebsten gegangen und schämte sich doch, weil der Schwarze Mann ihnen alles so ausführlich erklärte, so freundlich und ganz ruhig. Die Flurtür stand offen, die Haustür, hoffte er, auch noch.

»Ihr müsst jetzt aber langsam heim. Eure Eltern machen sich sonst bald Sorgen!«

Erleichtert bedankte er sich und nahm Susannes Hand, um zu gehen.

»Aber meine schönste könnte ich euch vielleicht doch noch kurz zeigen. Die ist im Schlafzimmer.«

Susanne nickte. Und auch er war neugierig. Die Spieldosen sahen so schön aus. Ali, den er inzwischen richtig mochte, spielte mit Teppichfransen. Der Schwarze Mann ging voraus. Susanne nahm den Jungen bei der Hand. Er ließ sich gern von ihr mitziehen, in den Flur, die Treppe hoch, hinter dem Schwarzen Mann in ein Zimmer hinein, mit braungelbem Licht, das durch dicke Vorhänge drang.

»Ich mache lieber die Tür zu, damit der Ali nicht stört.«

Plötzlich war alles falsch. Er drückte Susannes Hand fest. Sie durften das alles nicht. Sie sollten nicht hier sein, mit diesem fremden Mann. Er hatte sie hierhergelockt. Niemand wusste, wo sie waren. Sein Herz schlug stark. Bewegen konnte er sich nicht. Er wollte weinen oder schreien. Susanne hielt seine Hand ganz ruhig, lächelte und schaute zum Schwarzen Mann, der in einer noch dunkleren Ecke des Zimmers auf sie wartete.

»Hier haben wir es.«

Auf einem Nachtschränkchen stand ein schwarzglänzendes Kistchen mit Goldmuster und Perlmuttflächen, die ein Herz in Blumenranken bildeten.

»Ihr dürft näher kommen. Ich setz mich hier aufs Bett, dann sehen wir alle.«

Susanne ging zu ihm, zog den Jungen nach, setzte sich auch. Wieso glänzten die Augen des Schwarzen Mannes so, als er den Deckel hob?

»Guten Abend, gute Nacht« hörten sie und sahen in ein Schlafzimmerchen mit Schränkchen, Frisierkommödchen samt Spieglein und Bettchen, in dem zwei Menschlein unter einer rot-weiß-gewürfelten Decke lagen. Nichts bewegte sich zu der Melodie, und doch fielen dem Schwarzen Mann Tränen aus den Augen.

»Was sind das für Ringe?«, fragte Susanne.

Sie zeigte auf das Kopfende des Bettchens, wo über den Pfosten zwei viel zu große, einfache silberne Ringe hingen.

»Das sind unsere Verlobungsringe. Eva hat sie mir mit der Spieluhr ins Feld geschickt, mit dem Franz, weil ich keinen Urlaub bekommen konnte, im Krieg, obwohl wir so lange einen Termin hatten.«

»Und wo ist Eva?«

Susanne trat ihm erschrocken auf den Fuß.

»Sie ist gestorben. Kurz nachdem wir doch heiraten konnten. Sie haben das Haus getroffen, und alle waren tot. Jetzt müsst ihr aber wirklich gehen!«

Während er sprach, hörten die Tränen nicht auf zu fallen. Der Schwarze Mann schluchzte nicht, verzog keine Miene. An der Tür gab er ihnen die Hand. Und als hätten sie sich abgesprochen, machte Susanne einen Knicks und der Junge einen Diener.

Bilad es-Sudan

Im dunkelgrünen Atlas stand, dass die amerikanische Besatzungsbehörde ihn genehmigt hatte, innen die Jahreszahl 1948. Bunte Flächen teilten Deutschland in vier Zonen. Der Vater überreichte ihn dem Jungen und erklärte, dass ein neuer zu teuer wäre, die älteren Geschwister damit auch durch die Schule gekommen wären. Die Lage oder die Namen von Städten, Seen, Flüssen, Gebirgen hatten sich höchstens in Einzelfällen verändert, und wenn, nützte der Atlas besonders, weil er die alten, teils über Jahrhunderte gebräuchlichen Bezeichnungen zeigte. Die Mutter war in Königsberg geboren und nicht Kaliningrad. Fünfundzwanzig Jahre seien schließlich geografisch keine Zeit! Murren half nichts. Die Lehrer nahmen den alten Atlas mit einem Kopfschütteln zur Kenntnis. Selbst ihre Beschwerde hätte nichts geholfen, verachtete der Vater doch die meisten Lehrer.

Mehr noch als der Atlas verwirrte den Jungen das Gesangbuch, das für norddeutsche evangelische Gottesdienste zusammengestellt worden war, nicht für bayerische. Weder die Lieder- noch die Seitenzahlen stimmten überein. Er suchte jedes Mal hektisch, fand manchmal sogar das Lied, aber dann war das Singen häufig schon vorüber. Immerhin, niemand hatte so einen alten Atlas, niemand ein solches Gesangbuch, ebenfalls grün, mit einem merkwürdig genarbten Umschlag.

Beides verknüpfte ihn mit Hamburg, an das er sich nicht erinnern konnte, obwohl er es angestrengt versuchte. Seine Geschwister erzählten ihm vom vorigen Grundstück mit dem Obst- und Gemüsegarten, von Streichen, der Elbe. Er sah nichts, fühlte nichts, erinnerte sich an nichts. Aber er mochte den HSV und fand Bayern München blöd, mochte die See und fand die Alpen blöd, mochte Hochdeutsch und fand Fränkisch blöd, mochte die alten Bücher und fand die neuen hier in Bayern blöd.

Mit dem alten Atlas kam er gut zurecht. Er fand das meiste, manchmal sogar mehr als die anderen – die Grenzen vor dem Weltkrieg und die der sowjetisch oder polnisch verwalteten Gebiete. Wie gemein, Deutschland so zu verkleinern! Nachdem sie ihnen vorher schon die Kolonien geklaut hatten! Die anderen Länder durften sie behalten. Warum hatte man sie den Deutschen weggenommen? Die Zigarettenbildchen-Sammlung des Vaters fiel ihm ein: »Raubstaat England«. Die Alliierten hatten Deutschland wieder beraubt. Im Atlas stand »z. Zt. unter polnischer Verwaltung«. Der Vater sagte, niemand denke an eine Rückgabe. Der Junge stellte sich vor, wie viel reicher und bedeutender Deutschland mit all den Gebieten wäre. Wie herrlich wäre es für die Flüchtlinge und Vertriebenen, wenn sie zurück in ihre Heimat könnten. Die Nachbarn nebenan sehnten sich sicher nach Schlesien. Seine Eltern sprachen traurig von den verlorenen Gebieten, manchmal wütend. Die Russen hatten das weggenommen, selbst wenn es jetzt Tschechen oder Polen besaßen. Ohne die Russen wäre alles anders gekommen, besser.

Die Russen schlichen durch seine Gedanken als gedrungene Gestalten mit glatten, fettigen schwarzen Haaren, die über ihre Schultern hingen, und sie trugen immer einen schmieriggrünen Umhang. In den »Reader's Digest«-Heften hatte er

gelesen, dass sie die deutschen Frauen vergewaltigt hatten. Das musste etwas nachgerade Schlimmes sein, irgendwie eine Schande. Die Russen waren besonders böse, gefährliche Menschen. Die Erwachsenen sprachen oft genug davon, dass man alles tun müsse, damit der Russe nicht komme. Dafür hatten sie die Bundeswehr.
Der Junge las das Wort *Deutschland* gern und mochte den Klang. Oft hörte er es stolz in den Nachrichten, als die Olympischen Spiele in München begannen. Wie gemein, dass die Terroristen allen die Freude verdarben! Der verbrannte Hubschrauber sah scheußlich aus. Er war stolz auf die Fußballweltmeisterschaft zwei Jahre später, auf die Spieler und kannte viele mit Namen, obwohl er sich nicht sehr für Fußball interessierte. *Ausländer* klang komisch, beunruhigend. Der Junge kannte fast keine, bis auf ein paar Dänen aus dem Urlaub. Dänemark war aber gar kein richtiges Ausland, obwohl die Sprache verändert klang. Viele konnten dort deutsch. Anders sah er die zwei Brieffreundinnen der Schwestern aus der Tschechoslowakei. Die waren ausländisch und fremd, aber auf so eine liebe Weise, dass er an sie und an ihr Land immer sehnsüchtig dachte. Marta und Stena hießen die beiden Mädchen, die für Wochen auf Besuch waren, bei ihnen wohnten, sich um die Kinder kümmerten. Ihre Namen liebte er, ihre dunkelgelockten Haare, ihre weiche Haut und ihre besondere Art zu sprechen, wie Singen, wie Wiegen. Doch sie konnten nicht bleiben, ihre Gesichter verschwanden mit der Zeit aus seinem Gedächtnis, ihre Stimmen. Ihr Land kam ihm weit, sehr weit weg vor. Unerreichbar.

Als sie in der Schule Afrika durchnehmen, schaut er in den Atlas und findet die Bezeichnung »Bilad es-Sudan«. Er geht zum Vater und bereut es in dem Moment, als der sein Hausaufgabenhilfegesicht aufsetzt. Zu spät: Der Vater lässt ihn den Brockhaus holen. Der Junge findet unter »Sudan«: »arab. Bilad es-Sudan [›Land der Schwarzen‹]«. Die nächsten Stunden erfährt er aus dem Brockhaus und vom Vater mehr und immer mehr über die geographische Bezeichnung, über die Neger im Sudan, über den Staat Sudan, über die Tiere, das Klima. Zwei-, dreimal versucht er es mit einem »Ah, jetzt hab ich verstanden!« oder »Das müsste jetzt reichen«, aber der Vater zeigt auf die Karte, blättert im Atlas, zeichnet ihm Pflanzen auf, holt aus der Ablage der Schrankwand den Elefantenstoßzahn mit den Schnitzereien, das Büffelhorn. Er selbst war schon in Afrika, hat die Neger kennengelernt. Das wenigstens weiß der Junge. Erst zur Abendbrotzeit hört der Vater auf und lässt ihn alles aufräumen. Nie wieder, schwört er sich, werde ich ihn bei den Hausaufgaben nach etwas fragen.

Am nächsten Tag kam er in Erdkunde dran, redete wie ein Buch, sah sich selbst verwundert Namen und Zahlen aufsagen, bekam eine der so seltenen Einsen.

Schwanz ab

Wieder das Laubfegen: zweieinhalbtausend Quadratmeter sollten ordentlich aussehen, die Blätter endlich fort. So viele Bäume standen auf dem Grundstück, dass der Junge sie nicht zählen konnte; die überhohen Birken an der oberen Grenze, die Eichen und Buchen an der zum Nachbaracker, die nacktschuppigen Stämme der Fichten in der Mitte des Abhangs – zwischen zweien hatte der Vater einen Querbalken mit Tampen befestigt, an dem die Schaukel hing –, dann wieder Birken und Eichen an der Untergrenze; Apfelbäume standen dazwischen, dazu der Kirschbaum, der, obwohl er auf dem Hang ein gutes Stück unter dem Haus wuchs, dessen First fast erreichte. Haselnusssträucher schossen dazwischen auf, bis armstark und zehn Meter hoch, die teils im Frühling gestutzt wurden und immerhin Brennholz lieferten. Blätter flogen schon im August, im September stärker. Der Wind trieb sie quer über die Beete und Wiesen. Mit dem Fegebefehl des Vaters verschwand die Freude am Herbstlaub. Unhandlich, alt und viel zu biegsam waren die Grasbesen, in denen sich die Blätter leicht verfingen. Fegte er abwärts, ging alles zwar leichter, doch dann musste der Junge die Säcke mit dem Laub wieder den ganzen Abhang hinauf nach oben in die Ecke tragen, wo es verrottete. Sie benutzten zum Transport leere Torfsäcke, vorsichtig am oberen Rand aufgeschnitten, gelb, grün und rot bedruckt, die schnell glitschig wurden, vor allem bei Nieselregen. Füllte er sie zu sehr mit nassen Blättern, wurden die Säcke untragbar, und er rief die Geschwister oder den Vater. »Du kannst den Hals nicht vollkriegen!«, schimpfte der dann. »Ich wollte nicht so oft laufen«, sagte der Junge. »Auch noch faul!«, der Vater.

Unter dem Strauch bei der Treppe glänzte es. Wieder mal kam eine alte Tube zum Vorschein, golden, verkrumpelt, noch entzifferbar die Aufschrift »Borsalbe«. Im Keller lagerten mindestens ein halbes Dutzend davon. Wie half die wohl beim Bohren? Warum waren so viele im Garten gelandet? Den Vater fragte er besser nicht. Natürlich hatten die Tuben mit dem Krieg zu tun, so wie der Morseapparat, so wie die grauen Wehrmachtswolldecken, so wie die Münzen mit dem Hakenkreuz im Eckschrank, so wie die grauen Schiffsmodelle aus Plastik, die der älteste Bruder zusammenbastelte.

Das eingestanzte Hakenkreuz hinten auf dem spitzen Brieföffner fand er besonders schön. Er zeichnete es ab. Immer wieder gerieten ihm die Balken falsch herum, und senkrecht sah es falsch aus. Auf alten Fotografien des Vaters fand er es oft. Als Armbinde, auf Autos und Schiffen, auf großen Fahnen, die neben denen mit olympischen Ringen hingen. Solche Fotos steckten in Alben aus dicker Pappe, die schon speckig waren und ein wenig abgeschabt. Besser hielten die mit einer Art Cordeinband, am besten die aus mal genarbtem, mal glattem Leder oder dickem Plastik. Die Bilder vom Schulschiff, auf dem der Vater gefahren war, anzusehen, dauerte viel zu kurz. Zeit zum Fotografieren gab es kaum, erklärte der Vater, und die Heuer war zu karg, um viele Filme entwickeln und Bilder abziehen zu lassen. Seine erste Heuer hatte man ihm außerdem beim Skatspielen abgeknöpft. Immerhin lernte er es so auf die harte Tour. Im Skatspielen kam ihm tatsächlich nur die älteste Schwester gleich, und das Lernen auf die harte Tour fand der Vater gut. Lernen aus Erfahrung, am besten aus Enttäuschungen, Opfern, unter Schmerzen, war besser als jede Erklärung, dann vergaß man nicht. Natürlich erklärte der Vater trotzdem viel, doch der Junge verlor schnell den Überblick, verstand den Zusammenhang nicht mehr. Fragte er nach, kam ein kurzes »Pass einfach auf!« oder »Hör doch zu!«, bevor die Rede weiterfloss. Es konnte schön sein, den endlosen Sätzen zuzuhören, manchmal Stunde um Stunde. Alles schien mit allem zusammenzuhängen, und der Vater wusste, wie. Das ruhige Ausbreiten von Daten, Namen, Erlebnissen, Geschichten, klar und deutlich, ohne Zweifel, ohne Zögern, verwirrte den Jungen. Es war unbegreiflich, dass jemand so viel wissen und können konnte! Eine Horde Unbekannter ließ der Vater auf ihn los, Personen und Persönlichkeiten aller Zeiten und Länder. Er wusste, dass Goethe und Schiller in Wirklichkeit gar nicht befreundet waren und doch so taten, weil es ihnen beiden half; dass man Birnen auf Apfelbäume pfropfen konnte und Brennnesseln gute Jauche gaben; dass Hitler einen Fehler gemacht hatte, als er den Zweifrontenkrieg begann. Russlands Weiten hatten schon Napoleons Armeen besiegt, erst recht der russische Winter. »So dumm kann doch niemand sein!« Der Vater hätte den Krieg wahrscheinlich gewonnen, dachte der Junge. Er hatte ihn aber nur als Unteroffizier bei der Marine mitgemacht, auf einem Minensuchboot. Das war nach dem Herzfehler, den er wegen Überanstrengung bekommen hatte. Er stellte sich den Vater in einem Ruderboot vor, wie er mit aller Kraft pullte und plötzlich zusammenbrach. Ein Arzt sagte dann: »Herzfehler!« Wie genau es zugegangen war, erzählte der Vater nicht, sprach aber von den zwei Ärzten. Der erste sagte, der Vater sollte sich schonen, dann hielt es der Körper noch ein wenig aus, ein Jahr, vielleicht ein wenig länger. Der zweite meinte, der Vater könnte sich natürlich in einen Sessel setzen und noch ein Jahr leben, er könnte aber auch einfach so weiterleben wie bisher. Und dann: »Vielleicht sterben Sie morgen, vielleicht werden Sie siebzig. So oder so haben Sie dann besser gelebt, als wenn Sie dauernd Angst haben.« Dem Vater leuchtete das ein, und zum zweiten Arzt ging fortan die ganze Familie.

Das war jetzt über zwanzig Jahre her. Dem Vater war außer den morgendlichen *Lanitop*-Tropfen – »Digitalis, Fingerhut, giftig, die Dosis macht das Gift«, sagte er – nichts von einer Herzschwäche anzumerken. Im Gegenteil: Alle fürchteten und bewunderten gleichzeitig die bullige Kraft, mit der er schwerste Arbeit verrichtete. Nicht groß, mit einem Bauch, besaß er doch überall Muskeln, vor allem in den Oberarmen, die anstrengungslos einen Zentnersack Zement trugen, die den Vorschlaghammer leicht und sicher führten, hatte kräftige Hände, die zuschlagen konnten, doch dosiert, wie er betonte. Seine grauen Haare, die er stets nach hinten kämmte, täuschten sie nicht; auch nicht die manchmal langsame Art, sich zu bewegen. Dass er sie erschlagen könnte, bezweifelten sie nicht. Wie wurde man nur so stark?

Wahrscheinlich stammte sie noch aus den Schiffszeiten, als der Vater die schöne Uniform getragen hatte. Im »Reader's Digest«-Heft hatte der Junge viel über die Luftschlacht um England gelesen, Stalingrad oder die Eroberung Berlins durch die Russen. Die Bilder verstand er besser als den Text, an dem ihn vor allem die Waffen und Geräte interessierten. Die Namen klangen mächtig: *Ju 52, 98k, Stalinorgel, Tiger, Panther, PAK, T-34, Flak 8,8.*

Scharfschützen und Frosttote und Stalingrad erwähnte er einmal dem Vater gegenüber. Der wunderte sich nicht, sondern begann gleich zu erzählen. Nach der Versenkung seines Minensuchbootes im Hafen durch Flieger hatte man alle Besatzungsmitglieder, die überlebt hatten, gefragt, ob sie nach Dänemark oder nach Russland wollten. Der Vater entschied sich für Dänemark. Die anderen kamen nach Stalingrad. In Dänemark ging es direkt friedlich zu – und freundlich. Das kleine Land versorgte ganz Deutschland mit Milch und Butter. Er schickte oft Lebensmittel zu seiner Frau nach Hamburg. Als Deutschland kapitulierte, verhielten sich die Dänen kameradschaftlich. Ein Mann auf einem Motorrad kam, sagte, er sei vom Widerstand, und er wolle die Pistole. Der Vater gab sie ihm und fuhr als Sozius mit ihm zum Hauptquartier, wo viele andere Deutsche schon entwaffnet standen. Dann wurden sie gut behandelt und kamen nach ein paar Wochen in englische Kriegsgefangenschaft. Sogar seiner Frau durfte er schreiben. »Erste Frau« sagte der Vater nie, aber der Junge wusste, er meinte die Frau auf dem Schwarz-Weiß-Bild im Wohnzimmer, die so ernst guckte und tot war: Krebs. Unheimlich hörte sich das an. Ruhig erzählte der Vater weiter. Wie traurig er darüber immer noch war, wusste der Junge seit kurzem.

Nach dem Mittagessen sitzen sie unversehens zu zweit, sprechen über die Familie, die Mutter der älteren Geschwister. Es geht um ihren Tod, um ihr Sterben, das schwer gewesen, um ihr Bekenntnis im Krankenhaus, dass sie ihren Frieden mit Gott machen wolle, weil sie vorher aus der Kirche ausgetreten war. Der Vater trinkt Weißwein, Grünen Veltliner. Er spricht von ihrem Tod, von dem Begräbnis. Die Trauergemeinde steht am Grab, doch der Pfarrer, mit dem er gesprochen hat, kommt nicht. Er läuft zu ihm, bittet ihn weinend, ans Grab zu kommen. Der Pfarrer lässt sich lange bitten. Die Frau ist offiziell aus der Kirche ausgetreten. Er muss nicht kommen. Schließlich hält er doch noch eine beiläufige Zeremonie am Grab ab. Als der Vater das erzählt, weint er erst still und dann nicht mehr still. Der Junge möchte ihn in den Arm nehmen. Er traut sich nicht.

Später erzählte er noch, dass sie sich bei der Partei kennengelernt hätten, wo die Frau Schreibkraft war, Mitglied sowieso, genau wie er. Ihr Chef wollte ihr eine Laufbahn ermöglichen, weil sie so fleißig und intelligent war. Von der Ehe hatte er dringend abgeraten, sie werfe sich an diesen Mann und die Familie weg. Sie heirateten trotzdem. Beide waren sie Nationalsozialisten. Die Erfolge, die Kameradschaft, die Fürsorge überzeugten sie. Erst nach dem Krieg hätten sie erfahren, was in den KZs geschehen sei, dass man sie und so viele andere Deutsche betrogen hatte. Wütend sagte das der Vater und dass er danach beschlossen hätte, nie wieder in eine Partei einzutreten, auch nicht in die SPD, die er immer wählte. Wie gut, dass er im Krieg nicht auf das Angebot eingegangen sei, in ein SS-Schulungszentrum zu gehen. Von den Juden sprach er nicht.

Aus der Schule, aus dem Religionsunterricht kannte der Junge die Juden, die als Hirten lebten und Krieger und Träumer und Propheten waren. Josephs Geschichte zog ihn besonders an. Dessen Brüder hielten ihn für stolz, dabei wusste er einfach nur, dass er auserwählt war. Genauso gern dachte er an Ruth, die ihre Schwiegermutter Naomi nicht verließ, obwohl sie nur schwere Zeiten erwarten konnte. Die Juden und ihre Geschichten aus dem Religionsbuch glichen den Römern und Griechen, alte Völker, die es nicht mehr gab. Vom Vater erfuhr er, dass man sie in KZs vergast hatte. *Zyklon B.* Und die Juden dachten, sie sollten nur duschen. Als ein Mädchen in seine Klasse kam, das den Namen Esther Pfotenhauer trug und beim Religionsunterricht hinter der Glasscheibe saß, die einen Bücherraum vom Klassenzimmer abteilte, hielt er sie für eine Heidin. Später überlegte er, ob sie eine Jüdin war. Er kannte keine Juden. Aber Esther gehörte zu den Zeugen Jehovas, sagte die Lehrerin, als er sie fragte. Jehova nannten die Juden Gott. Trotzdem bemitleidete der

Junge Esther, wie er die Juden bemitleidete, bewunderte sie, mit der niemand sprach, sehnte sich danach, mit ihr zu sprechen, wusste aber nicht, wie. Er wusste nur, dass er den Vater hasste, als der einmal über die Juden im Salon seiner Mutter sprach. Er beschrieb sie als gierig, als schmierige Gestalten, die nur umsonst essen und trinken wollten, seine Mutter hatten sie vor dem Krieg schamlos ausgenutzt, sie umschmeichelt und angetatscht, jede Woche, manchmal waren sie täglich bei ihnen. Dem Jungen klopfte das Herz wild, als er den Vater unterbrach und sagte, er dürfe nicht so gemein sein gegenüber den Juden, die so viel gelitten hatten. »Wie viele Juden kennst du denn?«, fragte der Vater. »Eben! Keine!« beantwortete er gleich selbst die Frage. Er dagegen kannte genug und gut genug, hatte mit Journalisten und Möchtegern-Schriftstellern gesprochen. Ein Verbrechen war die Vergasung, natürlich. Das änderte aber nichts an seinen Erfahrungen. Darüber durfte er so viel reden, wie er wollte, denn es stimmte. Im Übrigen hatten die Nationalsozialisten sogar seinem Vater vorgeworfen, ein Jude zu sein. Die Mutter hatte deshalb den Stammbaum zurückverfolgt und kam zurück bis ins sechzehnte Jahrhundert zum Reformator von Württemberg, Johannes Brenz. Der Junge konnte nichts entgegnen. Schließlich sagte er einfach noch einmal, dass man die Juden nicht beschimpfen durfte. Man dürfe auch über die Deutschen nicht einfach Lügen verbreiten. »Aber ich lüge nicht«, sagte der Vater, »ich habe sie erlebt, wie sie sich die Bäuche vollschlugen.« Es gab kein Durchkommen. Nur dumpfe Verachtung, Hilflosigkeit.

Ähnliche Gespräche wiederholten sich. Dass der »Dorfdepp mit seiner Eulalia«, wie der Vater sagte, schon wieder ein Kind bekommen habe, sei doch schrecklich, weil nur Idioten dabei herauskämen. »Schwanz ab!« war die beste Devise, für die Allgemeinheit, für ihn und seine Familie. Der Junge sah den alten Hackklotz unter der Birke vor sich, das Glied, das Beil, den Schlag. Er widersprach dem Vater wütend, obwohl auch er den Dorfdeppen unheimlich fand.

Manchmal schrie er den Vater an, der gelassen blieb. Diskutieren ist wichtig, hieß es. Wenn er selbst nur mehr gewusst hätte! Der Vater amüsierte sich über ihn: »Mein Gott, ist dein Tierreich groß!« »Überlass das Denken doch den Pferden, die haben den größeren Kopf.« »Du sollst nicht denken, sondern nachdenken.« »Bist du eigentlich so naiv, oder tust du nur so?!« »Wie kann man nur so gutgläubig sein?!« »Wenn ich gewusst hätte, wie meine Kinder werden, hätte ich mir damals lieber den Mercedes gekauft!« »Wie schön könnte ich ohne euch leben!« »Du bist ein ganz armes Würstchen!« Einmal trieb der Junge den Vater in die Enge, war selbst ganz verblüfft. »Du bist und bleibst ein Widerspruchsgeist!«, stieß der Vater aus.

Sie stritten über den Krieg (»Dich hätt' ich sehen wollen, wie du dich angestellt hättest!«), über die Schule (»Ich geb dir Brief und Siegel: Wenn du sitzenbleibst, steck' ich dich in eine Lehre«), über die Schwestern und deren Freunde, die er sehr nett fand, der Vater aber noch weniger wert als seine »dämlichen Kinder«. Nehmen sollten die Schwestern sie trotzdem: »Die ist doch ein Schaf, die muss ihn heiraten, sonst lässt er sie sitzen!«. Der Junge merkte, dass er gern zu diskutieren begann, mit dem Vater, den Geschwistern und in der Schule. Er sprach lauter und deutlicher, versuchte sich an immer längeren Sätzen und schwierigen Wörtern, lateinischen Zitaten aus *Asterix*. Eine feste Meinung brauchte er dabei gar nicht, die Lust am Reden genügte ihm. Über die Juden und das »Dritte Reich« diskutierte er mit seinem Vater nicht mehr. Was wollte er ihm vorwerfen? Wusste er, ob er selbst besser gehandelt hätte? Und dann ging der Vater immer wieder so offen auf Fremde zu, sprach im Ausland mit allen möglichen Leuten, selbst wenn er die Sprache kaum beherrschte. Obwohl er Misstrauen predigte, vertraute der

Vater selbst wildfremden Menschen, half ihnen oder nahm von ihnen Hilfe an. Die Mutter erzählte, wie sie beide mit den Ungarn mitgezittert und dann vor dem Radio geweint hatten, als der Aufstand niedergeschlagen wurde. Dass er auch einem Juden geholfen hätte, wenn der gekommen wäre, stand für den Jungen fest.

Wann er endlich begriff, dass die Israelis die Juden waren? Dass dort Frauen als Soldaten dienten, fand er toll; er dachte an sie wie an Nscho-tschi. Ob sie deshalb die Araber besiegten, obwohl nach dem Überfall am Feiertag alles ganz schlecht ausgesehen hatte? Golda Meir hielt er damals die Daumen wie dem HSV, und Moshe Dayan mit der Augenklappe und dem Grinsen bewunderte er. Unglaublich, dass sie so schnell vormarschieren und die Sinaihalbinsel und die Golanhöhen erobern konnten. Die Araber winselten um Gnade, als ihre Panzer zerstört in der Wüste lagen. Die kämpften so feige wie die Italiener. Das stand in der Zeitung und in den Witzbüchern des älteren Bruders. Auch bei Karl May waren viele Araber feige, außer den Haddedihn. Die Israelis kämpften sogar besser als die Amis, die gerade aus Vietnam flohen. Das erinnerte ihn wieder an die Geschichten aus »Gottes Saat«, dem Religionsbuch mit den vier Evangelisten auf blauem Grund, an David und Goliath vor allem. Echte Nachfahren waren die Israelis, so fleißig und so tapfer. Was ihn besonders an den Jüdinnen anzog? Rahel und Judith und Bathseba? Und an ihren israelischen Schwestern? Er fand sie in Zeitschriften des ältesten Bruders. Unten im Regal, halb versteckt. Nackte Frauen und politische Parolen vorne drauf. Die Artikel über den Schah, Vietnam, die Terroristen las er nicht, suchte nur mehr Bilder. Als er schwarzhaarige Frauen mit geöffneten olivgrünen Uniformteilen sah, dachte er gleich, das waren Jüdinnen, genauso schön und stolz und verächtlich lächelnd. Sie waren nackt und doch Soldatinnen, wehrhaft und mutig. Selbstbewusst, siegessicher, ja unbesiegbar.

Es fehlte höchstens die Maschinenpistole, die sie bei Paraden zum kurzen Rock trugen. Gerne hätte er sie kennengelernt, sich ihrer würdig erwiesen. Er träumte von Gelegenheiten, wo er Frauen, vielleicht sogar solche Frauen retten könnte, vielleicht vor einer Horde Männer. Er wollte sich für sie opfern. Er musste bereit sein, für sie zu kämpfen. Liegestützen und Kniebeugen machte er und lief immer weiter durch den Wald. Selbst die schwere Gartenarbeit machte ihm weniger aus, weil sie die Muskeln trainierte. Deshalb füllte er die Laubsäcke noch voller, bis er sie kaum mehr tragen konnte, bis sie manchmal zerrissen. Er wollte so stark werden wie der Vater. Er wollte bereit sein.

Nagelschlag

Kurz vor den Sommerferien feierte die Schule das Heufest. Früher hatte es im August stattgefunden, wenn die Bauern den Grasschnitt oft genug gewendet und glücklich in die Scheunen gebracht hatten. Der Junge schaute gerne zu, wenn die hellgrünen oder hellblauen Traktoren ihre Anhänger mit den vier rotierenden Zinkenrädern hinter sich herzogen oder die Mähdrescher das Heu in Ballen von sich gaben, als machten sie Groß. Häckselstaubwolken waberten hinter den Maschinen, es roch heuwürzig berauschend, nach Strohblumen, Diesel und einfach nach Sommer. Manchmal nahmen sie vom Feld Heu für die Kaninchen mit, das fiel gar nicht auf. Neben und unter dem Grundstück breiteten sich die Felder und Wiesen weit ins Tal aus, unterbrochen nur von ein paar Straßen und vielen Eichen- oder Birkenzeilen, von Buschreihen, Scheunen, Feldwegen. Die ärmeren Bauern ohne Mähdrescher türmten über Gestellen Heuhaufen auf, in denen er sich mit den Brüdern stundenlang versteckte, ganz vom Heuduft eingehüllt. Schon deshalb mochte er das Heufest.

Zuerst gab es einen Umzug, bei dem jeder, vor allem die Schüler eine Fahne tragen sollte. Die konnte man für wenig Geld kaufen. Der Vater bastelte lieber selbst eine: ganz schwarz bis auf den weißen Totenkopf mit zwei gekreuzten weißen Knochen darunter. Der Junge schwenkte begeistert die Piratenfahne auf dem Weg zum Umzug. Je näher er den versammelten Kindern kam, umso mehr schämte er sich. Er hatte in der Schule offensichtlich nicht richtig zugehört. Er sah hunderte rot-weiße oder blau-weiße Fähnchen, seine war schwarz und weiß und viermal so groß. Sie nicht zu tragen, zu verstecken oder um die lange Leiste zu wickeln, an der sie befestigt war, ging nicht. Der Vater sah zu, und außerdem gefiel ihm die Fahne wirklich.

Vor der Schule formierten sie sich. Voran marschierte die Blaskapelle, dann kamen junge Burschen und Mädchen, die ein Fass Bier auf einem Wägelchen zogen und den Leuten am Wegesrand die Krüge und Gläser vollschenkten, dann kam der haushohe Leiterwagen mit Heu, den die zwei Ochsen vom Eselsmüller zogen, ihm folgten die Lehrer, alle im Anzug oder mit Dirndl, nur Fräulein Bräutner trug wieder einen ihrer vorne geknöpften Maxi-Röcke. Schon das Wort klang so schön: *Maxi-Rock*, fast wie ein Name. Die Schüler schwenkten ihre Fahnen und mussten manchmal ein Lied singen, das der Direktor anstimmte. Oft kannten sie es nicht, aber die Lehrer und Lehrerinnen sangen laut genug, und die Blaskapelle übertönte sie noch. Nur das »Frankenlied« grölten alle aus vollem Herzen: »Wohl auf, die Luft geht frisch und rein, wer lange sitzt, muss rosten. Den allerschönsten Sonnenschein lässt uns der Himmel kosten.« Die Dörfler am Wegesrand lächelten, manche riefen etwas oder juchzten. Sehr viele schüttelten ihren Kopf, wenn der Junge halb verschämt, halb trotzig mit der Piratenflagge vorbeikam.

Der Rundgang durch den ganzen Ort dauerte eine Stunde, bis sie wieder bei der Schule anlangten, wo schon der Kletterbaum stand. Der Schulrat hielt zuerst eine Rede und dann der Direktor und sogar sein Vater. Viele Erwachsene hörten zu, andere gingen schon auf den unteren Schulhof, wo Bänke standen und Bier in einem kleinen Zelt ausgeschenkt wurde.

Endlich klatschten die Schüler und versuchen anschließend, die Spielsachen an dem Ring zu erwischen, der am Kletterbaum immer höher gezogen wurde. Die Klassenkameraden, vor allem Ulrike zogen sich flink an dem polierten Fichtenstamm hoch und griffen sich ihren Gewinn. Als er es versuchte, gab er nach nicht einmal drei Metern auf und rutschte schnell wieder herunter, um zu verschwinden. Immerhin bekam jeder eine braune Bratwurst- und eine gelbe Limonaden-Marke, die er im Zelt einlösen konnte. Außerdem hatte der Vater ihm eine Mark gegeben. Lange überlegte er am Stand mit Süßigkeiten und Spielsachen, ob er bunten Puffreis kaufen sollte, Knallplättchenrollen für seine Pistole oder ein UFO, dessen rotes Flugrad höher als das Schuldach flog, wenn man an der Schnur zog. Allerdings kostete das zwei Mark und fünfzig Pfennige. Er hatte ein wenig von seinem Ersparten dabei, aber eigentlich wollte er nicht so viel Geld ausgeben. Also holte er sich nur die Limonade und die Bratwürstchen.

Fast das ganze Dorf saß an den Bierbänken und Biertischen auf dem vorderen Schulhof. Auf dem zweiten Hof hinter der Turnhalle gab es neuerdings Geschicklichkeitsspiele für Erwachsene und Kinder.

Der Vater hatte das durchgesetzt. Zum ersten Mal, seit sie hier wohnten, hatte er sich in den Festbeirat wählen lassen, war sogar Vorsitzender geworden. Nach kurzer Zeit erzählte er nur noch ärgerlich, wie dämlich die anderen Eltern seien. Nicht einmal eine Buchhaltung hatten die, keinen Plan für das Fest, der reinste Hühnerhaufen! Biertrinken, das könnten sie allerdings. Der Junge stellte sich das Buchhalten nicht so schwierig vor und verstand den Ärger auch sonst wenig. Die Schulkameraden erzählten ihm, dass sich ihre Eltern ebenfalls geärgert hatten. Allein, dass der Vater so hochdeutsch sprach! Schlimmer fanden sie sein Rummeckern. Alles Alte war falsch, alles sollte neu werden. Und dann blieb der Vater nicht einmal zum Biertrinken! Ein richtiger Fischkopf und Hausmann eben. Wer nicht einmal eine Arbeit hatte und Frauensachen erledigen musste, der sollte ihnen doch keine Vorschriften machen. Man lachte über den Vater, man spottete über ihn, man schnitt ihn und wollte ihn bei Männerangelegenheiten nicht dabeihaben. Der Vater schimpfte selten über sein Hausmann-Dasein. Er kaufte ein, kochte für alle, putzte penibel das große Haus, wusch und bügelte Wäscheberge, besorgte den Garten. Wie nebenbei errichtete er den Schuppen, eine Tischtennishalle, malte und tapezierte im Haus, reparierte Kleinigkeiten am Auto, die Fahrräder, Möbel. Seine Arbeit von früher fehlte ihm aber doch. Sonst hätte er nicht immer wieder davon gesprochen, wie er sich hochgearbeitet, was er für Tricks auf Lager gehabt, wie er seinen Chefs imponiert hatte, wie beliebt er bei den Kollegen gewesen war, besonders bei den Kolleginnen. Wenn er etwas getrunken hatte, klagte er darüber, dass er wegen des Herzfehlers die Seefahrt hatte aufgeben müssen, und am Ende verfluchte er die Entscheidung, nach Bayern zu gehen, zu diesen Deppen, zu diesen misstrauischen, bequemen Sturköpfen, wo er keine dauerhafte Arbeit mehr finden konnte. Wieso der Vater in den Festbeirat gewollt hatte, warum die anderen ihn gewählt hatten, verstand der Junge nicht.

Er mochte jedenfalls die neuen Buden mit den Geschicklichkeitsspielen. Sonst war ja nicht viel los. Schnell sammelten sich Grüppchen und wollten mit Bällen auf Dosen werfen, mit Pfeilen auf Ballons oder versuchen, einen Nagel mit möglichst wenig Schlägen in ein Stück Hartholz zu treiben. Diese Bude gefiel dem Jungen am besten, und als sie wie die anderen nach vier Stunden geschlossen wurde, weil die Freiwilligen endlich mitfeiern und -trinken wollten, da überredete er den kleinen Bruder, sie selbst weiter zu betreiben. Der Hammer, die Nägel, der Hartholzbalken lagen noch da, eine Kasse gab es zwar nicht, aber die Leute hatten genügend Kleingeld. Jetzt waren sie die einzigen, die noch offen hatten. Sie liefen zu den Biertischen, wenn niemand kam, und lockten Kunden an. Sie redeten begeistert über die Kniffe beim Nagelschlag. Die Berauschten wollten sich untereinander messen, und auf einmal waren die Nägel alle. Sie zogen die krummgeschlagenen aus dem Holz und klopften sie gerade. So konnte das Geschäft weitergehen, erst nach zwei Stunden hörten sie auf. Sie hatten fünfzig Pfennig für vier Schläge verlangt. Wer dann den Nagelkopf nicht auf Holzniveau gebracht hatte, verlor sein Geld, wer es geschafft hatte, bekam es wieder. Sie hatten sogar einen Preis ausgesetzt für den, der es mit drei Schlägen schaffte: eine Mark. Das hatte nur einer der Knechte vom Eselsmüller gekonnt und ihnen doch die Mark gelassen.

Plötzlich kommt der Schwarze Mann mit seinem Boxer. Er bittet sie, den Nagel schon so weit einzuschlagen, dass er hält. Erklärend hebt er seinen linken Arm mit dem Lederhandschuh hoch, und als der Ärmel zurückfällt, sehen sie, wie das braune Leder sich fortsetzt. Jetzt erst begreifen sie: Es ist kein Handschuh, er gehört zu den Kriegsversehrten und trägt einen künstlichen Arm, mit Leder bezogen. Nachdem sie den Nagel ein wenig eingeschlagen haben, geben sie ihm unsicher den Hammer. Der Schwarze Mann schwingt ihn lachend und trifft einmal, zweimal, dreimal. Der künstliche Arm schwingt jedes Mal mit. Erst beim viertem Schlag verfehlt er den Nagel, weil der Boxer an ihm reißt. »Nageln will gelernt sein«, sagt der Schwarze Mann. Er zwinkert komisch mit den Augen, und die Männer um ihn her lachen laut.

Als der Junge und sein Bruder das Geld zählten, bekamen sie rote Ohren, weil es gar nicht mehr aufhörte. Sogar einen

Zwanzig-Mark-Schein hatten sie und Münzen über Münzen. Schließlich kamen sie auf siebenunddreißig Mark und einundsechzig Pfennige. Wie die krumme Summe zustandekam, verstanden sie nicht, nur dass sie sehr, sehr viel verdient hatten. Sie rannten zum Vater, der gerade mit jemandem über den Abbau der Buden und Bänke redete. Es wurde schon dunkel. Der Vater hörte ihnen ruhig zu, sah sich das Geld an und schickte sie dann zum Kassier des Vereins. Sie blieben erst stehen, denn es durfte nicht wahr sein. Das war ihr Geld! Sie hatten niemandem etwas weggenommen. Ohne sie hätte der Verein das Geld auch nicht gehabt. Die anderen hatten einfach aufgehört, nur sie nicht. Das sagten sie dem Vater wütend und schnell, mit dem Geld in der Hand. Der Vater schimpfte nicht. Er sah sie kurz an und sagte: »Das Geld der Buden ist für einen guten Zweck. Wir haben alle ohne Lohn gearbeitet, damit im nächsten Jahr die Schule eigenes Geld hat: für den Schulgarten und für arme Kinder, die sich den Schullandheimaufenthalt nicht leisten können. Macht mit dem Geld, was ihr wollt.« Sie schämten sich viel mehr, als sie sich zuvor gefreut hatten. Sie schämten sich am meisten, weil der Vater nicht geschrien hatte, nichts befohlen. Ihnen wurde übel. Sie konnten sich nicht einmal entschuldigen, sondern gingen schweigend zum Kassier, gaben ihm das Geld, der es ohne Wort einsteckte.

Das Heufest kostete in diesem Jahr den Verein zum ersten Mal nichts. Ja, es gab sogar einen Überschuss, wie der Vater beim Mittagessen stolz erzählte. Die anderen konnten es nicht glauben. Es waren aber wirklich über tausend Mark, und der Kassier hatte es bestätigt. Der Schulleiter freute sich sehr über das Geld und dankte bei einer Ansprache am Anfang des nächstem Schuljahres dem Festbeirat herzlich, ohne den Vater zu nennen. Im nächsten Jahr wurde der Vater nicht wiedergewählt.

Rührung und Würstchen

»Pfingsten, das liebliche Fest, war gekommen; es grünten und blühten
Feld und Wald; auf Hügeln und Höhn, in Büschen und Hecken
Übten ein fröhliches Lied die neuermunterten Vögel;
Jede Wiese sprosste von Blumen in duftenden Gründen,
Festlich heiter glänzte der Himmel und farbig die Erde.«

Der Vater las aus dem Buch vor mit dem thronenden Löwen und dem dienernden Fuchs auf dem Umschlag. Es war von Goethe und hieß »Reineke Fuchs«. Ein paar Abende lebten sie mit dem listigen Fuchs, der es verstand, sich spöttisch und gemein und redegewandt aus jeder Falle herauszuwinden. Was für ein Singsang und Wiegen der seltsam alten Worte! Wie spannend und oft unverständlich die Geschichte. Die Geschwister liebten die vielen Bilder, auf denen alle Tiere so genau zu erkennen waren und sich doch wie Menschen aus alter Zeit kleideten. Auf dem Buch stand, dass Kaulbach sie gezeichnet hatte. Der Junge merkte sich den lustigen Namen, und er merkte sich das Lesen des Vaters, der sich selten zu ihnen ans Bett setzte. Meist empfing er abends in der Küche oder im Wohnzimmer den Gutenachtkuss. Ihn zu vergessen, gab immer Krach und manchmal Strafe. Warum wanderte eines Tages das Buch, obwohl es noch nicht zu Ende war, zurück in den schwarzen Bücherschrank? Gerne wäre der

Junge wie der Fuchs gewesen, der ihn an Odysseus aus den Sagen erinnerte: mutig, listig, eigentlich nicht sehr nett, selbstsüchtig und doch bewundernswert.

Bücher bekamen sie selten geschenkt, nur zum Geburtstag oder zu Weihnachten. Es gab ja schon genug im Haus, von den älteren Geschwistern, von den Eltern oder von Verwandten. Manche konnten sie nur langsam lesen, die mit den eckig-verschlungenen Buchstaben, andere waren überhaupt nicht zu entziffern, die mit der spitzen Schreibschrift. So richtig gern mochten sie Büchergeschenke nicht. Besser als der Betrug mit den geschenkten Mützen, Handschuhen, Pullovern, die man ja sowieso brauchte, waren sie aber schon. Am meisten freuten sie sich über Süßigkeiten und Spielzeug, die gab es manchmal von den Schwestern, – und Geld, das sie nur vom Opa bekamen. Auf den Geburtstagstischen stand immer ein Kuchen mit den Kerzen für jedes Lebensjahr, dazu ein Lebenslicht. Bei den Eltern und den älteren Geschwistern brannten Zehnerkerzen, weil es sonst zu viele geworden wären. Die steckten manchmal im Kuchen, manchmal in einem Holzreif mit Blümchen drauf, in dessen Mitte der Kuchen gestellt wurde. Auf keinen Fall durfte man das Lebenslicht vor Tagesende löschen, denn das bedeutete Unglück. Auf dem Geburtstagstisch lagen immer viel zu wenige Geschenke, zwei, drei Briefe und Postkarten und eine Schachtel Pralinen. Aber wenn ein Päckchen auf dem Tisch stand! Dann überlegte er während des immergleichen Geburtstagslieds, von wem es war und was sich darinnen befand. »Lobe den Herren, den mächtigen König der Ehren« hatte ein herrliche Melodie und einen Text, auf den er sich jedes Mal freute. Er hatte ihn nie gelesen, aber so oft gehört, dass er ihn auswendig mitsang: »Meine geliebte Seele, das ist sein Begehren«, »Auf Adelers Fittichen«, »Kommet zu Hauf, Harfe und Psalter wacht auf! Lasset den

Lobgesang chören«. Vor allem das Chören hörte er so gern. Er stellte sich die Engelschöre vor, wie sie sangen. Nach dem Lied und dem Kerzenauspusten gab es an Schultagen gleich Frühstück, und erst nach der Schule durften sie die Geschenke auspacken. Am Wochenende blieben alle um das Geburtstagskind stehen und schauten zu.

Der Vater freute sich selten über Geschenke. Er ging oft direkt nach dem Singen zum Frühstück, selbst am Wochenende. Manchmal schenkte er Sachen gleich weiter, die ihm nicht gefielen, oder er gab sie zurück. An dem, was er selbst schenkte, arbeitete der Vater lange. Wochen, sogar Monate verschwand er Tag für Tag im Keller, wo er irgendetwas bastelte, von dem niemand wissen durfte. Meistens arbeitete er an einem Geschenk für die Mutter. Einen Unterschrank, auf dem das Aquarium stehen sollte, hatte er abgeschliffen, mit bunten Blütenranken und Herzen bemalt und lackiert. Sie konnten gar nicht begreifen, was der Vater noch alles konnte, wie er hässliche alte Dinge in schöne Geschenke verwandelte. Als der Junge einmal einem Mädchen einen Setzkasten schenken wollte, erzählte er dem Vater davon, weil er für einen gekauften kein Geld hatte. Eigentlich wollte er nur einen Rat, doch der Vater bastelte in wenigen Tagen aus einer alten Schublade einen dunkelglänzenden, vielfächrigen Setzkasten, der das Mädchen sehr begeisterte. Zwar schämte der Junge sich, weil er selbst nichts daran getan hatte, aber so etwas hätte er sowieso nie hinbekommen. Warum der Vater im Keller so empfindlich wurde? Kleine Bemerkungen konnten ihn aufbringen, sogar das Klopfen an der Türe. Natürlich, es war sein Reich, in dem er eine für andere schwer durchschaubare, für ihn offensichtliche, klare und beständige Ordnung einhielt. Brauchte er Eisenschrauben oder Beschläge oder Rollen oder Stromprüfer oder die Insektenvertilgungsmittelspritze, fand er alles sofort. Wenn er es nicht fand, hatte wohl ein anderer die Sache nach Gebrauch nicht wieder an ihren Platz gelegt. Fast wütend arbeitete der Vater an Geschenken, blieb stundenlang im Keller und ließ Mahlzeiten ausfallen oder Fernsehsendungen, die er mochte.

Einmal kommt der Vater aus dem Keller gelaufen, in dem er den ganzen Nachmittag mit einer Schleifmaschine und einer Kreissäge gearbeitet hat. Kurz vorher hat das Kreischen der Säge plötzlich aufgehört. Um die Hand ist ein Lappen gewickelt. Er färbt sich schnell rot, Blut sickert durch und tropft auf den Boden. Der Junge sieht den Vater näherkommen, fast gemächlich. Ihm wird schlecht. Dann schreit er. Der Vater läuft einfach weiter und sagt: »Reg dich ab, ich hab mir nur in die Hand gesägt!« Er steigt ins Auto und fährt fort. Eine halbe Stunde später kommt das Auto wieder. Der Vater steigt aus, mit einem Verband um die Hand, und geht in Richtung Keller. »Man muss nach so etwas gleich weitermachen, sonst bleibt was«, sagt er noch. Kurz darauf kreischt die Säge wieder.

Dem Jungen fehlte die Geduld zum Basteln, die Sorgfalt und die Lust. Und so ähnelten sich alle Weihnachtszeiten: Er wusste nicht, was er für die Eltern basteln sollte, und Kaufen kam selten in Frage, weil er zu wenig sparte. Der Vater hatte meist schon den Baum besorgt, wenn der Junge endlich daran ging, etwas genauer zu überlegen. Dabei gab es auf dem Regal sogar eine Loseblattsammlung mit Vorschlägen, was man basteln könnte. Gerade das, was am schönsten aussah, machte besonders viel Arbeit. Wenn ihm eine Bastelei leichtfiel, half das nur ein Jahr lang, denn er konnte ja nicht zweimal Mobiles mit Walnussschalenschiffchen schenken oder ein Stabile mit bunten Papierbällchen. Für seine schließlich rasch noch gemalten Verlegenheitsbilder schämte er sich.

Weihnachten bedeutete immer Rührung und Würstchen, Geschenke und Streit. Ganz sicher gab es am Heiligabend-Vormittag Streit, weil so viel noch unerledigt war. Dann schrie der Vater, die Mutter weinte, und die Kinder wussten nicht, was sie tun sollten. Oft fuhr der Vater wortlos einfach weg. Es konnte sein, dass er nur ein paar Besorgungen machte. Sie fürchteten trotzdem, dass er gar nicht wiederkommen könnte. Nach ein paar Stunden spätestens war er wieder da, verschwand hinter der geriffelten Glastür des Wohnzimmers, die zusätzlich mit einer Wolldecke verhängt war, und schmückte weiter das Weihnachtszimmer. Alle freuten sich darüber, blieben aber angespannt. Der Junge versuchte wenigstens, den älteren Geschwistern oder der Mutter beim Schmücken des Flurs zu helfen, wo Zweige auf einem Gestell über den Türen angebracht und mit roten Kugeln behängt wurden. Irgendwann gingen oder fuhren sie endlich zum Gottesdienst.

Die Lieder, die sie zum Schluss in der Kirche sangen, spielte später der Plattenspieler daheim, wenn sie endlich, nachdem der Vater die Glöckchen im Baum geläutet hatte, ins Weihnachtszimmer eintreten durften. Die Platte rauschte von Jahr zu Jahr mehr, aber die Kinderchöre sangen immer noch schön »Stille Nacht« oder »O du fröhliche«. Hoch streckte sich der Baum bis zur Decke, mal nur mit roten Kugeln und Strohsternen geschmückt, mal mit viel Lametta, mal mit Kugeln in allen Farben, Glasvögeln, Glöckchen, Weihnachtsfiguren, die im Widerschein der vielen, vielen elektrischen und echten Kerzen schimmerten. Abgebrannte Streichhölzer, Wachs, Tanne, so roch Weihnachten. Gemeinsam sangen sie ein oder zwei Lieder zur Platte, wobei der Junge nach den Geschenken guckte. »Frohe Weihnachten« wünschten sich alle, leicht betreten, etwas gedämpft und erschöpft, umarmten einander, den Vater unbeholfen, der häufig Tränen in den Augen hatte,

die Mutter immer. Da die Würstchen in der Küche zu platzen drohten, setzten sie sich rasch an den Tisch. Die Teller mit dem grüngoldenen Muster standen nur an Heiligabend da, und so aßen sie von ihnen ausschließlich Kartoffelsalat mit Würstchen. Es schmeckte immer gut, und meist herrschte eine Mischung aus Stille und Fröhlichkeit.
Bei der Bescherung brach Streit aus, regelmäßig, obwohl sich alle wegen des letzten Weihnachtsfests gut vertragen wollten. »Was soll ich damit?«, fragte der Vater und gab Geschenke achtlos zurück oder weiter. »Mir wär' lieber«, sagte er, »du setztest dich mehr auf den Hosenboden! Gute Noten sind wichtiger als Geschenke.« Oft ging es um Ärgernisse aus dem Herbst oder Sommer, die nun wieder aufgetischt wurden, mehr noch um grundsätzliche Charakterfehler, die der Junge oder seine Geschwister endlich überwinden sollten. Dann wieder spielte der Vater mit ihnen, trank Wein mit den Erwachsenen. Zur großen Familie kamen oft noch die Freunde oder Männer der Schwestern, und jeder hatte versucht, für jeden etwas zu besorgen. Geschenke packten sie langsam und vorsichtig aus, befreiten das Einwickelpapier von Klebestreifen, falteten es sorgfältig zusammen fürs nächste Jahr. So dauerte die Bescherung leicht bis Mitternacht. Wenn der Junge sich langweilte, tauchte er unter den Tisch, kroch darunter hindurch und holte sich vom zweiten Tisch seinen Naschteller. Von den Nüssen, dem Marzipan, den Zimtsternen, Anisplätzchen, Spekulatius und Dominosteinen durften sie essen, wann und wieviel sie wollten, sogar vor dem Frühstück. War der Naschteller leer, gab es keinen Nachschub.
An den Fenstern hingen Transparente, die der Vater gebastelt hatte: ein Engel, eine Krippe mit Weihnachtsbaum, ein Weihnachtsmann, eine Glocke, die im Turm schwang. Je müder sie wurden, je mehr Kerzen abgebrannt waren, um so friedlicher verhielt sich der Vater. Dann saßen sie manchmal nur da, hörten die Platte zum dritten oder vierten Mal und sahen den

Baum an, die vielfigurige Krippe, die Geschenke. Niemand wollte ins Bett. Dann ging er in die Küche. Vielleicht war ein Würstchen übriggeblieben. Nach den Süßigkeiten vom Naschteller hatte er wohl Lust auf Herzhaftes. »Träume süß von sauren Gurken!«, rief ihm die Mutter nach, wenn er ins Bett ging.

Sonntagsrätsel

Wie die Zeitung aus Hamburg kam, mit grünem Balken auf dem Titel und altertümlicher Schrift »Hamburger Abendblatt«, so kam das Radioprogramm aus Berlin: »Hier ist RIAS Berlin! Eine freie Stimme der freien Welt!« Mahnend halb, halb triumphierend klang der Sprecher. Meist blieben freilich die Geräte stumm. Das Kofferradio in der Küche, das Transistorradio im Eckschrank, das auf Ausflüge wartete und regelmäßig vergessen wurde, schließlich das alte, unten im Fernseh-Zimmer, das zwar noch funktionierte, aber nur noch als Unterbau für den kleinen Fernseher diente. Es steckte in einer Art Kommode, auf deren Rückseite sich ein Plattenspieler befand. Nachmittags stellten die Kinder das Holzding mit den großen Knöpfen gerne an. Im Fernsehen gab es um die Zeit nur das Testbild. Sie fanden keinen Sender ohne Störungen. Die Störungen jedoch klangen besser als alle Sender. Ganz rechts fanden sie ein langgezogenes *Düüüüüüüü*, ein hoher Ton, nicht sehr unangenehm, der, wartete man lang genug, plötzlich in kuriose Ab- und Aufwärtsläufe verfiel, bevor er wieder auf der Ausgangshöhe blieb: »Düüüüüü düdelüdeldü-düdelüdeldü-düdelüdeldüüüüüüüü«. Oft saßen sie vor dem braunen Schrank mit dem stoffbespannten Lautsprecher und versuchten, vorauszusagen, wann der Dauerton aufhören, wie oft das Gedudel kommen würde. Vergeblich.

Spannender noch erschien ihnen das Tonbandgerät, das in einem Fach der Schrankwand stand. Dunkelgrauer Deckel, hellgrauer Korpus und beigefarbener Metallgriff. Sehr selten nahm der Vater es heraus, noch seltener packte er auch das Mikrofon aus: goldglänzende Folie mit Löchern auf einem weißen abgeplatteten Ei, dazu ein Bügel, der es stützte. *Philips* hieß es – da hatte der Vater vor langer Zeit gearbeitet. Dem Jungen gefielen die Namen der Firmen, bei denen der Vater angestellt gewesen war: *Walwo*, *Osram*, *Philips*, *Saum- und Viehbahn*. Was er wirklich tat, verstanden sie nur einmal, als der Vater bei Infratest Geld hinzuverdiente. Nach den Befragungen durften sie mit den Waschmittelmarkenkarten spielen. Es ging der Firma darum, zu erfahren, welche Waschmittel die Menschen kannten, welche Qualität sie ihnen zusprachen und welche sie schon verwendet hatten. Eine schwarze Kunststoffmappe mit dem Logo von Infratest bekamen die Kinder bald auch zum Spielen, weil der Vater einsehen musste, dass er zu wenig verdiente. Das Gebiet, in dem er Befragungen durchführen sollte, war groß, oft traf er niemanden an, musste wiederkommen und gab so mehr für Benzin aus, als er verdiente. Danach verbrachte er wieder viel Zeit daheim und schaute, ob es etwas zu reparieren gab.

Das alte Tonbandgerät hatte der Vater seit langem nicht mehr verwendet. Er holte es hervor und öffnete den Deckel. Die volle Spule links war sogar noch eingespannt. Die Kinder durften zusehen, wie er einen Knopf drückte, ein Licht zu leuchten begann, und nach dem Drücken eines zweiten Knopfes sich die Spulen drehten, wobei ein taktmäßiges Schabgeräusch das erste war, was sie hörten. Es folgten ein kurzer Schlag, Rauschen, dann hell und laut Stimmen, teils fern, teils sehr nah. »Du alter Streithammel, lass doch mal das Mikrofon in Ruhe«, schimpfte der Vater auf dem Tonband. Er meinte den Bruder, der damals keine drei Jahre alt gewesen war. »Streithammel«, so nannten sie den Bruder heute noch oft. Andere Stimmen erkannte der Junge nicht. Sie stammten von den Geschwistern, die früher anders geklungen hatten. Sie redeten von Geschenken, vom Baum, von den Kerzen. Was sie sagten, interessierte sie nicht so sehr wie das Drehen der Spulen, das braune Band, das am Anfang grün und am Ende rot war. Offensichtlich funktionierte alles tadellos. Der Vater räumte das Gerät sorgsam auf und stellte es nie wieder an.

Häufig lief der Plattenspieler, ein schwarzes Koffergerät, dessen Deckel als Lautsprecher diente. Bei Krankheiten, die länger als einen Tag dauerten, stiegen die Chancen, ihn aufs Zimmer zu bekommen. Während die anderen Geschwister in der Schule sitzen oder im Garten helfen mussten, konnte der Kranke im Bett Platten hören. Die kleinen 45er-Märchenplatten endeten viel zu früh und mussten nach einigen Minuten umgedreht werden. Die 33er-LPs liefen schön lang. »Der Froschkönig« und »Das hässliche junge Entlein« waren kleine, »Zwerg Nase«, »Der kleine Muck« große Schallplatten. Am häufigsten hörten sie sich »Siegfried« und »Rübezahl« an, besonders spannende und blutige Geschichten, die mit vielen Geräuschen und Musik unterlegt waren. Sie hörten den Drachen schnaubend schlafen, dann wütend aufbrüllen im Kampf, verröcheln im Tod, die Heere durch dichte Wälder reiten, den fröhlichen Lärm der Kampfspiele, den scheußlich lauten Todesschrei Siegfrieds, die fürchterliche Anklage Kriemhilds und das Niederkrachen der Grabplatte. »Rübezahl« verführte sie mit den schönen und unheimlichen Musikstücken. Dem Jungen gefiel »In der Halle des Bergkönigs« am besten. Manche Sätze der Platte dachte er immer wieder und freute sich daran: »Else, bist du toll geworden!« oder »Du geprägter Mädchendieb« oder »Tüten kleben und Matten flechten«. Warum Rübezahl mal selbstsüchtig und jähzornig handelte, dann als strenger, jedoch gutmütiger Richter auftrat, der einen Schabernack nicht verachtete, verstand er nicht.

Platten mit ausschließlich Musik darauf hörte nur der zehn Jahre ältere Bruder. Zum Geburtstag bekam er manchmal eine 45er, ganz selten eine 33er. Die kleinen Geschwister hörten manche besonders gern. »Spiel mir das Lied vom Tod« musste der Älteste immer und immer wieder auflegen; ähnlich ging es mit »Fire« oder »Mamy Blue«. Die unverständlichen Texte sangen sie in Fantasiesprache mit.

Lange Zeit durfte nur der Älteste oder die Eltern den Plattenspieler hervorholen, aufstellen und bedienen. Man konnte zwischen vier Geschwindigkeiten wählen und bis zu sechs kleine oder drei große Platten auf einmal auflegen. Die fielen dann jeweils, war die vorige zu Ende und hatte sich der Tonarm zur Seite bewegt, der Reihe nach herunter. Auf diese Weise spielte das Gerät über eine Stunde lang. Bei den 45ern mussten sie oft mühsam einen kleinen Plastikstern in der Mitte einsetzen und dabei hoffen, die Platte nicht zu zerbrechen. Ganz alte, die sehr schwer waren und verstaubt, warfen sie einmal aus dem Fenster und ließen sie den Hang hinabsegeln. Mit genügend Schwung flogen sie bis auf das begrünte Dach des Hochbehälters unter ihrem Haus. Der Spaß beim Werfen wog die Schmerzen der Prügel auf, denn natürlich wurde das Fehlen der Platten bemerkt.

Unbeaufsichtigt durfte der Junge nur seinen eigenen Radiowecker bedienen. Stolz drehte er an den Knöpfen und Stellscheiben des weißen Würfels herum, suchte Sender auf allen Kanälen. Innen, hinter der geneigten, durchsichtigen Plastikfront, war der Radiowecker schwarz, so dass man die Uhr mit ihren herunterklappenden schwarzen Zeittäfelchen mit weißen Ziffern gut erkennen konnte.

Eines Nachts wacht der Junge um halb drei Uhr auf und weiß vor Trockenheitsgefühl nicht ein noch aus. Die Kehle fühlt sich trocken an, die Haut, alles ist trocken, sandpapierhaft und beklemmend. Er weiß nicht, was er tun soll. Er findet keinen Weg heraus. »Sand«, denkt er, und er kann nicht schlucken. Er öffnet die Augen. Nichts ändert sich. Da sieht er seinen Radiowecker. Es fällt ihm schwer, den Einschaltknopf zu suchen. Endlich hört er das Klicken und dann Musik. Geigen. Leise spielen sie ineinander. In ihm löst sich etwas. Die Trockenheit zerbricht, zieht sich zurück, verschwindet. Er hört noch ein paar Minuten zu, merkt jetzt erst seinen schweren Atem. Er würde gern den Geigen danken, der Musik. Was für eine Erlösung! Der Radiowecker schaltet sich automatisch ab, und er schläft wieder ein.

Am meisten beeindruckte ihn der Stereo-Radio-Rekorder. Dass der Vater bei einer Messe 450 Mark dafür ausgegeben hatte, konnte er kaum glauben. Aber seit kurzem hatten die Geldsorgen der Familie ein Ende. Der Vater bekam eine große Rente als Schwerkriegsbeschädigter mit 100 Prozent Berufsunfähigkeit zugesprochen. »Dreißig Jahre nach dem Krieg!«, schimpfte er. Jetzt kaufte er sich vieles, vor allem praktische Sachen. Der Radio-Rekorder hatte einen Extralautsprecher, der aussah wie das eigentliche Gerät und drei Meter entfernt aufgestellt wurde. Bei manchen Sendungen konnten sie hören, wie jemand von rechts nach links ging. Mit diesem Apparat hörte die ganze Familie zum ersten Mal zusammen Kassetten oder Radio. Am ehesten am Sonntagmorgen oder -vormittag. Dann ertönte der RIAS-Spruch, die Nachrichten kamen um halb, nicht zur vollen Stunde. Um zehn Uhr begann »Das Sonntagsrätsel« mit Hans Rosenthal und mit immer derselben Musik, die sie aus einer Verfilmung von »In 80 Tagen um die Welt« kannten. Sie machte alle fröhlich, auch die Stimme Rosenthals passte zu dieser Stimmung, erst recht die des Assistenten. Das war ein Junge mit einer erstaunlich selbstbewussten Redeweise, der die Gewinner aus dem Stapel richtiger Einsendungen ziehen und vorlesen durfte, wobei sein Berliner Akzent sie an die Tante und den Onkel aus dem Osten erinnerte. Zuerst ging es um die Lösung des letzten Rätsels, die Fragen wurden wiederholt, die Musik jeweils kurz angespielt: »Das ›I‹ kam von Peter Igelhoff: Nachname des Komponisten, erster Buchstabe.« Sie erkannten überhaupt nichts, aber die Musik gefiel ihnen meistens. Hans Rosenthal erzählte über ältere Schlager, Operettenarien, Volkslieder oder Klassik. Sie saßen zusammen am Frühstückstisch und errieten immer wieder mal die Lösung, weil sie oft nur aus sieben Buchstaben bestand und es noch Hinweise gab, die nichts mit Musik zu tun hatten. Sonntagsfrühstück mit dem »Sonntagsrätsel« bedeutete friedliches Essen, Lachen, schöne Gespräche, während die Musik lief, und eine freudige Gespanntheit. Doch nie schickten sie nach Berlin eine Postkarte mit dem Lösungswort, obwohl sie oft die Antwort wussten, Hans Rosenthal so herzlich dazu aufforderte und sein Assistent langsam und ganz besonders deutlich die Adresse sprach.

Des Vaters Fleischtöpfe

Aus silbergrauem Metall mit schwarzen Einsprengseln bestand der Gulaschtopf, sein Deckel allein wog so schwer wie andere Töpfe. Nur die beiden in der Speisekammer, aus Stahlhelmen gepresst, kamen ihm gleich. Der Geruch drang rasch durch die Glastüre der Küche, wenn erst Zwiebeln, dann Fleisch und Tomatenmark zischend angebraten wurden. Das Geräusch und der Geruch zogen den Jungen in die Küche. Der Vater hasste allerdings Topfgucker, hatte sogar einmal einer Freundin der Mutter fast auf die Finger geschlagen, weil sie aus dem Topf probiert hatte. Der Junge erschrak fast so wie die Freundin, aber er stimmte dem Vater innerlich zu. Es ekelte ihn genauso, wenn jemand, zumal ein Gast, mit Gabel oder Löffel in den Topf stieß. Dass er es heimlich selbst versuchte, war eine andere Sache. Genau wie beim Vater, der meistens kochte. Da gehörte es dazu, da war es notwendig und eine Kunst obendrein, denn mit sicheren Fingern griff er in Gewürzgefäße, nahm eine Handvoll, eine Prise oder mehr, schmurgelte und kochte, ließ ziehen und grillen, ohne ein Kochbuch zu benutzen. Selten erklärte er einen Handgriff oder eine Zubereitungsweise. Egal, sie wussten, sie würden nie so kochen können. Wieder hatte sich der Vater alles selbst beigebracht, wie er ihnen, die kaum etwas begriffen, stolz erklärte. Der Junge durfte immerhin Risotto rühren. Nervös nahm er den Kochlöffel in die Hand. Anheimelnd dunkelndes Holz, vor allem in der Mulde der Laffe (da war er schon schwarz), am unteren Ende abgeflacht vom Aufdrücken und Abschaben. Immer nervös, der Reis könnte auf dem Boden ansetzen oder gar anbrennen, rührte er schnell. Die Erschöpfung überkam ihn genauso schnell, und der ärgerliche Vater musste ihn ablösen. Der Junge versuchte, wenigstens Zwiebeln zu schneiden für den Bohnensalat. Das Geheimnis, sie in winzige Würfel zu zerteilen, erschloss sich ihm nicht. Mal halbierte er die Zwiebel falsch, mal rutschte sie ihm weg, meist gerieten ihm die Stücke viel zu unregelmäßig, teils dann wieder viel zu klein. Der Vater dagegen verwandelte eine Zwiebel in Nullkommanichts in gleichmäßige Stückchen. Die Bohnen für den Salat kamen aus Konserven, wie das meiste Gemüse außer den Kartoffeln, den Weiß- und Rotkohlköpfen und dem seltenen grünen Salat. Bei Einkäufen stapelten sich in ihrem Wagen die Dosen mit Erbsen (oft mit Möhren gemischt), Linsen, Schwarzwurzeln, Bohnen, Spargel (sehr selten), Champignons (sehr selten). Ab und zu kauften sie Brathering oder Heringskonserven. Das schmeckte ganz gut und ganz anders als der frische, den der Vater in Dänemark fing und zubereitete.

Am frühen Nachmittag, wenn die Mutter aus ihrer Schule kam, wartete der Vater fast immer schon mit einem warmen Essen. Fleisch gab es oft, aber nicht viel. Kohleintöpfe reicherte der Vater mit Speck oder Schweinebauch an. Obwohl sie im Schnellkochtopf garten, roch die ganze Wohnung nach ihnen. Braun wurde der weiße Kohl, dessen Strunk der Junge so gerne aß: Die rohe Schärfe biss in die Zunge, und die knackige Härte forderte seine Zähne heraus. Am besten schmeckte er frisch vom Feld. Der Junge und sein Bruder kletterten nicht nur einmal über den Zaun des Kleinbauern schräg unterhalb ihres Grundstückes, rissen Rot- und

Weißkohlköpfe ab, stopften sich die Blätter in den Mund und kauten vergnügt wie die Kaninchen darauf herum. Jemand beobachtete, erkannte und verriet sie. Kein Wunder, die Lehrerinnenkinder kannten die meisten im Ort. Beide bekamen Prügel.

Hungern mussten sie fast nie zur Strafe. Die Eltern achteten darauf, dass die Kinder gut aßen. Wenn die etwas gar nicht mochten und auf dem Teller ließen, wurde der Vater böse, die Mutter traurig. Die Eltern versuchten, sie zu überzeugen, dass der dicke Fettrand am Fleisch das beste sei, eine Delikatesse. Im Krieg und im Hungerwinter danach hätten sie sich immer wieder vorgestellt, irgendwann einmal wieder ein schieres Stück Fett probieren zu dürfen! Außerdem sollten sie sich schämen, so *krüsch* zu sein, während gleichzeitig auf der Welt so viele Menschen und gerade Kinder verhungerten, weil ihnen die tägliche Tasse Reis fehlte. »Krüsch« hatte mit wenigen anderen Worten die Reise von Hamburg nach Bayern geschafft, auch das s-t in »Schornsteinfeger«. Nur beim Reis überzeugte das Argument: Kein Korn wollte der Junge übrig lassen. Beim schieren Fett ließ der Ekel nicht nach. Dabei mochte er durchwachsenen Speck schon und Fett unter der Geflügelhaut, Fettaugen auf der Hühnersuppe. Wabbelte es weißlich auf dem Teller und wurde langsam kalt, weil er es bis zuletzt übrigließ, wurde ihm schon bei dem Gedanken übel, es kauen zu müssen. Also rasch die Gabel hinein, in den Mund, ohne nachzudenken, den Fettrand in einem Stück schlucken, den verächtlichen Vaterblick im Gesicht. Der erzählte weiter von den Hungerzeiten kurz nach dem Kriegsende, von seiner Angst um die unterernährten Kinder, von den verzweifelten Hamsterfahrten, von arroganten Bauern, von seltenen Glücksfällen. Einmal hatte er Zinkeimer aus englischen Beständen mitnehmen dürfen, und die Bauern waren froh, nach den vielen Teppichen, Büchern, Silberbestecken, Musikinstrumenten endlich etwas Nützliches zu bekommen. Für die stabilen Eimer gaben sie dem Vater Eier, Fett, Speck, Fleisch, Kartoffeln in einer so großen Menge, dass die Mitreisenden im Rückzug ihm halb erschrocken, halb verzweifelt Platz machten. Als sie ausstiegen, platzte einem Mann im Gedränge auf dem Bahnsteig ein Zentnersack Kartoffeln, den er kaum tragen konnte. Einen fürchterlich kurzen Moment hatte die Menge gezögert. Dann fielen alle über die Kartoffeln her. Mittendrin der Mann, der verzweifelt schreiend geklaubt hatte. Am Ende war ihm kaum ein Drittel geblieben.

Die Geschichten des Vaters – die Mutter erzählte fast nie von den Notzeiten – sah der Junge vor sich, als hätte er sie selbst erlebt. Er aß weiterhin viel und gern und alles auf. Die Krümel vom Brotschneidebrett, die Mohnkörner vom Frühstücksteller, und die Rinde vom Käse schnitt er sparsam ab. Dabei dachte er immer an das Märchen von dem jungen Hirten, der die drei Schwestern heiraten wollte. Auch er hätte die genommen, die den Käse genau richtig entrindete, nicht zu dünn, nicht zu dick. Er aß lieber bis zum Bauchweh, als etwas auf dem Teller zu lassen.

Das geschah oft, denn es schmeckte ihm sehr beim Vater. Nur ganz selten verzog er den Mund. Dann sagte der Vater immer denselben Satz: »Ihr werdet euch noch mal nach eures Vaters Fleischtöpfen zurücksehnen.« Wenn ein Essen richtig misslang, wusste niemand in der Familie, was man tun sollte. Man roch manchmal schon das Verbrannte und zögerte. »Stellt euch nicht so an!« schimpfte der Vater dann, nahm selbst einen Bissen. »Das ist doch gar nicht so schlimm!« Man aß also sehr langsam und hoffte, der Vater könnte selbst auf die Idee kommen, so etwas zu essen, sei unzumutbar. Ab und zu hatten sie Glück, und der Vater lachte über sich selbst: »Nein, das kann man wirklich nicht runterbringen!« In der Regel schlang er alles hinunter und schaute sie auffordernd an. Sie folgten seinem Beispiel. Wer wollte schon ein stundenlanges Streiten riskieren oder gar das plötzliche Verschwinden des Vaters. Dann stand er mit einem Ruck auf. Die Mutter reagierte gleich mit Weinen und Bitten, er möge doch bleiben. Stattdessen stürmte der Vater aus der Küche, riss den Autoschlüssel vom Brett, lief über die Plattform, die Treppe hinunter, stieg ins Auto und fuhr mit heulendem Motor davon. Es vergingen Stunden, bis er wiederkam. Ob er gegen einen Brückenpfeiler rasen wollte, um Schluss zu machen? Einmal fuhr er wütend zum Reisebüro und buchte einen teuren Linienflug nach Kanada. Am Abend packte er seine Koffer, am Morgen verschwand er für dreieinhalb Wochen.

Die erste Postkarte mit einer Boeing 707 darauf kam schon aus Frankfurt. Der Vater schrieb, dass er gar nicht mehr hätte fahren wollen, aber jetzt sei es zu spät, jetzt müsse er fliegen. Der Junge dachte an den Aberglauben seines Vaters. Niemals kehrte er auf einer Fahrt um, wenn er etwas vergessen hatte. Nicht einmal, als sie nur einen Kilometer vom Haus entfernt bemerkt hatten, dass die Tasche mit den überlebensnotwendigen Medikamenten für einen sechs Wochen dauernden USA-Urlaub zurückgeblieben war. Seine Gesundheit, die Ängste der Mutter, Kosten und Schwierigkeiten waren dem Vater egal. Als er von seiner Trotzreise zurückgekehrt war, erzählte er, dass er nicht einmal die Adresse seines Neffen in Toronto mitgenommen hatte. Mit dem Auto, das er sich am Flughaften gemietet hatte, suchte er ihn. Übers Telefonbuch gelang es nicht. Nach Stunden fragte er schließlich einen Polizisten. Der ließ ihn erst bei sich auf der Wache ausruhen, suchte selbst, aber auch vergeblich, und nahm den Vater über Nacht mit zu sich. Am nächsten Tag telefonierte er so lange herum, bis er den Neffen gefunden hatte. Viele hundert Bilder brachte der Vater mit, und stundenlang schauten sie bei einem Diaabend die Niagarafälle, die Großen Seen, Bisons, den

Sears Tower, die kalifornische Wüste und Indinaner an und konnten nicht genug bekommen. Der Vater gab bei einem Bild der Golden Gate Bridge zu, dass er dauernd an Rückkehr gedacht und schon im Flugzeug Sehnsucht nach daheim gehabt hatte. Das konnte sich der Junge gar nicht vorstellen, aber er sah, dass der Vater Tränen in den Augen hatte und rasch die Fernbedienung drückte: Seelöwen im Hafen von San Francisco. Es stimmte vielleicht doch, was die Mutter behauptete, dass der Vater sie liebte, nur unfähig war, es zu zeigen. Man sollte, sagte sie, Verständnis für ihn aufbringen, denn er war ohne Vater aufgewachsen und wusste nicht, wie man sich als Vater verhalten sollte. Das begriff der Junge schon. Aber musste das zu Schlägen, Schimpfen, Strenge führen, gerade in der Küche? Brauchte er die schwere Eisenpfanne, in der häufig noch Fett oder Öl schwammen, die mehrfach verwendet wurden (außer bei Fisch), musste der Junge auf einen Tritt steigen, um sie vom hohen Regal zu heben. Da schwappte leicht etwas Öl daneben und hinterließ auf den Steinfliesen hässliche Flecken, wenn er es nicht sofort aufwischte. Solche Ungeschicklichkeiten beantwortete der Vater mit einem Klaps auf den Kopf. War er gut aufgelegt, sagte er: »Kleine Schläge auf den Hinterkopf erhöhen die Denkfähigkeit.« Fing man mit der Entschuldigung an: »Ich dachte …«, fiel der Vater einem ins Wort: »Überlass das Denken den Pferden, die haben den größeren Kopf!« So etwas machte dem Jungen wenig aus, viel weniger jedenfalls als endlose Erklärungsbeschimpfungen, begleitet von vielen Fragen. »Kannst du nicht aufpassen? Hat dir das denn keiner beigebracht? Bist du noch zu retten? Kannst du mir erklären, was das soll? Willst du mir helfen oder Arbeit machen? Was soll ich nur mit dir anfangen?«

Aus der großen Pfanne isst der Junge Nudeln, die seit ein paar Tagen in der Speisekammer stehen. Sie sind kalt, glänzen aber schön, und ein grünbläulicher Rasen breitet sich auf ihnen aus. Es schmeckt gut nach Nudeln und auch bitter. Während er sie runterschluckt, weiß er, dass er etwas Dummes tut und kann doch nicht aufhören. Es wird ihm ja nicht schlecht wie bei der dunklen Scheibe Rindfleisch, die noch bitterer geschmeckt hat. Er erinnert sich an den Vater, der ihm damals befahl aufzuessen. Nach dem Essen hatte er endlich ins Bad rennen und spucken können. Er hasst das Wort spucken, von dem allein ihm schlecht wird. Die Mutter verwendet es immer. Man darf sich nicht anstellen, denkt er, und schaufelt die letzten Nudelreste in sich hinein.

Nein, man durfte sich nicht anstellen. Beim Kochenhelfen nicht, beim Essen nicht. Jedenfalls dann, wenn der Vater gekocht hatte. Wenn die Mutter ein Essen versalzen hatte, beschimpfte sie der Vater: »Blöde Kuh«, »Rindvieh«, »Trampeltier«. Ihr Weinen änderte nichts. Ärgerlich stand er auf, schob das Essen vom Teller in den Müll und schmierte sich ein Brot oder verschwand gleich in den Keller. »Ihr müsst das nicht essen!«, meinte die Mutter, aber sie aßen weiter und räumten still den Tisch ab. »Das nächste Mal mach ich Schmunzelsoße«, sagte sie, und alle schmunzelten vor Vorfreude. Ob ihnen der Name mehr oder der Geschmack an der hellen Mehlschwitze mit Zwiebeln und Speck gefiel?

Werktags aßen sie in der Küche, sonntags im Wohnzimmer. Jeder saß auf seinem Platz, der Vater am Kopfende. Auch das Besteck, die Teller unterschieden sich danach. Am Sonntag deckten sie das weiße Porzellangeschirr mit blauem Rosenmuster auf, erst flache, dann tiefe Teller. Rechts legten sie die Silbermesser mit den immer schmaler werdenden Klingen hin, links die langzinkig pieksigen Silbergabeln, oben die großen Suppenlöffel und die kleinen Nachtischlöffel. Sie lernten, wohin das Besteck gehörte, wohin der Salatteller, die Wein- und die Wassergläser, wohin die Nachspeiseschüsselchen, wo Platz nötig war für Knochenteller, für die Terrine, die Platten. Vorher zogen sie oft den Mahagoni-Tisch, der noch von den Großeltern stammte, auseinander und legten eine der vom Vater zurechtgesägten Holzplatten in die Lücke dazwischen. An normalen Sonntagen nur schmale, an Feiertagen und bei Geburtstagen die ganz große und eine schmale Platte, so dass sie zu vierzehnt oder mehr am Tisch sitzen konnten.

Gebratene Hühner aßen alle gern. Der Vater schlachtete erst ab und zu eines der eigenen, dann, als die Mutter mehr verdiente, er selbst eine Rente bekam, kaufte er gefrorene und bereitete sie fast jeden Sonntag. Als Vorspeise aßen sie Hühnersuppe mit den Innereien, und der Junge versuchte, eins der Herzen zu erwischen. Dann die gebratenen Hühnerteile, entweder rot oder gelb. Paprika mochte der Junge lieber als Curry. Er wunderte sich, dass er immer mehr bekam und immer mehr essen konnte. Er erinnerte sich, dass er früher einen Flügel und noch etwas Brust schaffte, dann eine ganze Keule oder Brust und jetzt ein halbes Hühnchen.

Alltags stand zusammengewürfeltes Geschirr auf dem Küchentisch, grünbeblümte, cremefarbene, weiße, gelbe Teller, manchmal mit Sprüngen, die sich als immer dunklere Striche über die Fläche zogen, bis der Vater sie mit den Händen knackend zerbrach. Ähnlich sah es mit dem Besteck aus. Auf einem Messer stand »Jugendherberge Nordheide«. Als er den Vater fragte, ob er das geklaut hätte, gab der ihm eine Ohrfeige. Vielleicht war das alte, billige Blechmesser, das nicht gut schnitt, einfach ein Andenken.

Alt war auch das schwarze Messer mit der breiten, leicht geschwungenen Klinge und dem schweren, vielfach gekerbten Holzgriff. Erst fand der Junge es hässlich, doch es war das schärfste, das sie besaßen, und so holte er es bald bei der Küchenarbeit mit Vorliebe aus der Schublade. Ihn störte, dass er es sofort nach Gebrauch abwaschen und abtrocknen musste, weil es sonst schwarze Flecken auf der Klinge bekam und rostete. Hatte der Junge es vergessen, nahm der Vater *ATA* und einen Korken und scheuerte es damit wieder blank. Alle paar Wochen zog er das Messer durch einen Messerschärfer, dessen ursprünglich grüne Farbe am dunklen Eisen nur noch in Sprenkeln zu erkennen war. So leicht ging das schwarze Messer dann durch Fleisch, Gemüse, Obst, dass der Junge an Wieland den Schmied dachte, dessen Messer sogar durch das Fleisch, durch den Teller und noch tief in den Tisch hinein geschnitten hatte.

In der Schule malte er sich oft aus, was der Vater kochen würde. Kassler und Sauerkraut? Oder Bratwürste? Gefüllte Paprika, die zwar etwas bitter waren, die Hackfleischfüllung dafür um so leckerer? Krosse Frikadellen, von denen er immer mehr essen konnte, als da waren? Reis mit Schmunzelsoße, die der Junge einmal nachmachen wollte, aber viel zuviel Kartoffelmehl nahm, so dass der Löffel fest darin stecken blieb, selbst als er den Topf umdrehte? Blut- und Leberwürste mit Kartoffelbrei? Gurkensalat mit Borretsch aus dem Garten? Kirschmichel? Oder Pfannkuchen? Ja, Pfannkuchen! Er sah den hohen Stapel vor sich, von dem er oft nehmen konnte, Zimt und Zucker daraufstreuen oder Apfelmus drauflöffeln und den Pfannkuchen zusammenrollen. Er konnte nicht genug davon bekommen. Plötzlich fiel ihm das verfressene Schweinchen aus dem Bilderbuch ein. Es vertilgte Unmengen von Pfannkuchen und wurde immer dicker. Am ersten Schultag passte ihm der schöne Matrosenanzug fast nicht mehr. Es atmete tief ein und knöpfte ihn trotzdem nur mit Mühe zu. Eine kleine Weile hielt er. Bis zur Schule, wo er vor den anderen Schweinchen in ihren Matrosenanzügen mit solcher Gewalt aufplatzte, dass die goldenen Knöpfe weit davonsprangen. Und der Junge hörte in sich immer wieder den Spruch, den das arme Schweinchen vor sich hinsagte, als alle spotteten: »Nachdem ich so viel Unglück sah, ess ich nie mehr was – beinah!«

Strauß und die Stümpfe

Kriegsversehrte wie den Schwarzen Mann gab es viele im Dorf und in der Stadt. Der Junge begegnete ihnen täglich. Sie humpelten einbeinig auf Krücken, sie trugen dunkle Brillen und eine leuchtendgelbe Armbinde mit drei schwarzen Punkten, sie schwenkten leere Ärmel an der Seite oder hatten sie oben an die Seite der Jacke geheftet. Wieso der Vater zu denen gehören sollte? Er bekam regelmäßig Post vom VdK, das hieß »Verband der Kriegsversehrten«. Der wollte ihm helfen, eine Schwerkriegsbeschädigtenrente zu bekommen. Jeden Herbst klingelte eine Frau vom VdK und sammelte Geld. Immer ging sie zu Fuß, obwohl die Strecken durch das Dorf weit, die Wege steil waren und die Frau alt. Wenn sie bei ihnen anlangte, standen schon viele, viele Namen auf der Liste und hinter ihnen die gespendeten Beträge, mal 50 Pfennige, höchstens zwei Mark, aber die Frau wirkte zufrieden, strich dem Jungen über den Kopf und versicherte dem Vater, der Verband werde ihn nicht vergessen, die Rente käme schon noch. Es sei eine Schande, dass man die jungen Leute in den Krieg schicke und dann die Invaliden über Jahrzehnte vergesse. Einmal erzählte sie aufgeregt, dass Strauß kommen und eine Ansprache in der Stadt halten werde. Strauß kannte der Junge sehr gut von Plakaten und aus dem Fernsehen. Er mochte ihn nicht, hasste ihn sogar irgendwie. Der hatte für viel Geld Starfighter gekauft. Jetzt stürzten die

Düsenjäger ab, einer nach dem anderen. Immer mehr Piloten starben oder verletzten sich. In der Zeitung sah man, wie sie Schneisen in Wälder geschlagen hatten, sich in Äcker gepflügt, ins Watt gebohrt. Ein Glück, dass bei ihnen in der Gegend keiner fliegen durfte, weil es Zonenrandgebiet war. Die Bundeswehr kaufte trotzdem neue Starfighter. Dabei konnte jeder das Problem sehen. Der Junge dachte an die Vaterformulierung »ein Blinder mit 'nem Krückstock«: Statt richtigen Flügeln besaß der Starfighter nur zwei Stummel, wie bei einer Fliege, der man sie ausgerissen hatte. Da konnte er noch so raketenmäßig aussehen, der Junge hielt es mehr mit den viel größeren, stabileren Phantom-Bombern.

Strauß war vor allem ein Lügner. Ein Freund des älteren Bruders erzählte ihm, dass Strauß nach dem Krieg gesagt hatte: »Wer noch einmal ein Gewehr in die Hand nimmt, dem soll die Hand abfaulen.« Später wurde er Verteidigungsminister und kaufte Waffen über Waffen. Zu Diktatoren reiste er auch und ließ sich stolz mit ihnen fotografieren. Überhaupt gehörte Strauß zur CSU, die Familie des Jungen wählte aber SPD, Willy Brandt und Helmut Schmidt. Und dann schrie der noch so in Bierzelten herum, schwitzte, schimpfte, sah dick und hässlich aus; jedenfalls im Fernsehen. Wenn der Junge ihn dort sah, hielt er ihn für einen bösen Menschen, der die Massen auch zum Schreien brachte. Er hatte Angst vor ihm. Wie anders wirkte Helmut Schmidt, den er einmal in Hamburg bei einem Kinderfest gesehen hatte. Ruhig sprach er, überlegt, lustig norddeutsch, stärker noch als die älteste Schwester. Er wirkte wie ein guter, strenger und gerechter Vater.

Im Schulbus redeten viele davon, als Strauß in der Stadt vor dem Rathaus reden sollte. Ein paar ältere Schüler wollten gegen ihn demonstrieren, weil er gefährlich war, man musste ihn aufhalten, sonst wurde der eines Tages Kanzler, und dann war es fast so schlimm wie bei Hitler. Der Junge kannte Demonstrationen nicht. Es klang aufregend, und die Älteren würden schon auf sie aufpassen. Als sie zu sechst am Rathausplatz der Stadt ankamen, standen dort nicht nur Hunderte. Ob sich mehr als tausend Menschen da drängten? Und immer mehr Leute strömten nach. Alle waren dick in ihre Mäntel eingepackt, so kalt war es schon im Oktober, die Männer mit Hüten oder Schirmmützen, die Frauen mit Kopftüchern. Erst konnten sie noch weiter nach vorne Richtung Rednerpult gehen, nach einer Viertelstunde war es fast unmöglich, sich zu rühren. Die älteren Schüler überlegten, wie sie das Transparent, auf dem untereinander »Korrupt – Lügner – Strauß« stand, auseinanderrollen und hochhalten konnten. Andere in der Menge hielten schon jetzt ihre Schilder hoch, auch große Plakate an Stangen mit dem Bild von Strauß und den großen CSU-Buchstaben, manchmal mit dem bayerischen Rautenmuster versehen oder einem Löwen.

Es dauerte, bis sich endlich etwas tat. An den Rändern begannen die Menschen schon wieder zu gehen. Da lief einer zu den Mikrofonen an der Rathaustreppe und rief: »Liebe Freunde, wir haben soeben gehört, dass unser verehrter Parteifreund und Bundesminister Dr. Franz-Josef Strauß in einen Stau geraten ist, aber in der nächsten Viertelstunde hier ankommen wird. Bitte haben Sie noch etwas Geduld! Sie wissen ja, es lohnt sich!« Die meisten klatschten. Er und die anderen nicht. Man betrachtete sie misstrauisch, ließ sie aber in Ruhe. Weil die Wartezeit so lang war, drängten die Leute auf dem Platz durcheinander, sie suchten Bekannte, wollten sich unterhalten, manche verloren das Interesse. Das gab mehr Luft. Sie konnten, falls Strauß endlich kommen sollte, das Transparent entfalten.

Fast eine halbe Stunde später – alle froren schon – sah man einen Konvoi, dunkelblaue und schwarze BMWs, dazu

Polizeiwagen mit Blaulicht, die von der Seite zum Rathaus fuhren. Ein Mann stieg aus dem Wagen in der Mitte, nein, er sprang fast, eilte – kurz Hände auf dem Weg schüttelnd – zum Rednerpult und begann zu sprechen. Strauß konnte kaum sein »Entschuldigen Sie, meine Damen und Herren!« sagen, da applaudierte der ganze Platz laut und lange, so dass er innehielt und stolz umhersah, dann mit den flachen Händen nach unten wedelte, um die Begeisterten zu beruhigen. Es wirkte wie bei *Disco*, wenn Ilja Richter ins Studio kam, dann waren die Zuschauer auch immer ganz aus dem Häuschen.

Die Menschen folgten ihm und hörten rasch auf zu klatschen. Strauß sprach schnell und gewandt, irgendwie bullig, kehlig, kräftig und mit einer Selbstsicherheit, die den Jungen beeindruckte. Wie brachte Strauß seine langen Sätze immer doch noch zu einem klaren Ende, auch wenn man schon dachte, der da vorne müsse längst vergessen haben, wie er sie angefangen hatte. Auf dem Platz wirkte er viel weniger ekelhaft als im Fernsehen, wo man jede einzelne Schweißperle rinnen sah. Immer wieder schaute er lächelnd und Zustimmung einfordernd ins Publikum, egal ob er die Sozis beschimpfte oder die Politik seiner Partei lobte. Die Zuhörer lachten, riefen dazwischen, aufgeräumt und zufrieden. Dem Jungen ging es ähnlich, er musste manchmal mitlachen und bewunderte, wie Strauß ohne einen Zettel sprach und sprach und sprach. Lebendig, abwechslungsreich in Lautstärke, Geschwindigkeit und Tonfall redete er, wie niemand sonst. Höhnisch-böse spottete er, ratterte mit Schwung Zahlen herunter, predigte eindringlicher als in der Kirche, polterte wieder los, stellte Fragen, die keine Antwort brauchten, gestikulierte, lachte kurz und bitter. Den anderen ging es vielleicht ähnlich wie ihm. Strauß hatte schon eine Viertelstunde gesprochen, der erste lange Zwischenapplaus war schon verklungen, als sie sich endlich entschlossen, das Transparent aufzuwickeln und an den Stangen hochzuheben. Dabei schrien sie: »Strauß ist ein Lügner!« Und »Buh! Aufhören! Aufhören!« Es klang viel leiser, als sie gehofft hatten.

Die Leute um sie herum weichen zurück. Sie stehen plötzlich in einem freien Kreis allein in der Menge. Zwei, drei, vier Männer brechen durch die Leute, gehen auf sie zu, brüllen sie an, so dass sie erst nichts verstehen, entreißen ihnen die Stangen, zerbrechen sie, zerreißen das Transparent, und einer von ihnen, dessen dunkelbrauner Cordhut auf einem hochroten Gesicht sitzt, kreischt in größter Wut: »Was meint ihr denn, wer uns aus Russland zurückgeholt hat?« Michael wagt als einziger, etwas zu sagen: »Strauß doch nicht!« Da hebt der Mann seinen linken Arm, einen rechten hat er nicht mehr, will zuschlagen, erstarrt plötzlich, weil vor ihm ein Boxer wütend herumspringt, heult, kläfft. Der Schwarze Mann hält ihn fest an der Leine. Er beruhigt ihn nicht, stellt sich zwischen den Cordhutmann und Michael. »Das sind doch Kinder!«, sagt er laut. »Dann sollen sie heim zu Mutti gehen!«, brüllt der Mann, und seine Stimme überschlägt sich. Alles lacht, und der Cordhutmann weiß nicht mehr weiter. Andere wiederholen sie: »Heim zu Mutti! Heim zu Mutti! Heim zu Mutti!« Der Cordhutmann freut sich.

Wahrscheinlich hat Strauß von der Sache gar nichts mitbekommen oder nicht wollen. Sie hören, wie er in bester Laune über irgendwelche Steuererhöhungen höhnt. Der Schwarze Mann führt sie durch die Menschen, und erst jetzt sehen sie, wie viele Kriegsversehrte unter ihnen sind. Zornig blicken die, als sie sich vorbeidrücken, doch bald treffen sie nur noch Leute, die sich ärgern, weil sie durchwollen. Endlich erreichen sie den Rand der Masse und gehen mit dem Schwarzen Mann in die Gasse hinter dem Rathaus. Erst jetzt merkt der Junge, wie heftig sein Herz schlägt, wie übel ihm ist, wie weich die Knie sind.

»Ihr müsst sie verstehen«, meinte der Schwarze Mann, »wir haben viel durchgemacht, egal ob in Russland oder wie ich in Afrika. Wir haben viel verloren. Nicht nur einen Arm oder ein Bein. So Jungens wie ihr konnten wir nie sein. Da war die HJ und der Arbeitsdienst und die Wehrmacht.«

»Aber was hat das denn mit Strauß zu tun?«, fragte Michael heftig. Der Boxer knurrte.

»Eigentlich nichts, aber sie haben Angst, dass die Russen kommen, dass es wieder Krieg gibt, dass die Sozis sie verraten, was weiß ich. Sie haben auf jeden Fall Angst. Und ehrlich gesagt, ich auch.«

Die Älteren wussten keine rechte Antwort. Zurück wollten sie jedenfalls nicht. Sie bedankten sich kurz beim Schwarzen Mann. Sie fragten den Jungen, ob er mit zur Bushaltestelle gehen wollte, aber er blieb, weil ihm eine Idee gekommen war. Eine Zeit lang gingen sie ruhig nebeneinander die Gasse hinauf. Nur dann und wann das Boxerschnaufen und -schniefen.

»Ich könnte dich mit dem Auto heimbringen«, sagte der Schwarze Mann.

»Nein, nein, ich ruf meine Mutter an.«

»Wie du willst, aber du weißt doch, dass ich gleich bei euch in der Nähe wohne. Es macht mir nichts aus.«

»Ich soll nicht mit Fremden mitfahren.«

»Da hast du auch wieder recht. Aber ich bin doch eigentlich kein richtig Fremder mehr, oder?«

Die Schautafel fiel ihm ein, die hinten im Klassenzimmer neben den Karten hing. Ein Auto, dessen Beifahrertür offenstand, daneben ein Kind und darüber der Satz. »Steigt nicht zu Fremden ins Auto.« Dann ein Junge und ein Mädchen bei einem Mann, der ihnen etwas reicht. »Nehmt nichts von Fremden an!«, hieß der Satz. Schließlich ein Kind allein unter Bäumen, ein dichter Wald, versteckt eine dunkle Gestalt: »Geht nicht allein!« Immer wieder hatte er sich gefragt, wovor er eigentlich Angst haben sollte, was den Kindern geschah, die trotzdem mitgingen, die allein spazierten, die Bonbons annahmen. Wurden sie vergiftet? Beim Schwarzen Mann war ihm und Susanne nichts geschehen. Andererseits war er nun allein. Sie standen neben dem hellblauen VW Variant. Er zögerte. Warum der Schwarze Mann einen Kombi brauchte?

»Fahren Sie denn gleich nach Hause?«

»Ja. Ich setz dich bei deinen Eltern ab. Komm!«

Sein Hund stieg hinten ein, wo alte Decken lagen, die grauen, die er auch kannte, *Wehrmacht*. Der Schwarze Mann öffnete ihm die Beifahrertür. Schnell setzte der Junge sich auf den Vordersitz und hoffte, dass er endlich einmal hier sitzen durfte statt hinten. Tatsächlich stieg der Schwarze Mann einfach ein und fuhr los.

»Wie heißen Sie eigentlich?«, fragte er.

»Kurt, und das da hinten ist der Ali.«

»Und mit Nachnamen?«

»Boxer«.

Der Schwarze Mann lachte laut und lange. Der Junge schämte sich, merkte aber fast gleichzeitig, dass der VW gar keine Schaltung hatte. Er fuhr einfach, ohne dass der Schwarze Mann mehr tun musste, als Gas zu geben und zu bremsen. Eigentlich klar. Sonst hätte er mit einer Hand auch nicht fahren können. Am Steuerrad befand sich ein Knopf, an dem er es leicht drehen konnte. Sie fuhren nicht den richtigen Weg.

»Wieso sind Sie rechts gefahren?«

»Weil unten die Polizei alles abgesperrt hat. Wir müssen außenrum. Tut mir leid. Aber es wird nicht so lange dauern. Und wir machen eine kleine Spritztour zu dritt.«

Den Berg hoch ging es, die Bebauung dünnte aus, die Bäume wurden dichter. Viel PS hatte der Wagen nicht, er wurde langsamer. Endlich kamen sie auf der Hochebene an und fuhren nach links Richtung Flusstal hinunter. Wieder ein dichter Wald, Buchen, nur ein paar Tannen.

»Und wie heißen Sie mit Nachnamen?«

»Weißt du das nicht? Schwarz. Meine Bekannten haben mich immer Schwarzer genannt. Weil ich doch in Afrika war, im Krieg.«

Eigentlich wollte er jetzt lachen, doch sie bogen plötzlich in einen Waldweg ein. Der Schwarze Mann stieg aus:

»Ich muss kurz pinkeln.«

Er stellte sich direkt neben das Auto, nestelte lange an der Hose. Der Junge schaute lieber nach hinten zu Ali, der auch gerne rauswollte. Eine Pappwand hinderte ihn daran.

»Willst du nicht auch raus? Die Luft ist herrlich hier.«

»Nein, lieber nicht. Meine Eltern machen sich vielleicht schon Sorgen.«

»Weil du mit einem Fremden mitgefahren bist? Aber das wissen sie ja nicht, und ich werde es ihnen nicht erzählen. Du hast recht, es ist nicht gut, mit Fremden mitzufahren. Im Krieg haben sie uns auch immer wieder gewarnt.«

Der Schwarze Mann drehte sich zu ihm.

»Wegen einer Zigarre muss der Laden nicht offen bleiben.«

»Wie bitte?«

Er zeigte auf die Hose des Schwarzen Mannes, der den Reißverschluss daraufhin zuzog.

»Ach so. Na, du bist mir einer. Haben dir das deine Freunde beigebracht? Du bist doch noch ein bisschen jung für so etwas. Weißt du, ich will dir etwas erzählen, was niemand weiß, weil ich dich mag und weil ich es doch sonst niemandem zeigen kann.«

Er lachte kurz, setzte sich wieder in den Wagen und sah zu ihm herüber.

»Den Arm«, er streckte den Stumpf mit dem Lederhandschuh vor »hab ich im Krieg verloren, aber das ist noch nicht alles. Der Uffz hat uns damals immer wieder gesagt: ›Passt auf, wenn ihr pinkelt!‹ Deshalb fällt mir das ein. Da waren überall Minen vergraben. Aber wenn man muss, dann muss man. Den neben mir, den Jürgen, hat es getroffen. Grad haben wir noch gesprochen, dann macht es Bumm. Von Jürgen war nicht viel übrig, und die Splitter haben mir noch den Arm weggerissen und das da.« Der Schwarze Mann öffnete mit Schwierigkeit den Gürtel und den Reißverschluss, zog die Hose ein wenig herunter, drehte sich etwas, schlug, was erst beim zweiten Versuch gelang, den Mantel beiseite und schob den Pullover hinauf.

Der Junge konnte nicht wegsehen, schaute auf zackig umgrenztes, verwachsenes, teils rotes, teils unheimlich weißes, wulstiges Narbengewebe mit einer merkwürdigen Erhebung nahe am Rückgrat. Sollte er die Hautwucherungen anfassen? Wieso zeigte der Schwarze Mann ihm das? »Alles ist falsch!«, dachte er und verfluchte sich, weil er den Gedanken kannte. Wie damals im Haus! Warum hatte er den gleichen Fehler wieder gemacht? Mit Susanne war es gutgegangen. Jetzt war er allein. Vor ihm das eklige Fleisch. Er wusste nicht, was er tun oder sagen sollte. Er schloss die Augen.

»Das hat seit Evas Tod nur Doktor Mercks gesehn. Die Explosion hat ein Stück aus dem Rücken rausgefräst. Den Splitter konnten sie nicht entfernen, weil er zu nah an den Nerven steckte. Na, jeder hat so seine Andenken.«

Eher sprach der Schwarze Mann mit sich selbst als mit ihm, denn im Reden zog er sich wieder an, sprach immer leiser, murmelte, bis er endlich wieder angezogen war, startete den Motor, drehte den Wagen und fuhr zum Fluss hinunter, überquerte die Brücke, ließ die Neustadt am anderen Ufer hinter sich, bog ab, den Hügel hinauf, beschleunigte auf der Hochebene, bremste vor dem Schwarzen Weg, den das Auto fast hinaufschlich. An der Abzweigung hielt er an, beugte sich hinüber und öffnete dem Jungen die Tür. Statt Abschiedsworten sagte er nur:

»Du darfst Schwarzer zu mir sagen, wenn du willst.«

Der Junge nickte und stieg aus.

Als er später im Herbst mit seinen Eltern die Alte vom VdK traf, fragte die, ob sie nicht einen Boxer zu sich nehmen könnten. Der Herr Schwarz liege im Krankenhaus und könne sich nicht mehr rühren. Sein Splitter habe sich verschoben, der im Kreuz, den wollten die Ärzte jetzt doch rausholen, obwohl es gefährlich war. Der Hund sei erst einmal bei ihr, aber sie sei doch zu alt für ihn. Der Junge wollte am liebsten den Schwarzen Mann besuchen. Wie aber sollte er den Eltern erklären, dass er ihn kannte? Sein Vater hätte ihn dazu gebracht, alles zu gestehen, dass er mit Susanne im Haus gewesen und mit im Auto gefahren war. Das Krankenhaus lag auch weit weg, und außerdem hatte er noch nie jemanden da besucht.

Das Haus des Schwarzen Mannes stand nicht lange leer. Eine junge Familie mit drei Kindern zog ein. Von Ali und Schwarzer war nie wieder die Rede, vielleicht waren beide tot. Der Junge stellte sich vor, dass Ali am Grab des Schwarzen Mannes solange Wache gehalten hatte, bis er verhungert war.

Erde zu Erde

Er mochte zwar das Religionsbuch sehr, schon das Deckelbild mit den Hürden, den Schafen darin, dem Wolf und dem Hirten, der ihn vertrieb mit seinem Krummstab, aber an Gott glaubte er nicht. Er wollte schon. Es ging nicht.

Vielleicht half Gott deshalb nicht, als er verzweifelt mit seinem Bruder in den dänischen Dünen betete. Kurz vorher hatte ein Mann in Badehose den verweinten älteren Bruder mit seinem Auto vom Strand zum Ferienhaus gebracht. Ohne den Jüngsten. Eigentlich wollten die Eltern mit den Kindern bald aufbrechen, zurück in die Heimat. Das Auto war schon gepackt, und sie hatten nur noch auf die zwei Brüder gewartet, die noch schwimmen waren. Doch nun erzählte der Fremde, der Kleinste sei verschwunden, unter Wasser gezogen worden, es sei so schnell gegangen, niemand habe etwas tun können. Mit dem Mann rasten die Eltern zurück zum Strand. Der Junge und sein Bruder liefen durch die Dünen hinterher und verfluchten sich. Zwei Stunden vorher hatten sie noch zu dritt darüber gesprochen, wie gerne sie einmal einen Rettungshubschrauber im Einsatz sehen würden. Und jetzt sahen sie schon von weitem, wie der FALK-Hubschrauber über den Strand flog und nach dem kleinen Bruder suchte. Da knieten sie sich in den Sand und beteten laut und schrien zu Gott. Sie versprachen ihm, dass sie artig sein wollten, sie wollten ihr

Erspartes den Inderkindern geben, sie wollten Finger dafür geben, einen Arm, wenn nur der Jüngste gerettet würde. Am zweiten Abend nach seinem Verschwinden fand man den kleinen Bruder wieder. Er war angeschwemmt worden. Am nächsten Morgen fuhren sie zu ihm hin. Die Eltern fragten den Jungen und seinen Bruder, ob sie mitkommen wollten oder lieber draußen warten. Ganz selbstverständlich gingen sie mit. Ein Arzt fragte, ob sie nicht zu jung wären. »Ich bin schon zehn!«, sagte der Junge empört, »ich zwölf!« sein Bruder, und beide schämten sich kurz, weil sie laut gesprochen hatten und es hier so leise war.

Weiß leuchtet alles, der gekachelte Raum, der Sarg, seine Auskleidung, die Haut des Bruders – von ferne schon. Der Sarg liegt auf einem Metallgestellwagen. Der Junge sieht den Haaren des Toten an, dass sie ohne viel Erfolg gekämmt wurden: Die kurzen Locken liegen immer noch, wie sie wollen. Ein freudiger Schreck! Der Junge will auf den Bruder zulaufen, ihn aufwecken. Er und sein Bruder denken dasselbe, sagen es: »Als ob er schläft!« Dann nur noch Tränen und Rotz, die Wangen, die Nase, die Kehle hinab. Sie sehen immer wieder auf sein Gesicht. Gleich steht er auf und geht mit. Gleich lächelt er, macht sich lustig über die Papierlaken um ihn im Sarg. Gleich wirft er alles von sich. Gleich zuckt es im Gesicht, gleich lacht er mit ihnen. Gleich steht er auf. Gleich.

Der Vater steigt auf einen Stuhl und fotografiert den Toten. Immer wieder wischt er die Tränen beiseite, um die Schärfe einstellen zu können. Die Mutter nimmt sie weinend in den Arm, hält sie, hält sich fest. Niemand sonst ist da. Sie haben Zeit. Niemand drängt sie. Warum sie gehen, versteht der Junge nicht. Es ist gemein, den Bruder hier zu lassen! Er fühlt es ganz genau. Der Vater und die Mutter versprechen, den Sarg mit dem Auto nach Hause zu bringen. Er und der

Bruder sollen im Zug vorausfahren. Der Tote braucht mehr Platz als drei Brüder.

Es war das erste Mal, dass die Brüder allein mit dem Zug fuhren. Von Dänemark nach Hamburg, wo sie erst einmal bei der Schwester bleiben sollten, fuhren sie lange, obwohl es ein D-Zug war. Aufgeregt und aufgedreht saßen sie in ihrem Abteil. Aber sie sprachen auch über die Fahrt der Eltern. Ob der Kofferraumdeckel über dem Sarg zuging? Ob die zugelaufene Katze, die mit heim sollte, über die Grenze durfte? Ob sie den Bruder wohl anknabberte, wenn sie Hunger bekam? Und wenn es einen Unfall gab, fiel er aus dem Sarg?

Den Geschwistern wurde es langweilig. Sie liefen von einem Zugende zum anderen. In den Waggons saßen die Reisenden dichtgedrängt, viele rauchten. Der ältere Bruder sprach plötzlich einen Raucher an: »Wussten Sie, dass jede Zigarette das Leben um zehn Minuten verkürzt?« Wie verblüfft der schaute, dann lachte und nicht recht zu reagieren verstand. Schnell tat der Junge es dem Bruder nach und servierte den Spruch einer Frau mit Zigarette, der Bruder einem Mann mit Pfeife. Sie rissen die Abteilteiltüren auf, riefen etwas Albernes oder den Zigarettenspruch, und die Raucher lachten mit. Zu schnell machte der Schaffner sie darauf aufmerksam, dass die nächste Station Hamburg sei. Sie packten rasch ihre Taschen und gingen zur Tür. Draußen lag der Bahnsteig fast im Dunkel, vier weit entfernte Laternen leuchteten ein wenig. Was jetzt? Da kam ihnen die Schwester mit ihrem Freund entgegen, weinend. Und plötzlich, noch erhitzt vom Lachen und Laufen, überfiel auch sie die Wahrheit wieder. Sie vergruben sich in den Armen der Erwachsenen. Der Zug fuhr mächtig brummend und singend an. »Eine V-200«, rief der Ältere unter Tränen, als die rotschwarze Lok vorbeifuhr, die von hinten die Wagen schob.

Die Schwester und der Schwager brachten sie nach zwei Tagen in den Süden zurück, wo die Eltern inzwischen angekommen waren. Die Mutter sprach wenig über die Fahrt. Nur, dass der Vater fürchterlich gerast sei und dass ein Grenzbeamter sie gefragt hätte, was sie im Kofferraum transportierten. »Meinen Sohn«, habe der Vater gesagt. Da durften sie weiter.

Zuhause war nichts, wie es sein sollte. Ohne rechten Plan schienen die Tage zu vergehen. Er und sein Bruder mussten nicht in die Schule. Die Koffer wurden nur zum Teil ausgepackt. Trotzdem fuhren die Eltern mit ihnen einkaufen; zum ersten Mal ohne den Jüngsten. Für die Beerdigung brauchten sie dunkle Kleidung. Der Junge bekam einen blauen Parka, den könne man später noch tragen. Mit dem Beerdigungstermin erschienen die Verwandten. Das ganze Haus war so voll wie zuvor nur bei der Hochzeit der Schwester. Auch in der Kirche hatte er solch eine Menge Leute sonst nur zu Weihnachten gesehen. Waren es zweihundert, die sich drängten? Trotzdem gab es freie Plätze. Die waren für die Familie. Alle weinten und er mit ihnen. Wieso nur vergaß er zwischendurch einfach den Tod, lachte, spielte, unterhielt sich? Und nun sah er hier, wie ihre Reihe nicht stimmte, dass der kleine Bruder weg war, und konnte es nicht glauben. Die jüngste der Schwestern hielt ihn im Arm. Die Eltern weinten die ganze Predigt über. Der Dorfpfarrer, mit dessen Tochter er in eine Klasse gegangen war, ärgerte ihn, Gott ärgerte ihn, der nicht gerettet hatte. Unmöglich konnte der Pfarrer seine Gedanken gelesen haben, und doch sprach er in diesem Moment davon, dass man Gott nicht anklagen solle. Man dürfe sich nicht dauernd Fragen stellen. Und wenn schon, solle man nicht fragen, warum er gestorben sei, sondern wofür. Das brachte den Jungen so auf, dass er aufhörte zu weinen. Als könne es einen Sinn haben, einen Vorteil, dass der Bruder ertrunken war. Er wollte »Nein!« schreien oder wenigsten den Pfarrer beißen, ihm seinen Heuchelschwarzkittel abreißen.

Auf dem Weg zum Friedhof hinab beruhigte er sich. So viele Leute gingen mit, so viele wollten ihnen Gutes, wollten trösten. Er beneidete einen älteren Schüler, der rothaarig und sommersprossig das goldene Kreuz auf einer hohen Stange vorantrug. Am Urnengrab gab es kaum Platz. Sie als Familie durften nach vorne. Die Urne brachte ihn beinahe zum Lachen. In dem Ding, das ihn an irgendetwas aus dem Bad, ja an die Rohre unter dem Waschbecken erinnerte, sollte der Bruder sein. Der Tod überzeugte ihn nicht. Er spürte den Bruder so stark, als stehe er neben ihm, als sei er erreichbar nah. Trotzdem sprach er nicht mit ihm.

Er dachte an das gemeinsame Ausbüxen, das Spielen mit dem großen alten Puppenhaus der Schwestern, in dem sie eine dünne Plastikschallplatte an einen Nagel gesteckt hatten, um sie abzuspielen, indem sie sie drehten und dazu sangen, die Igittis, die Gespensterängste. Alles lag in seinem Kopf beisammen wie die Stofftiere in der Bankkiste, man musste nur den Deckel heben.

Er wollte sich nicht genau vorstellen, was in dem Blechding von Urne war, wollte nicht wissen, was es hieß, zu ertrinken. Katzen hatten sie schon beerdigt, auch Maulwürfe, von den Katzen totgebissen. Im Wald hatten sie oft Gerippe gefunden, Pelzreste und Federn, manche alt, manche frisch. Auf dem Grundstück gab es viele Knochen, offenbar aus der Zeit vor der Müllabfuhr. Schweineschulterblätter konnte man zum Graben benutzen, Vogelschädelchen zerbrachen rasch, alte Rinderbeinscheiben durchzogen sie mit einer Schnur und trugen sie als Schmuck, bis die Eltern sie ihnen abrissen und wegwarfen. Dabei waren die Knochen trocken, glatt, schmutzig nur von der Erde.

Dieses »Erde zu Erde«, das der Pfarrer am Grab gesagt hatte ... Er dachte an die krümelige, staubige Krume unter dem Busch bei der Treppe, wo lange Jahre die Asche hingeworfen worden war und manchmal Müll. Kaputte Spritzen, Tuben, abgebrochene Klingen lagen dort kaum eine Handbreit vergraben. Einmal sogar eine Granate, von der sie den Eltern erst später erzählten; völlig verrostet, nur zwei Zentimeter Durchmesser und vielleicht zwölf lang. Sie wussten, dass es gefährlich war, dass sie sterben konnten, explodierte sie. Dann wären sie gemeinsam gestorben. Er sah sie zu dritt in den Himmel fliegen, unter sich die Explosionswolke, und lächelte kurz. Der kleine Bruder war noch irgendwo.

Endlich ging es doch in die Schule. Er kannte niemanden im Gymnasium. »Ich hab ghört, dei kleiner Bruder is ersoffen.« Die ersten Worte, die jemand im Klassenzimmer an ihn richtete, überraschten ihn. Der vor ihm Sitzende hatte sich umgedreht und schaute ihn an. Der Junge wusste nicht, ob das eine Frage war, ein Vorwurf, der Versuch, ein Gespräch zu beginnen, oder bloßer Spott. Er spürte dafür deutlich, dass er diesen Menschen hasste. Woher hatte der das überhaupt erfahren? Er blieb der einzige.

Fünf Monate später, im Februar, als er sich zwar immer noch einsam auf dem Gymnasium fühlte, aber langsam einlebte, hatte er den kleinen Bruder fast vergessen. Er kam an einem Morgen die Treppe hinunter und sah am Küchenfenster eine weiße Kerze brennen. An ihr lehnte das Bild des Bruders im Sarg, das der Vater vor einem halben Jahr aufgenommen hatte. Er stolperte fast, schämte sich, wurde wütend auf sich selbst, weinte. Plötzlich fühlte er sich ihm wieder so nah, dass er glücklich war und gleichzeitig traurig. Er verstand, dass man so etwas nur für Tote machte, es war ein Zeichen für sie: »Wir denken an dich. Hier ist immer noch dein Zuhause. Wir sind für dich da.« Die Mutter kam, tröstete ihn, selbst weinend. Im nächsten Jahr erwartete er am Geburtstag des kleinen Bruders die Kerze und freute sich, sie brennen zu sehen. Im dritten stellte sie keiner mehr auf.

Totes Kapital

Verwest, hervorgewürgt, totgebissen, so kannte er, was die Katzen erlegt, dann aber nicht gefressen oder nicht bei sich behalten hatten. Maulwürfe manchmal, Blindschleichen selten, Mäuse häufig. Sie selbst wurden wie ihre Beute, allerdings mit mehr Aufwand, begraben, tiefer und mit Tränen, manchmal sogar mit einem Kreuz aus Stecken auf dem Grab. Immer wieder stießen sie beim Graben und Vergraben auf Knochen, als werde der Platz ohne Leichenteile auf dem Grundstück rar. Knochen machten ihnen nichts aus, nur Verwesendes, auf dem die Fliegenschwärme dicklebendig summende Schichten bildeten. Schnell ein paar Schaufeln Erde drauf! Lange würde es nicht dauern, bis die Mistkäfer und Maden und was sonst noch alles das Tier vertilgt haben würden. Dann wuchs dort in der Nähe alles besser, weil das Dünger war.

Sterben sah er nur Käfer, halb zertreten auf dem Weg oder von Ameisen lebendig zerrissen, Regenwürmer beim Graben in der Erde und die Hühner, die Kaninchen. Den Bruder hatte er nicht sterben sehen, den Älteren auch nie danach gefragt, wie es gewesen war, im Wasser, als es geschah. Wenn die Kopfschmerzen, die er oft spürte, sehr stark wurden, dachte er an einen Gehirntumor und fragte sich, wie er wohl sterben werde. Seit er den kleinen Bruder im Sarg gesehen hatte, teilte er etwas mit den Klassenkameraden, die manchmal von ihren Tanten oder Großvätern und deren Aufbahrung erzählten, wie diese noch ein wenig im Haus blieben und die Erwachsenen Totenwache hielten. Über so etwas sprachen sie in der Pause immer nur mit gesenkter Stimme oder sogar flüsternd. Es schien sonst kaum jemand über das Sterben und die Toten zu sprechen, vor allem nicht, wenn es nahe Angehörige waren. Vom kleinen Bruder war in der Familie nach der Beerdigung sehr selten die Rede. Einmal nur noch gingen sie gemeinsam zum Grab.

Wenn der Junge jemanden kennenlernte, den er mochte und mit dem er zusammen sein wollte, dann erzählte er von Dänemark und vom Ertrinken. Zuerst war es ihm nur unterlaufen. Ulrike traf ihn zufällig; sie ging aufs Mädchengymnasium. Sie fragte nach seinen Geschwistern, und er fing an, ohne darüber nachzudenken, vom letzten Urlaubstag, vom Strand zu erzählen, wie sie erst zu dritt noch badeten, er und der kleine Bruder im Flachen planschten, der größere weiter draußen schwamm, wie er selbst die beiden alleinließ, weil er keine Lust mehr hatte und zum Ferienhaus ging, dass der kleine Bruder sich wohl aus Langeweile aus dem Flachwasser näher zum Bruder wagte, wo ihn die Strömung wegriss, dass er am Tod des kleinen Bruders schuld war, ihn im Stich gelassen hatte; wenn er geblieben wäre … In Ulrikes Augen sammelten sich Tränen und in seinen auch. Schließlich saßen sie zusammen und wussten nichts mehr zu sagen. Das Schweigen und Sitzen tat ihm gut. Danach trafen sie sich auch nur selten, aber immer fühlte er eine Verbindung, und sie verstanden sich anders, besser, tiefer als vorher, oft wortlos und still. Während er vom Sterben des kleinen Bruders erzählte, merkte er, wie aus den Erlebnissen eine Geschichte wurde, wie ihm beim Sprechen Erklärungen einfielen für vieles, das er vorher nicht verstanden hatte. Er fing an, darüber nachzudenken, was mit diesem Tod alles zusammenhängen könnte, schließlich hatte die Mutter ihnen immer wieder eingeschärft, sie sollten den Vater verstehen lernen. Wie eine Rechenaufgabe erschien die Familie plötzlich. Bewundernd hörten ihm Ulrike oder Susanne zu, ja, er selbst wunderte sich oft, was er alles in Beziehung setzen konnte und verstehen. Wenn es nur auch wirklich geholfen hätte!

Bald wusste er es so einzurichten, dass er bei Bekannten oder Freunden das Gespräch unauffällig auf den Tod lenkte, am besten erst über die große Familie, dann auf ihre Eigenheiten, auf die einst acht, jetzt nur noch sieben Kinder, schließlich auf den Tod als Erklärung für alles. Die Wirkung überraschte ihn immer wieder, trat sie doch fast unfehlbar ein, bei Erwachsenen und bei Kindern. Oft musste er gar nicht viel sagen, bis die ersten Tränen fielen, dann wartete er still und zufrieden, denn fast immer sahen ihn die Menschen dann tröstend und liebevoll an, nahmen ihn in den Arm, und irgendwie schienen sich die Leute damit gleichzeitig selbst trösten zu wollen.

Als er Anita vom Ertrinken erzählte, überkam ihn auf einmal das Gefühl, der kleine Bruder stehe hinter ihm. Es kribbelte im Nacken, in den Armen, dann wurde ihm übel, wühlend, bitter. Er war nicht zu sehen, nicht zu spüren, nicht zu hören, aber er war da. Nichts Schlimmes geschah. Erst jetzt merkte er, dass er zu erzählen aufgehört hatte, aber das wunderte Anita nicht. Sie dachte sicher, dass es schwer war, vom Sterben und vom Tod des Bruders zu berichten. Der Junge konnte nicht wieder anfangen, brach ab, was noch größeres Mitleid hervorrief. Wie ekelte er sich vor sich selbst, als Anita ihm die Hand gab und mit der Linken über seine Rechte strich. Er hatte den Bruder benutzt wie ein Werkzeug: um Mitleid zu erwecken, Freundlichkeit, Nähe, Zustimmung,

Bestätigung zu spüren. Er hatte mit ihm angegeben wie mit einem neuen Fahrrad. Er hatte ihn auch schon als Schutzschild missbraucht, um Strafen abzuwenden. Als Brechstange, fiel ihm ein, um Herzen aufzuknacken, was ihm dann doch lustig vorkam. Das Lächeln tat ihm gut.

Zuhause geht er gleich auf sein Zimmer, sitzt lange unbeweglich im alten grauen Lehnsessel mit den Messingnagelreihen an beiden Seiten und schaut auf dieselben Bretter, auf die der kleine Bruder mit ihm so lange geschaut hat, auf dieselben Schattenfiguren, auf dieselben Klebebilder. Er versucht zu begreifen, warum er das getan hat, dieses Ausnutzen des toten Bruders, ob er es weiter tun darf oder nicht, ob er damit aufhören kann, aus ihm Kapital zu schlagen. Er erlebt so schöne Momente, wenn die Menschen weich werden, weinen, trösten. Er ärgert sich über seine unklaren Gedanken und sieht sich beim Denken zu. Dann merkt er, wie er darüber nachdenkt, dass er sich ärgert. Belustigt sieht er sich dem Denken zusehen. Ob das nicht nur Ablenkung von einer Entscheidung ist? Aber auch das Beobachten der ablenkenden Beobachtung des Denkenbeobachtens ist möglich, und plötzlich denkt er in Sprüngen, immer einen Gedanken, der die anderen Gedanken bedenkt, und immer so weiter. Eng wird es in ihm, während er sich in immer weitere Gedanken verliert, und er weiß nicht, wie er aufhören soll. Er findet keinen Ausweg aus dem Denken im Sessel. Er hat Angst, in sich selbst zu verschwinden. Es wird auf einmal hell, weiß, in ihm, vor ihm, alles. So weiß, dass alles verschwindet. Keine Worte mehr, keine Gedanken, kein Zimmer. Nichts.

Erschöpft kam er wieder zu sich, saß immer noch im Sessel. Hatte ihn der Radiowecker gerettet, der laut die neue Minute umgeblättert hatte? Ohnmächtig war er nicht gewesen, denn es war keine Zeit vergangen. Und doch spürte er das Wegsein noch stark. Im Bauch, im Kopf ein Loch, wie ein Unterdruck. Er riss sich davon los. Seinen Kopf drückte er ganz aufmerksam in die Kuhle des alten Sessels, die sein Kopf und viele andere Köpfe davor geformt hatten, er spürte den rauen Stoff, sah das Zimmer um sich und alle Gegenstände so deutlich, als ziehe sich eine schwarze Linie um sie. Tief atmete er ein und aus, als hätte er es eine Weile vergessen, wurde froh, lächelte, und doch traten ihm Tränen in die Augen. Eine Bewegung zu machen, traute er sich lange Zeit nicht. Erst als man zum Essen rief, stand er, wie am Stimmfaden gezogen, auf, ging die Treppe hinunter, setzte sich und aß mit großem Appetit.

Würmer und Experimente

Als er den Deckel der Mülltonne hob, sah er eine weißlich-wuselnde Masse von Tausenden, die sich in den Schlachtabfällen der Pute wanden: Maden, überall Maden, die schon unter dem schweren Metalldeckel der Tonne hervorkrochen, die Seitenwand mit einem lebendigen Muster bedeckten. In seine Übelkeit blitzte die Vorstellung, er müsse sie essen. Starr sah er in die Masse und sah sich selbst plötzlich wieder auf dem Klo, wie letztes Jahr, in Ekelstarre. Damals hatte es sich unter ihm genauso gekrümmt. Viele weißliche Fäden, winzig, jeder Wurm nur zentimeterlang. Etwas Fremdes bewegte sich da, das bis gerade eben noch in ihm gewesen war. Etwas lebte in ihm. Über Monate ging es weiter. Er wusste schon vor dem Aufstehen und dem Umdrehen, was ihn in der Kloschüssel erwarten würde. Dennoch schaute er hin. Kein Zweifel, er hatte Würmer. Es tat immerhin nicht weh. So wartete er ab, untätig, verwirrt, vergaß die Würmer manchmal für einen Tag. Dann hörte er von Trichinen, die Schmerzen, Erblindung, Tod verursachen. Der Junge hoffte, seine Würmer seien harmlos. Und wenn nicht? Wieso geschah ihm das? Warum jetzt auf einmal? Wen konnte er um Hilfe bitten?

Doch der Vater erzählte eines Nachmittags tröstliche Wurmgeschichten. Eine handelte vom Bandwurm, der ihn während des Reichsarbeitsdienstes geplagt hatte. Als der Vater damals schrecklichen Durchfall bekam, bemerkte er viel Wurm hinter sich. Um sicher zu sein, dass er ihn los war, wickelte er das meterlange Tier auf einem Zweig auf und sah erleichtert schließlich den Kopf. Nur wenn der mit herauskam, war man den Wurm wirklich los. Der Junge schöpfte Hoffnung und las heimlich im Brockhaus. Im Artikel über Würmer fand er den Verweis auf »Eingeweidewürmer« und »Wurmmittel«. Hier erfuhr er, wie er sich wohl infiziert hatte und was zu tun war. Wurmeier, stand da, konnte man leicht aufnehmen, wenn man eng mit Haustieren lebte. Die Katzen liefen bei ihnen frei durch die Zimmer, den Hund fütterten sie und die Hühner sowieso. Hygiene war, so betonte das Lexikon, besonders wichtig, erst recht bei Infizierten. Man musste vor allem vermeiden, dass die Wurmeier aus der Afterregion, wo sie einen starken Juckreiz auslösten, wieder in den Mund gelangten.

Beschämt schlug der Junge das Lexikon zu. Seit Monaten steckte er hin und wieder den Finger in den After, roch manchmal daran, und wusste jetzt erst, warum. Ein Mitschüler, dessen Vater beide in seinem Wagen öfter von der fernen Schule abholte, schnüffelte während einer Heimfahrt und sagte dann, da müsse wohl jemand in Hundescheiße getreten sein. Durch den Brockhaus wurde dem Jungen auch klar, dass er sich zu selten an die Aufschrift des Atrix-Aufklebers an der Badezimmertüre hielt – schwarze Hand auf giftgelbgrünem Grund –, die mahnte: »Hände waschen nicht vergessen!« Und er dachte niedergeschlagen an das Nasebohren, das Schorfpulen, das Indenmundstecken. Jetzt wusste er, wie der Kreislauf von Wurmeiern und Würmern in seinem Leib ablief. Im selben Moment entschloss er sich, den Kampf aufzunehmen. In wenigen Wochen war der Spuk vorbei. Stolz war er darauf, die Würmer ohne Hilfe losgeworden zu sein.

Seit dem Tod des Bruders machte er überhaupt das meiste mit sich allein aus. Heimlich hörte er Schallplatten im Zimmer des Bruders. Dort fand er nicht richtig versteckte, doch verborgene Zeitschriften im Kleiderschrank: »Playboy«, »konkret«, »das da«. Er sah die Fotos auf dem Umschlag und wusste nicht recht weiter. Damit es nicht auffiel, zog er von unten je ein Heft heraus und nahm sie mit ins eigene Zimmer. Es erwischte ihn niemand. Nachts breitete er die Doppelseiten vor sich auf dem Boden aus, schaute sich die Frauen genau an, die nur wenige Uniformteile trugen, auf einem Kettenkarrussell saßen, im geblümten langen Kleid, das weit geöffnet war wie die Schenkel, – oder mit heruntergezogenem Slip am Strand, einmal eine hell- und eine dunkelhäutige Nackte. Nie ein Mann. Selbstbewusster und herausfordender als im »Playboy«, geradezu gönnerhaft belustigt blickten ihn die Frauen in »konkret« und »das da« an. Die politischen Artikel überblätterte er, las nur die erotischen Geschichten. Das Glied bewegte sich in ihm, aber er wusste jetzt, dass es groß und steif werden musste. Aber wie? Er probierte das Reiben mit Seife aus, spritzte sich mit der Dusche an, benutzte Creme.

Dann kommt Blut. Zu heftig hat er die Vorhaut heruntergezogen. Ein kurzer, merkwürdig begrenzter Schmerz und dann das in dicken, trägen Tropfen fallende Blut. Was tun? Wie konnte er die Blutung stoppen? Er muss Flecken auf dem Teppich und dem Heft vermeiden! Wie kommt er ungesehen über den Flur ins Bad? Schließlich lässt er die eine Hand schützend, wo sie ist, steckt mit der anderen das Heft unter den Teppich, horcht auf Schritte, hastet mit der heruntergelassenen Hose über den Flur und erreicht das Bad. Automatisch hält er das Glied unter kaltes Wasser. Rotschlierig läuft es in den Ausguss, rasch schrumpft das Glied, und nach wenigen Minuten ist es vorbei.

Der Junge lernte bald, vorsichtiger zu sein, und noch etwas später, aus der Erektion eine Ejakulation zu holen, Wörter, die er nur lesen, nicht aussprechen durfte. Aus den Heften lernte er Begriffe wie Masturbation kennen, das nach Vieh und Landwirtschaft klang, oder Sodomie, Masochismus, Homosexualität. Jetzt verstand er endlich den Witz, den er als Kind aufgeschnappt hatte, von der Ehefrau, die ihrer Freundin empört erzählt, sie habe Pariser bei ihrem Mann im Nachttisch gefunden und ein Loch hineingestochen, woraufhin eine sehr junge Nachbarin, die zugehört hat, in Ohnmacht fällt.

In seinem Zimmer begann er eher zufällig, Experimente durchzuführen. In der Nacht hatte er keine Lust gehabt, ins Bad zu gehen, um auszuspucken, und griff deshalb nach einer leeren Blechdose für Hustenbonbons, die er wieder verschloss. Einige Tage später erst erinnerte er sich, öffnete die Dose und fand eine grauschwarze, übelriechende Pfütze vor. Weniger abgestoßen als angeregt, probierte er jetzt aus, was mit verschiedenen Mischungen geschah, wenn man sie einige Tage, eine Woche gar aufhob. Blut und Sperma, wobei er Angst hatte, sich am scharfkantigen Dosenrand zu schneiden, dann Schleim und etwas Urin, mal alles zusammen, mal nur Blut. Das Experimentieren wurde ihm jetzt langweilig, weil alles die gleichen stinkenden Brühen ergab. Nur Blut allein trocknete zu einem schilfrigen, braunen Bodensatz.

Blut konnte er hervorlocken, mutwillig aus der Nase durch Bohren und Puhlen gelöst. Dann ließ er es auf weiße Taschentücher tropfen, wie im Märchen. Langes Spülen mit kaltem Wasser entfernte die Flecken wieder. Er nannte das alles *Dummheiten* wie seine Eltern. Er ärgerte sich über das Missverhältnis zwischen kurzem Vergnügen und den lästigen Umständen, die nötig wurden, um Spuren zu beseitigen. Es war dumm, im Bett zu onanieren (er hatte über Onan extra in der Bibel nachgelesen, der mit der Frau seines toten Bruders keine Kinder zeugen wollte und deshalb den Samen auf die Erde spritzte), denn das gab gelbliche Flecken. Er dachte zu spät an Taschentücher. Und dann ließ er das Sperma neben dem Bett an die Wand spritzen und dort hinunterlaufen. So geschah es noch manchmal. Als ein Neffe längere Zeit im Zimmer des Jungen übernachtet hatte und danach das alte Bett endlich durch ein neues ersetzt werden sollte, half er seinem Vater beim Wegrücken und Auseinanderbauen. Da kamen die schlierigen Flecken an der Wand zum Vorschein. »So ein Schwein!«, stöhnte der Vater, doch ohne große Verwunderung. Der Junge sagte nichts, ließ den Verdacht beim Neffen. So schämte er sich doppelt.

Die Geiseln von Mogadischu

Krieg war wie Fußball und genauso enttäuschend, wenn wieder die eigenen Leute verloren. Der HSV, dessen Fan der Junge war, gewann allerdings öfter als die Deutschen. Anfangs sah es immer sehr gut aus, schneller Vormarsch, dramatische Siege: die »Bismarck« und die »Prinz Eugen« jagten die »Hood« in die Luft und die »Prince of Wales« davon, die Franzosen und Polen schlug man im Blitzkrieg, die deutschen Panzer standen vor Stalingrad, weit im russischen Land. Und dann die Fehler, das Zurückweichen, die Niederlagen, obwohl er die Daumen gedrückt hatte. Die »Bismarck« wurde zerschossen und ging unter, die Franzosen eroberten Frankreich zurück, und mit den Amerikanern und Engländern und Russen, die in Stalingrad gewonnen hatte, besiegten sie Deutschland. Das fand er feige. So viele gegen einen! Er wunderte sich selbst, dass er es beim Angriff der riesigen japanischen Flotte mit allein vier Flugzeugträgern auf die wenigen Verteidiger der Midway-Inseln anders sah, obwohl er in Amerika Verwandte hatte. Im Pazifikfall hoffte er stets vergebens, die Angreifer würden die absehbaren Fehler nicht machen.

Alles mit Krieg erregte ihn. Die grauen Schlachtschiff-Modelle im Zimmer des Bruders fand er schön und auch die Bilder von ihnen im Brockhaus. Der Vater und der älteste Bruder hatten bei der Marine Dienst getan, und der Junge fand viele Kriegsbücher im Haus, wobei er lieber als die alten die neuen las: »Die letzte Fahrt der Bismarck« oder »Schickt sie auf den Grund des Meeres!« In den alten Büchern gewannen die Deutschen öfter, dafür waren jene zum Teil in alter Schrift gedruckt und langweiliger geschrieben. »Seerohr südwärts« und »Flieger am Feind« waren die besten. Manfred Freiherr von Richthofen kannte er aus den »Peanuts«, jetzt erfuhr er mehr über dessen roten Dreidecker und die vielen Abschüsse. U-Boot-Geschichten konnte er gar nicht genug lesen. Als er den Vater nach Ernst Udet fragte, erzählte der von den Kunstflugstücken. Sogar ein Taschentuch konnte Udet mit den Flügeln vom Boden aufheben. Für die Pilotenkanzel sei Göring dagegen zu dick gewesen. »Dem haben sie die Hoden weggeschossen, deshalb war der so fett.« Der Junge zog die Luft durch die Zähne, stellte sich vor, ihm wäre das geschehen oder er hätte etwas so Unanständiges gesagt.

Viele Stunden blätterte er auf dem Dachboden in den schweren Bildbänden von 1916 über den Weltkrieg. Die Türken und die Österreicher mochte er wegen ihrer besonders schönen Uniformen. Könige, Kaiser und Adlige sah er auf Feldherrnhügel reiten. Husaren, Kosaken, Ulanen und Dragoner warfen sich galoppierend in feindliche, bajonettstarrende Linien. Zeppeline erleuchteten mit riesigen Scheinwerfern Feindstädte. Kopiloten warfen aus ihren Flugzeugen Bomben mit der Hand auf Eisenbahnlinien. Pferde lagen zerknäuelt in Haufen. Leider gab es nur alle zehn Seiten große Farbbilder. Dafür fehlte in diesen Bänden eine Niederlage. Sie steckten voller Helden und Toter und Sieger und Kampf. Danach sehnte er sich, genauso nach einer Uniform, einer Pickelhaube oder wenigstens einem Stahlhelm. Die Töpfe in der Speisekammer, die nach dem Krieg daraus gemacht worden waren, sahen gar nicht mehr danach aus. So griff er manchmal zu dem Metallnudelsieb und setzte es sich auf, die Brötchensäge ersetzte das Schwert oder Bajonett. Hauptsache, der Vater erwischte ihn nicht. Das Kriegspielen unterstützte der nur, wenn es außerhalb des Hauses stattfand. Der Junge wusste, dass er lernen musste, sich zu verteidigen, zu ringen, zu schlagen und Schläge einzustecken. Man wusste nie, wann die Russen wieder vor der Tür standen. Amerikanische Raketen und Soldaten schützten zwar, doch wie lange?

Nike-Raketenbatterien, zackenbewehrt wie Tannenbäume, weiß auf dunklen Katapulten, schaute er begeistert an; auch die Werbebroschüren der Bundeswehr mit den komplizierten Rangabzeichen, die sich von Waffengattung zu Waffengattung unterschieden. Was konnte man nicht alles werden in der Marine und im Heer und in der Luftwaffe! »Leopard«, was für ein schöner Name, was für ein schöner Panzer: der schönste der Welt, viel schöner als der T-52 der Russen, viel schöner als der »Chieftain« der Briten und viel schneller, 65 km/h. Damit konnte man doch die Russen aufhalten. Panzer mochten alle Brüder. In Dänemark hatten englische Soldaten den einen Bruder einmal in ihrem Mannschaftstransportwagen mitgenommen. Neidisch sahen die beiden anderen ihn aussteigen, sich von den lachenden Soldaten mit dem Dreck im Gesicht und dem Laub auf den Stahlhelmen verabschieden.

Viel lernte der Junge beim Kartenspielen, wobei er das Panzer-Quartett und das Schlachtschiff-Quartett denen mit Autos oder Flugzeugen vorzog. »Long Beach« war ein Raketenzerstörer, »Enterprise« der Flugzeugträger, der alle mit Atomkraft schlug, »Lütjens« nur ein Abglanz deutscher Marinestärke, die »Lafayette« tauchte gerade unter, um ihre Polaris-Raketen abzufeuern, »Søløven« hieß das dänische Schnellboot, das schnellste im Kartenspiel: 50 Knoten. Innerlich hörte er den Vater belehren: Ein Knoten ist eine Seemeile, eine Seemeile ist 1,852 Kilometer. Sogar die

Italiener, vom Vater als »feige Bande« beschimpft, waren vertreten mit der »Andrea Doria«. In der Schule hörte er den Witz: »Woran erkennt man einen italienischen Panzer? Dass er einen Vorwärts-, aber sechs Rückwärtsgänge hat.«

Er redete gerne über den Krieg, über Waffen und ihre Kraft: 38 cm-Geschütze auf der »Bismarck«, 42cm auf der »Yamato«, Geschosse, eine Vierteltonne schwer, Mündungsfeuer zehn, zwanzig Meter weit in die Nacht. Schöner anzusehen waren nur die tieffliegenden Düsenjäger in Dänemark, weniger die Fiat G-91, unübertroffen die Saab 36 »Draken«: Pfeile im Himmel, ohrenbetäubend brüllend und bedrohlich tief, Mach 2,2 – Überschallknall über der Heide.

Im ganzen Haus fand er Dinge, die an die Weltkriege erinnerten. Im Keller das Bakelitgehäuse des Morseapparats, im Zimmer des ältesten Bruders ein glänzend poliertes 50-mm-Geschoss als Sparbüchse. Auf dem Dachboden der Schleppsäbel des Großvaters aus dem Ersten Weltkrieg, den sie heimlich immer wieder aus der Abseite zogen, aus der Scheide dann und sich wunderten, wie silberhell die Klinge nach so vielen Jahren glänzte, sogar die Blutrinne. Dass er stumpf war, erklärte der Vater damit, es sei ein Ziersäbel, doch schlage auch eine stumpfe Schneide ganz hässliche Wunden. Fahrtenmesser gab es mit rostiger Schneide und ein altes Bajonett. Manchmal sprach der Vater auch vom Schießen, er war Marinemeister im Pistolenschießen gewesen.

Gab es deshalb das Luftgewehr des ältesten Bruders? Helles Holz und matter Metalllauf, den er nicht abknicken konnte, um es zu spannen und zu laden. Zu stark hemmte die Feder. Lustig peitschten die Bleihütchen bei den anderen in den Kugelfang. Die Schüsse des Bruders und des Vaters zerfetzten die Zielscheiben rasch. Man konnte die Bleihütchen mit den Zähnen zerdrücken. Billig waren sie, fünfhundert Stück in einer grünen Metallschachtel. Unter Aufsicht schossen die

Kleinen hin und wieder. Später kam eine Luftpistole dazu, noch schwerer zu halten und zu spannen, noch reizvoller, in Form und Gewicht eine echte Waffe. Wen die mit Schwung traf, der brach sicher zusammen. Zur Krönung schenkte der Vater dem mittleren Bruder ein Luftgewehr, dessen Durchschlagskraft noch auf zehn Meter Limonadenflaschen in Splitter bersten ließ. Dunkles Holz, längerer Lauf, bessere Zielvorrichtung und doch leichter zu spannen. Manchmal lieh er sich das Gewehr heimlich aus und versuchte, Vögel zu erlegen, traf aber nie, weil er das Zielen nicht begriffen hatte und das schwere Gewehr kaum halten konnte. Es genügte ihm, dass er beinahe getroffen hatte, dass er Macht besaß, die in die Ferne wirkte, größere als mit den selbstgebastelten Zwisteln und Flitzebogen. Keiner der Klassenkameraden in der Grundschule besaß solche Waffen!

Einmal hatte er die Wirkung des neuen Luftgewehrs erfahren, als er und der Bruder im Steinbruch spielten. Von der Felswand oben schossen sie abwechselnd auf einen hohen Gullyschacht, der sich dort mitten in Gestrüpp und Lehm erhob, ein Vorposten für Häuser und Straßen, die dort entstehen sollten. Viele Jahre hatten sie Bauprojekte auf dem Acker nebenan gefürchtet, bis sie es vergaßen, weil nichts geschah. Sie stellten eine Flasche auf den Gullydeckel, doch von weit oben war die Entfernung so groß. Sie fiel nur herunter, als der Ältere traf. Der Junge ging den langen Weg von der Felsnase durch das Birkenwäldchen und um die Brombeerhecke herum, um sie wieder aufzustellen. Da tat der andere von oben so, als wollte er schießen. Sofort rannte er zehn, zwanzig Meter weiter, da spürte er einen kurzen, schwachen Schmerz an der Schulter. Nichts war geschehen. Auf diese Entfernung hatte das Bleihütchen nicht einmal das Hemd zerrissen. Die Empörung übertraf den Schrecken: Man durfte doch nicht einmal auf Menschen zielen, schon gar nicht schießen. Das hatte der Vater verboten. Wütend brüllte er den Schützen an und rannte davon. Später entschuldigte sich der ältere Bruder.

Wie sehnte der Junge sich nach einem eigenen Messer! Als die Schwester den Finndolch aus Finnland mitbrachte, war er glücklich. Doch wenige Monate danach verlor er ihn wieder. Womit sollte er sich nun verteidigen? Die Werkzeuge, die er in den Wald mitgenommen hatte, um zuschlagen zu können, kamen ihm oft lächerlich vor. Die Axt wenigstens erinnerte an Winnetou.

Es stand die ganze Welt um sie in Waffen. Polizisten mit Maschinenpistolen hielten Wache an Raststätten, Parkplätzen, Bahnhöfen. Grün-weiße Hubschrauber flogen über die Stadt. Für die Geschwister wurde es zum Traum, die Baader-Meinhof-Bande zu fangen. Die überfiel Banken und hatte Kaufhäuser angezündet. Sie überlegten oft, wie sie die Bande erwischen und verraten könnten, und was sie mit der Belohnung anstellten. Während sie darüber redeten, dachte der Junge immer an »Bill Bo und seine Bande« von der »Augsburger Puppenkiste«. In dem Wald über der Stadt konnte man sich prima verstecken. Dort hatte vielleicht noch niemand nachgesehen. Die Geschwister beschlossen, in einer Nacht hinüberzuschleichen, die Bande an ihrem Lagerfeuer zu belauschen und zur Polizei zu gehen. Dann waren sie berühmte Helden und reich dazu. Die Terroristen konnte man leicht erkennen. Überall hingen ihre Bilder. Das Fernsehen zeigte sie fast täglich. Im winzigen Rathaus des Dorfes neben der Schule hingen sie, an der Bushaltestelle, beim Metzger. Die Belohnung stieg langsam an. Da weihten sie den Nachbarsjungen ein, damit sie stärker waren. Zu dem Wald gelangten sie nie.

Der Junge hasste die Terroristen. Sie waren böse! Sie waren widerlich! Unrasiert! Gefährlich! Sie zerschossen, was sie wollten. Die Polizisten waren die Deutschen, die Terroristen die Russen. In den Zeitschriften des ältesten Bruders stand zwar, dass die Terroristen Gründe hatten und gegen Ungerechtigkeit kämpften. Trotzdem drückte er den Polizisten die Daumen, hoffte, die Maschinenpistolen schössen schnell genug, um alle diese miesen Typen zu erwischen, die in Stockholm die Botschaft abfackelten. Wenn die kein Mitleid kannten, dann sollte die Polizei auch keins zeigen. Es hörte gar nicht mehr auf mit den Anschlägen, Bomben, Morden. Dann kam die Schleyer-Entführung. Die drei Mercedes-Wracks: zerschossen, wie ausgeweidet. Die zugedeckten Leichen. Schleyer mit dem Plakat im Fernsehen. Und dann die »Landshut«. Da hasste er wie nie! Diese Urlauber in ihrem Flugzeug zu entführen, immer wieder zu flüchten mit Bomben an Bord. Das durfte niemand niemandem antun! »2. Juni« klang so nett in den Politzeitschriften des Bruders und neben den Nacktfotos von Frauen, aber diese Schweine – er dachte »Schweine«, sagte es aber nie – durften nicht davonkommen wie damals bei Drenkmann und Lorenz!

Es verwirrte ihn, dass er sich Namen aus dem Fernsehen gemerkt hatte. Aber es wurde ihm klar, dass die SPD so etwas wie sein HSV war. Schmidt hatte in Hamburg 1962 viele vor der Sturmflut gerettet, wie das Buch des Vaters im Regal bewies; der Kanzler würde auch die Terroristen besiegen! Wieder drückte der Junge die Daumen. Das mulmige Gefühl wegen der Polizisten mit Maschinenpistolen bei den Straßenkontrollen blieb. In den Nachrichten kam immer zuerst das Flugzeug, so mitleidserregend klein, nur eine 737. Es flog wirre Strecken, die Passagiere litten im Wüstenklima, der Kapitän wurde hingerichtet, aus der »Landshut« gekippt, weggetragen. Der Junge wusste nicht mehr, wohin mit seinem Hass.

Früh wacht er auf, macht sich zur Schule fertig. Neuerdings lassen die Eltern das Radio zum Frühstück laufen. Da hört er die vertraute Stimme von Regierungssprecher Klaus Bölling. Er mag ihn. Weil er immer ruhig bleibt, genau wie Schmidt. Niemand kündigt ihn an. Da ist nur seine Stimme, die jedes Wort betont: »Die Geiseln von Mogadischu sind frei.« Der Junge würde gern jubeln, aber er kann es vor lauter Erleichterung nicht. Den Satz hört er sich immer wieder an, sucht auf anderen Sendern Nachrichten zu anderen Zeiten. Fast immer beginnen sie mit dem Satz: »Die Geiseln von Mogadischu sind frei.« Die Geschichte dahinter kann er kaum glauben, dass die hervorragend kooperierenden Somalier der GSG 9 erlaubt haben, mit Blendgranaten die Maschine zu stürmen. »Helden sind das!«, denkt er. Dass die Terroristen sich in Stammheim umgebracht haben, versteht er gut. Ihre Enttäuschung, nicht freigepresst worden zu sein. Lieber hört er noch einmal den Satz: »Die Geiseln von Mogadischu sind frei.«

Die »Stern«-Reportage in der Woche darauf störte den Triumph erheblich! Das viele Blut, die durchtränkten Laken, mit denen die Terroristen weggetragen wurden, die junge Palästinenserin mit dem Victory-Zeichen. Bis dahin gehörte es einfach zum Sieg dazu, dass die Terroristen bis auf die eine Frau getötet worden waren. Sie hatten bekommen, was sie verdienten. Aber das Bild der zerschossenen Frau erinnerte ihn an die geliebte Nscho-tschi und an die schöne Benda, die beide so tapfer gekämpft hatten und doch sterben mussten, von eigener Hand die eine, mit dem Dolch in der Brust, von Santers Kugel die andere. Beide schwarzhaarig und schön und jung. Er sah keine Terroristin mehr, nur eine mutige, zerstörte Frau, die fast hämisch den Journalisten dargeboten und dann im Triumph weggeschleppt wurde. »Kill me, kill me!«, soll sie gerufen haben. Der Zwiespalt war für ihn nicht lösbar. Die Geiseln mussten befreit werden! Er freute sich immer noch über das glückliche Ende, aber ein Sieg war es nicht mehr allein. Die GSG 9 war erfolgreich und mutig. Waren nicht auch die Entführer mutig?

Dann fand man die Leiche Schleyers in dem Audi 100. Den Toten zeigten sie nicht. Das BKA reagierte wütend. Noch mehr Hubschrauber in der Luft. Die meisten vom Typ Bo-105, so wendig und schnell wie die alten Messerschmitts aus dem Krieg, nur noch besser, besser als alle anderen Hubschrauber. Sie konnten sogar auf dem Kopf fliegen und durch Waldschneisen. Immer schaute er nach ihnen, wenn er das Knattern hörte. Wieso dachte er an Tiefflieger und Aufdenbodenwerfen? Nur ein einziges Mal sah er endlich den Bananenhubschrauber. Aus den Vietnam-Nachrichten kannte er ihn gut. Der Junge war gegen den Vietcong und für die Bananenhubschrauber. Aber ganz sicher war er sich nicht mehr. Seit Mogadischu hatte der Krieg aufgehört, wie Fußball zu sein.

Dies Kind soll unverletzet sein

Laufen, leicht, zur Gartengrenze, über den Rostzaun und quer durch die Ackerfurchen mit schlechtem Gewissen und gutem Tempo, so dass die türkis-orange Gartenhacke in der Gürtelschlaufe leis klatschend an die nackten Beine schlug. Waldlaufen: Trimm-dich-Melodie im Kopf und das Bild vom Waldläufer. Der erste Schauspieler, dessen Namen er sich merkte. In »Kennen Sie Kino?« mit den vielen Filmausschnitten hatte er ihn schon gesehen. Der Mann mit dem Narbengesicht führte durch die Sendung. Vor ihm das Schild »Hellmut Lange«. Das stand auch im Vorspann zur »Lederstrumpf«-Reihe. Die Wälder dort, der weite, beunruhigend ruhige See um die Biberburg: »Chingachgook hört auf die Stille«. Ein Lieblingssatz, unheilschwer und klug, geheimnisvoll indianerhaft. Ein Mohikaner sein! Verfolgt, tapfer, schön anzusehen, kräftig, wehrhaft, geschickt, natürlich ritterlich zu Frauen und voll Verachtung gegenüber den Forts, Städten, der Zivilisation, der britischen und der französischen. Noch mehr als Winnetou bewunderte er ihn. Unkas etwas weniger, weil er sich in die Tochter des Oberst Munroe verliebte. Die Freundschaft zwischen Chingachgook und Natty Bumpo! So wollte er sein, so sollte sein Freund sein. Der Junge spürte die beiden ganz nah neben sich, als er so an der Sandgrube entlanglief, Richtung Wald. Ihr federndes, möglichst geräuschloses Laufen versuchte er nachzuahmen, das Davoneilen ohne Hast.

Natürlich konnte er nicht ohne Waffen durch den Wald! Manchmal nahm er die kleine Axt mit, »das Handbeil«, korrigierte der Vater in ihm, manchmal die Gartenhacke, die er besser schwingen konnte, weil sie leichter war. Ein Hund, ein Fuchs oder ein Mensch, wer immer ihm Böses wollte, würde sie zu spüren bekommen. Nur welche Seite die bessere war? Die dreizinkige? Die mit der schmalschneidigen Hackfläche? Er langte nach ihr im Laufen, bekam sie nicht aus der Gürtelschlaufe, hielt kurz an, nestelte sie beschämt heraus. Das dauerte bei Gefahr viel zu lange! Endlich nahm er die Gartenhacke in die Rechte und schlug durch die Luft, sah sich in Beine schlagen, in Bäuche, vor allem in die von Hunden. Angst sollten die lieber haben, wenn sie ihn wieder mal verbellten! Die dreizinkige Seite war doch die bessere, mit ihr konnte er den Hund hochreißen und über sich hinwegwerfen, wie die Judokämpfer. Dann rasch umdrehen. Wer wusste, ob sie noch einmal wütend angreifen wollten? Wahrscheinlich waren sie dann aber keine Gefahr mehr.

Nach der Senke langsamer und geduckt an dem buschig gewachsenen Eichenstrich vorbei. Niemand vermutete ihn hier. Schon drängte er sich am Waldrand durch die Eichen zur Quelle, sprang über das Wasserrohr, das da aus dem Boden ragte, dann weiter über den Tümpel unterhalb von ihr. Die Lust am Schnellen! Er knickte beinahe um, stolperte, fing sich wieder und schnellte sich weiter. »Ich stolpere, aber ich falle nicht!« sagte er zu sich. Das hatte er auf der Eisbahn erfunden, als er aus der Not, albern unsicher umherzutaumeln, die Tugend gemacht hatte, das Rudern und Schwanken wie in einem Dick-und-Doof-Film zu dramatisieren. Sein drolliger Veitstanz amüsierte alle, und man wettete, dass er gleich stürzen würde, aber er hielt sich im letzten Moment immer wieder auf den Kufen.

Kurz über den Waldweg mit den längst überwachsenen Treckerspuren, dann wieder lichte Fichtenstämme. Das dichte

Gebüsch dazwischen verdeckte ihn. Wer zum Dorf fuhr oder hinauf zum Landgasthof, ahnte nichts. Laut krachte Reisig. Also noch schneller laufen. Vor der Straße schlich er ein paar Schritte. Kein Auto. Hier bedeutete eigentlich nur der Bus Gefahr, der so den Hexenhügel hinabstürmte, dass er ihn schon unten aus der Kurve rasen sah. Der Fahrer fing ihn jedes Mal rechtzeitig ab, der Bus stöhnte laut, die Karosserie wippte gewaltig, bis sie sich auf der Ebene eingeschwungen hatte.

Am Hexenhügel wohnten keine Hexen. Aber ein Hexenhäuschen stand auf der anderen Seite des Dorfes, nah an der Behelfsstraße, beim großen Haus des Ford-Händlers. Der ältere Bruder sagte, es sehe aus wie bei Hänsel und Gretel. Klein, nur ein Raum und ein spitzes Dach. Am Schulweg lauerte es, von Fichten umstanden. Einmal schlichen sie heran und schauten hinein. Nichts richtig zu sehen, die Scheiben fast blind. Also schlugen sie das Glas ein. Innen lag Staub, einige alte Möbel standen da, ein paar Schachteln. Schnell hauten sie ab.

Weiter in den Schrottplatzwald, den Hohlweg hinauf, um die Biegung, wo der Weg sich bald gabelte, links zur älteren Müllhalde, wo die Bauern Bauschutt hinschmissen, rechts in sanftem Bogen zur neueren, wo sie die Katzen im VW-Bus-Wrack gefunden hatten, später auch das rote Plastikseil und einige alte Kühlschränke. Die Eltern hatten ihnen eingeschärft, nicht damit zu spielen. Man konnte darin ersticken, sie waren so gefährlich wie Plastiktüten.

Rechts hinab, am Schrottplatz vorbei. Am unteren Rand entlang nach links über die Felder, an den wenigen Birken vorüber, die im Frühling so gutes Wasser gaben, wenn er sie mit dem Taschenmesser anbohrte; nicht zu tief, nachher Erde ins Loch schmieren, um sie nicht zu sehr zu schwächen.

Hinein in den Wald Richtung Schwedenschanze. Ob er den Weg allein fand? Da querte der Pfad schon. Ihm folgen. Die Wegzeichen: das Hasengerippe, dann das Bienenhaus mit den bunten Kästen. Obwohl er einmal gestochen worden war, blieb er stehen, hörte dem Brausen, schaute dem Schwärmen zu. Sie taten einem nur etwas, wenn man sie nervös machte. Hektisch hatte er damals um sich geschlagen, weil sich eine Biene auf seiner Hand niedergelassen hatte. Als er wieder hinsah, war sie weg, der Stachel mit der Giftblase aber auf der Hand geblieben. Er hatte die Biene also getötet. Damals waren die älteren Brüder bei ihm, um die Blase samt Stachel herauszuziehen, bevor sich das ganze Gift ergossen hatte. Die Mutter hatte zu Hause »Heile, heile, Segen« darüber gesungen, und es tat viel weniger weh, obwohl die rote Schwellung sich hoch erhob. Er schämte sich vor den Brüdern, doch er brauchte den Trost.

Die Mutter sang täglich bei ihnen daheim. Vor allem vor dem Schlafen. Da saß sie und sang »Nun schweigen alle Wälder« oder »Wenn alle Brünnlein flie-hie-ßen«. Die Stelle mit dem »juja« gefiel ihm besonders gut, am besten bei: »Wenn ich mein Schatz nicht rufen darf, juja, rufen darf, tu ich i-hihm wi-hin-ken«. Oder »Jenseits des Tales standen unsere Zelte«. Wie tat ihm der König so leid, der seine heiße Stirn vergeblich in der Erde zu kühlen versuchte. Und »Weißt du, wieviel Sternlein stehen?« und »Hört, ihr Herrn, und lasst euch sagen«. Sie sangen später alleine weiter und änderten den Text: »Hört, ihr Herrn, und lasst euch sagen: Meine Frau hat mich geschlagen. Sie schlug mir die Augen blau. Oh, wie bös ist meine Frau.« Die Geschwister lachten sehr, wenn sie das zu dritt im Steinbruch grölten. Mit anderen Liedern machten sie es nicht: »Befiehl du deine Wege und was dein Herze kränkt, der allertreusten Pflege, des, der den Himmel lenkt. Der Wolken, Luft und Winden gibt Wege, Lauf und

Bahn, der wird auch Wege finden, da dein Fuß gehen kann.« Wenn er im Steinbruch, der eine Sandgrube war, am Steilabfall stolperte, wo der weiche Fels fünf, sechs Meter hinabragte, da dachte er an diese Wege und den Hüter. Einmal war er an einer sanfter abfallenden Stelle weniger hinabgestürzt als hinabgetaumelt, sicher mehr als drei Meter, und hatte sich doch nur ein wenig aufgeschürft. Sein Schutzengel wollte beschäftigt sein.

Sie waren Jungen und warfen mit Lehmgeschossen oder Steinen aufeinander, sie fochten und schlugen sich auf die Finger, sie schnitten sich Ruten für Flitzebogen und Pfeile. Sie zertraten Beete. Sie stahlen Bier vom Bierwagen und zerschlugen den Flaschenhals an einem Stein. Zigarrenstumpen der Bauarbeiter lasen sie auf und zündeten sie an, pafften ratlos angeekelt. Sie stritten und schlugen und bissen und traten und jagten sich. Sie rollten die Wiesen hinunter bis zur Straße. Sie aßen Beeren, die sie nicht gut kannten und Holundermark und Klee und Sauerampfer. Sie kletterten immer höher in den Bäumen. Sie schwangen sich an Seilen über Abgründe.

»Männer mit Mut« hieß eine Sendung im Fernsehen, da bewährten sich Kinder und bekamen am Ende eine *MMM-Medaille.* So eine wollte der Junge sich verdienen. Deshalb lief er noch tiefer in den Wald, den Steilabhang hinter dem Weg hinunter zur Quelle, die kühl und rostig schmeckte. Leicht versackte man im moosigmoorigen Matsch. Am Rand entlang lief er über die Steine mit Freude an der inneren Sicherheit, die jeden Fehltritt instinktiv vermied. Er wusste, dächte er daran, welcher Stein fest lag, welcher nicht, dann würde er sofort in den Morast rechts oder in den Tümpel der Quelle links stolpern. In diesem Moment knickte er schon um und schrie auf. Sofort sprang er auf einem Bein weiter – auf dem umgeknickten. Man musste in den Schmerz hineinspringen, dann verging er ganz schnell. Es wirkte immer. Die selbsterfundenen Gesetze waren ihm am liebsten. Wie beim Lichtanmachen gegen das Skelett. Die von den älteren Geschwistern mochte er auch: »Bruder such den Duder!« Wenn man einen Handschuh verloren hatte, warf man mit den Worten »Bruder such den Duder!« den übriggebliebenen über die Schulter, um den Verlorenen dort zu finden, wo der andere hinflog. Die Zaubersprüche beim Pfeilwerfen, wenn der Gegner dran war: »Verhext! Verhext!« Oder: »Hokuspokusfidibus, dreimal schwarzer Kater«, wenn sie sich etwas unbedingt wünschten.

Es war Zeit, er wollte heim zum Abendessen. Er hatte alleine den Wald durchquert und die Quelle gefunden. Er hatte den Bienen gezeigt, dass er sie verstand und ihnen nichts nachtrug. Genauso war es bei der Hummel gewesen, die er beim 50-Meter-Lauf in den Mund bekommen hatte. Bitter schmeckte sie, obwohl er sie sofort ausgespuckt hatte. Das Rennen verlor er. Die Hummeln mochte er trotzdem.

Über die obere Sandgrube ging es rasch heim. Durch das Nachbargrundstück schlich er auf den ersten Metern, am Haus vorbei, den Hang hinunter rannte er und schlüpfte durch das Gartentürchen. Die neue Waschbetontreppe, die der Vater gegossen hatte, betrat er achtsam. Nachts war er hier gestürzt, aufs Gesicht gefallen, und seitdem lachten die Erwachsenen über sein Grübchen im Gesicht. Alle fragten, wie es passiert war, und er erzählte hundert Mal: dass er wenig gesehen hatte, vorneübergefallen und mit der Backe auf den Beton gekommen sei. »Mit der Wange«, belehrte der Vater in ihm. Das Grübchen ärgerte ihn erst, doch die meisten fanden es nett. Außerdem bewies es wie die Narben am Kinn und an der Stirn, was für ein Junge er war.

Er suchte manchmal sogar Verletzungen. Unverwundbar fühlte er sich, obwohl er oft im Krankenhaus landete, blutete, sich blaue Flecken zuzog. Dem Bruder sagte der Junge einmal im Streit: »Etwas Unzerstörbares ist in mir«, und er freute sich über den Satz. »Etwas Bleibendes«, setzte er noch hinzu und spürte es so angenehm im Bauch wie den Alkohol, den er mittags trank. Er schlich sich, wenn alle Mittagsschlaf hielten, durch den Flur, was wegen der knarzenden Dielen schwierig war, und die Treppe hinunter. Die quietschte, lief er nicht am äußersten Stufenrand. Durch den unteren Flur zum Barfach im Wohnzimmer waren es nur noch dreißig Schritte. Den Magnetverschluss der großen Klappe, der beim Öffnen laut schnappte, überlistete er, indem er mit dem einen Arm dagegendrückte, während er mit dem anderen zog. So konnte er die Kraft gut dosieren, und es gab nur ein kleines »Klick«. Rumtopf aß er dann, trank von dem Whisky aus der Toronto-Fernsehturm-Flasche, den Kirschlikör aus Dänemark, Marillenbrand oder Slivowitz. Eierlikör gab es fast nie, weil der schnell schlecht wurde. Nie erwischten die Eltern ihn, nicht einmal verriet er sich selbst, obwohl er manchmal beschwipst wurde oder, so nannte er das echt hanseatisch, richtig »duhn«. Unvergleichlich, die Eltern so zu überlisten.

Es dämmerte, als er am Haus entlang-, an dem aufgestapelten Winterholz vorbeiging. Die Hacke stellte er im Keller neben die schwarzbraune Gummistiefelriege, löschte das Licht, sein Gesicht ins gerade noch Helle draußen gewendet, den Arm suchend zum Schalter zurückgebogen, um auf keinen Fall die Geister im Keller sehen zu müssen. Er wusch sich die Hände, wie es der Vater befahl, und aß vier Brote mit Käse und Wurst. Bald war er so müde, dass er – wie die anderen – freiwillig ins Bett ging. Die Mutter überwachte das Waschen, das Zähneputzen, setzte sich dann zu ihnen und sang das ganze Lied von den Küchlein.

Das schläferte erst gar nicht ein, obwohl er die Melodie so gut kannte: »Nun ruhen alle Wälder, Vieh, Menschen, Städt' und Felder, es schläft die ganze Welt; ihr aber, meine Sinnen, auf, auf, ihr sollt beginnen, was eurem Schöpfer wohlgefällt.« Dem Text hörte er halb zu, verstand manches Wort nicht, aber es flossen die Töne so ruhig, und manchmal hielt die Mutter seine Hand. »Wo bist du, Sonne, blieben? Die Nacht hat dich vertrieben, die Nacht, des Tages Feind. Fahr hin; ein andre Sonne, mein Jesus, meine Wonne, gar hell in meinem Herzen scheint.« Jesus war im Halbdunkel da, wie Chingachgook, der auf seinen Freund aufpasste, still und wachsam und stark und voller Liebe wie die Mutter. »Der Tag ist nun vergangen, die güldnen Sternlein prangen am blauen Himmelssaal; also werd ich auch stehen, wann mich wird heißen gehen mein Gott aus diesem Jammertal.« Das Jammertal und die Windjammerzeit des Vaters begegneten sich im Kopf. Er träumte kurz von Schiffen im Wellental und dem Vater im Sturm auf der höchsten Rah. »Der Leib eilt nun zur Ruhe, legt ab das Kleid und Schuhe, das Bild der Sterblichkeit; die zieh ich aus, dagegen wird Christus mir anlegen den Rock der Ehr und Herrlichkeit.« Der Schlaf hob sich wieder ein wenig. Die Mutter sang weiter im Dämmerlicht. »Das Haupt, die Füß und Hände sind froh, dass nun zum Ende die Arbeit kommen sei. Herz, freu dich, du sollst werden vom Elend dieser Erden und von der Sünden Arbeit frei.« Nie sprach er in das Singen hinein, mischte sich nie in den Strophenzauber. »Nun geht, ihr matten Glieder, geht hin und legt euch nieder, der Betten ihr begehrt. Es kommen Stund und Zeiten, da man euch wird bereiten zur Ruh ein Bettlein in der Erd.« Trost, Frieden. »Mein Augen stehn verdrossen, im Nu sind sie geschlossen. Wo bleibt dann Leib und Seel? Nimm sie zu deinen Gnaden, sei gut für allen Schaden, du Aug' und Wächter Israel.« Dann kam die Küchlein-Strophe, und der Schlaf deckte ihn langsam zu mit wohliger Sicherheit, weil die Mutter ihn unverwundbar sang: »Breit aus die Flügel beide, o Jesu, meine Freude, und nimm dein Küchlein ein. Will Satan mich verschlingen, so lass die Englein singen: ›Dies Kind soll unverletzet sein‹.« Das durchdrang ihn, während sein Bewusstsein verdämmerte, und er kaum noch hörte: »Auch euch, ihr meine Lieben, soll heute nicht betrüben kein Unfall noch Gefahr. Gott lass euch selig schlafen, stell euch die güldnen Waffen ums Bett und seiner Engel Schar.« An das »Gute Nacht« konnte er sich morgens oft nicht mehr erinnern, aber an die Hand, die am Ende noch einmal über seine Stirn strich.

Annegret

Das Rumpeln, bevor die Glocken zu läuten begannen, das Murmeln des Vaterunsers unter dem schwingenden Klingen hindurch, der Altar aus den beiden ineinandergefügten Steinblöcken, der seltsam baumartige Kerzenleuchter, dessen kurzstumpfen Astansätzen Wachsbeeren entwuchsen, die petrolblauen Polster der Stahlrohrsitze. Kaum etwas hatte sich verändert. Eigentlich galt das sogar für die sieben dort vorne, die Bubengesichter und Mädchenmienen machten; sieben von neunzehn.

Als er die Einladung zur Silberkonfirmation bekommen hatte, hatte er sich im Nu entschlossen, wieder nach Haidenburg zu fahren und doch nicht als Beteiligter mitzufeiern. Das Dorf, die Konfirmation, das war so lange her, so weit weg. Verrätergefühle kämpften in ihm mit Stolz und Scham, als die sieben ihr Glaubensbekenntnis sprachen, Katharina – wie damals – mit tragender Stimme, nur hatte sie sich gesenkt, und statt der beiden braunen Zöpfe trug sie ihr Haar seltsam asymmetrisch geschnitten und lang über die Schulter. Ein halbes Hundert Menschen saß hier in der Kirche beisammen. So wenig war das nicht. Er kannte allerdings niemanden außer den Jubilaren. Wie alt das klang. Alle wohnten sie noch in der Gegend, eine sogar im Dorf selbst. Am weitesten war Katharina hierher gefahren, 25 Kilometer. Leider nannte der Pfarrer nur die Wohnorte, nicht die Berufe, ob sie verheiratet waren, Kinder hatten. Er hätte sie gerne vor der Feier gefragt, aber er war zu spät gekommen, der Gottesdienst hatte schon begonnen. Jetzt sah er Jochen aus der Reihe vor dem Altar winken, groß, gesetzt und sehr zufrieden. Seine drei Kinder, das kleinste noch auf dem Schoß der Mutter, winkten zurück. An der Orgel spielte ein Mädchen, das nicht mal fünfzehn sein konnte. Sie übertönte leicht das verhaltene Gemeindesingen. In die Kollekte warf er zehn Euro: ein Freikaufen, ein Opfer, Wiedergutmachung? Wofür? Wieder schwangen die Glocken, alles erhob sich, sah den Jubelkonfirmanten, wie es in der Einladung geheißen hatte, zu, die schweigsam, sechs ernst, eine lächelnd, die Kirche verließen. Eigentlich wollte er jetzt auch hinaus, sich zu erkennen geben, mit den Schulkameraden von damals reden. Aber weder Susanne noch Ulrike waren unter ihnen. Jochen interessierte ihn durchaus. Er hätte aber erklären müssen, warum er gekommen war, ohne mitzufeiern. Hatte er wirklich Lust zu erzählen, dass er allein lebte, zwei Kinder hatte, die er unregelmäßig sah, dass ihm Heilbronn nicht gefiel, die Arbeitslosigkeit seit Herbst noch weniger? Er blieb erst einmal sitzen, während die Kirche sich leerte, und ärgerte sich über seine Entschlusslosigkeit.

»Aber Sie sind doch … ich mein, warum warst du denn nicht ...«

Sofort erkannte er Stefanies Mutter wieder. Das Schinkenklopfen-Spiel in ihrem Garten vor dreißig Jahren, der schöne Münsterländer, bellend um den Vater tollend, der sein Jagdgewehr lässig wie einen Rucksack trug.

»Ich bin eher zufällig da, beziehungsweise, ich bin aus der Kirche ausgetreten und zu spät gekommen. Ich wollte die anderen einfach mal wieder sehen.«

»Na, das wird eine Freude sein! Wo leben Sie denn jetzt, was machen Sie?«

»Ich bin in Heilbronn gelandet. Wo ist denn Stefanie?«

»Die lebt in den USA, hat zwei Kinder und forscht an einer Uni. Neue Werkstoffe und solche Sachen. Das war einfach zu weit, obwohl sie gerne gekommen wäre. Und: geht's gut?«

»Ja, schon, doch. Ich komm dann gleich nach.«

Stefanies Mutter lächelte noch einmal sehr herzlich, drückte seine Hand und ging. Das Blut kehrte an die üblichen Orte zurück, die Hitzewelle legte sich, das Hemd sog den Schweiß auf. Er setzte sich, plötzlich ganz klein. So einfach kam er nicht davon. Als sei der Gedanke ein Startschuss, lief er durch den Nebenausgang aus der Kirche, hielt sich im Atrium rechts und entfernte sich rasch von dem fröhlichen Summen. Herbert, Angela, nie wieder würde er sie sehen, auch Katharina nicht. Wieso er so feige war? Sie wirkten doch alle sehr nett. Jetzt war es sowieso unmöglich umzukehren. Der Kies knirschte laut unter seinen hektischen Schritten. Da öffnete sich doch schon die Allee hinunter zum Friedhof, in der er verschwand. Ob er den Grabstein noch fände? Gleich beim Eingang?

In der Senke vor dem Friedhof gurrte, krähte, schnatterte das Geflügel wie damals, der eine Teich floss immer noch träge in den anderen über, Seerosen blühten darauf, fast stachlig gelb, so klar umrissen in diesem Sommerlicht. Warum hatten sie eigentlich so spät gefeiert? Früher galt der Sonntag nach Ostern als Termin. Wahrscheinlich hatte niemand am Weißen Sonntag Zeit gehabt.

Gedankenlos ging er durch das vordere Tor, die erste Reihe hindurch, bis er auf einen niedrigen schwarzen Grabstein stieß: Rossmann, Christoph, 30.6.1925–4.8.1979. Platz für weitere Namen hatte der Steinmetz auf der polierten Platte gelassen. Der daneben war auch nicht alt geworden, dafür stand sein Name in der richtigen Reihenfolge: Hans Ernst, *21.11.1941 †22.11.1996. Einmal aufmerksam geworden, stellte er fest, dass hier zu leben, sehr ungesund sein musste, jedenfalls gab es kaum jemanden, der älter als sechzig geworden war. Viele hatten nicht einmal die Fünfzig erreicht. Dann hatte er ja das richtige Sterbealter und konnte sich nach einem Liegeplatz umsehen. Aber er lebte ja nicht hier. Zum Glück! Vielleicht lag es mehr an der Zeit? An der harten Arbeit früher, auf den Feldern, in der Spinnerei? An dem, was die hier alles durchgemacht hatten? Er suchte weiter, stieß auf fremde Namen, sicher Vertriebene: Novotny, Przibylok, Bartosch, Kasparow.

Und dann las er: »Kurt Schwarzer, geb. 18.3.1922, gest. 16.7.1973.« Während er noch schluckte, niederkniete, mit der Hand über das raschelnde Farnkraut fuhr – es hatte offenbar lange nicht geregnet –, sah er den halbversenkten Pflasterstein darunter, auf den jemand mit Ölfarbe »Ali« geschrieben hatte. Er setzte sich hin in den Kies und weinte lange und leise, strich dann und wann über die drei Buchstaben, verlor sich in Gedanken, sang »Wer hat Angst vorm Schwarzen Mann« auf die Melodie von »Wer hat Angst vorm bösen Wolf«. Wieso ihm Ulrike durch den Kopf lief? Der wehende Pagenkopf, die dünnen Arme und Beine flogen über die Aschenbahn. Fast warf ihn der Lärm um, als ein Tornado, dann ein zweiter über ihn hinwegdonnerte, viel zu tief, viel zu laut, und doch sah er ihnen nach. Irgendwo musste er pinkeln, besser nicht auf dem Friedhof. Hinter einem Alleebaum fühlte er sich sicher. Erst im Auto fiel ihm ein, dass er das Familiengrab ganz vergessen hatte, aber jetzt wollte er nicht mehr umkehren, Aberglauben hin oder her. Bedeutete es schließlich nicht auch, abergläubisch zu sein, wenn man etwas tat, bloß weil es Abergläubische nicht taten? An den Bruder, den Vater konnte er auch denken, ohne den Stein zu sehen. Ein kurzes Winken aus dem Fenster, dann fuhr er los.

Urwaldartig versperrten Ginsterbüsche, Haselnusssträucher, Brombeerranken den Eingang zum Grundstück. Dem Auto hätte der Durchlass wohl knapp gereicht, aber er wollte das

Mietauto nicht zerkratzen. »Selbstbeteiligung« tönte es in ihm wie ein schlechtes Gewissen. Den steilen Berg hinauf stolperte er mehrmals über geborstene oder halbeingesunkene Betonplatten. Die Treppe – kaum noch zu sehen, krumm und laubbedeckt – mied er lieber. Seit der letzte von ihnen hier ausgezogen war, hatte er keinen Gedanken mehr an das Haus verschwendet. Immerhin stand es noch, sah aus wie immer, nur dass grüne Flächen sich an den Wänden ausbreiteten, nur dass jemand das Dach mit Schiefer neu gedeckt hatte, ungewohnt dunkel im Baumgrün und irgendwie belustigend.

Oben angekommen, freute er sich: Die Wildnis hatte nicht ganz gewonnen. Beeteinfassungen hatten überdauert, Lilien blühten, Borretsch, Rosen, Königskerzen und Glockenblumen. Irgendjemand wohnte hier offenbar noch und mochte die fröhliche Unordnung des Pflanzendurcheinanders. Kein Auto stand in der weiterhin betonrohen Garage. Es war auch schwierig, hier hochzufahren. Oder waren sie ausgeflogen? »Wie rücksichtsvoll!«, sagte er laut und erkundete sein Reich.

Er ging anders, das merkte er erst jetzt. Etwas Federndes schlich sich ein, ein Schnellen und Springen, das ihn verwunderte, weil es gleichzeitig so vertraut und so fremd blieb. »Ein Zentner mehr«, entfuhr es ihm. »Und viel weniger Muskeln.« Seit wann er wohl mit sich selbst sprach? Der Freisitz hielt sich tapfer, wenngleich sehr windschief, also stand auch der Schuppen darunter noch. Brennnesseln stellten sich ihm in den Weg, wieder Brombeeren, aber er kämpfte sich durch, rutschte aus, stand wieder auf. Ganz nah sprang ein aufgescheuchtes Reh über den Zaun und flog dem Wald entgegen. Er sah ihm hinterher, dann nach unten. Ein morscher Stamm hatte glitschig unter dem Grün gelauert. Stolz sah er, wie seine Hose immer fleckiger wurde. Die Tür zum Hühnerstall öffnete sich schwer. Das Herz klopfte. Ach, der Hahn lauerte schon lange nicht mehr! Im Innern atmete er tief ein, wo es schwach nach Stroh und Huhn roch. Richtig gut! Ja, alles Scharfe fehlte, der strenge Geruch von altem und neuem Kot war verschwunden, nur noch ein ganz klein wenig ahnte er ihn. Vielleicht nur Einbildung. Die eingetrockneten Kleckse auf der Hühnerleiter nicht. Augenhöhlen gleich, blickten einige Fallennester ohne Tür. Sorgfältig verschloss er den Stall und bemerkte erst jetzt unterm Vordach den Leiterwagen, dessen blechrote Räder unter dem Hahnenfuß hervorleuchteten. Wenn der Rahmen hinten nicht gebrochen gewesen wäre, hätte er ihn mitgenommen, so stolz zeigte die Deichsel nach oben. Wie hatten sie dort nur hineingepasst, zu zweit, sogar zu dritt? Fahrtwind, Schreie, Auffahrstoß, Umfallen am Hang.

Plötzlich hatte er es eilig, von hier fortzukommen. Er wollte sich über den Maschendrahtzaun schwingen, doch blieb er hängen und bohrte sich ein Drahtende in die Handfläche. Fast gierig wartete er auf Blut, das er erst herauspressen musste. Auf der Nachbarwiese eine lächerlich überdimensionierte Bautafel: 27 Einheiten für betreutes Wohnen »im idyllischen Grün« sollten hier entstehen, zwischen 28 und 60 Quadratmeter groß, »ideal geschnitten, barrierefrei«. Er stellte sich Alte vor, die immer wieder gegen eine Schwelle bumsten und nicht hinüberkamen. Unter dem bunten Bild des Komplexes führten die Bauherren noch weitere Vorzüge auf. Sogar ein »Seniorentanzplatz« sollte neben dem Gebäude entstehen. Zum Glück ragte die Werbung ganz allein in den Himmel, kein Ansatz zu einem Bau, nur überwucherte Radspuren von schwerem Gerät, das die Tafel hierhergebracht hatte. Hoffentlich gab es zu wenig Interessenten! Am Ende fällten sie noch die Rieseneiche auf der Grundstücksgrenze, weil sie zu viel Laub auf die Alten warf. Andererseits könnte er in zwei, drei Jahrzehnten hier einziehen.

Stutzend, dann staunend sah er Herakleum auf der Wiese wachsen, nicht hoch, aber überall. Das fand seinen Weg durch die Welt. In der Sandgrube hingegen konnte es nicht mehr wuchern. Sie war verschwunden, zugeschüttet. Eine Villa, quietschblau gestrichen, erhob sich, wo ihr Zugang einst gewesen war. Das schwarze schmiedeeiserne Geländer im ersten Stock, barock geschwungen, hatten sich die stolzen Eigentümer in der Mitte vergolden lassen. Und diese lächerlichen Giebel. Oh, da stand jemand. Kein Zweifel, ein Skelett lächelte durch die Glastür des französischen Balkons im zweiten Stock mit erhobener Rechten. Im Näherkommen erkannte er den Papierbausatz wieder, den es vor zehn Jahren überall zu kaufen gab. Er grüßte zurück und rannte zum Rain, wo immer noch Eichen wuchsen.

Er fühlte wieder das Stechen in den Knien, vor allem links. Statt Trab bloß noch Gehen. Fast der ganze Abhang, früher Felder, stand voller Häuser. Verständnis und Ärger hielten sich die Waage. Aber warum hatten sie den Schwarzen Weg ersetzen und seinen Verlauf verändern müssen! Die Bilder verwischten und vermischten sich. Er lief neben sich selbst her als Kind, brach durchs Geäst voll Freude und Trauer, weil es so roch wie früher, die Quelle aber fort war.

Ein umgestürzter Baum stützte sich am Waldrand schwer auf dicke Äste, weit hinausragend in den Wiesenhang. Unwiderstehlich lockte der Eichenstamm, darauf zu balancieren, und er tänzelte die Schräge empor, bis er nach zehn Schritten an einer Gabelung innehielt, plötzlich erschrocken über die Höhe. Dabei waren es nicht einmal drei Meter. Ein wenig wiegte sich der Stamm, eine schöne, eine verunsichernde Bewegung. Weit reichte der Blick, bis hinab in die Stadt. Gegen das Mulmige im Bauch behauptete er sich, indem er zwei-, dreimal ruhig atmete, sich umdrehte, die Schuhe fest aufsetzte und den hohen Posten wieder verließ.

Jetzt blieb nur noch der Schuttplatz, dann konnte er seine Tour abschließen. Freiheit durchströmte ihn, Kühnheit, kindische Abenteuerlust, unterkellert von Sehnsucht und Wehmut. Überall Pionierpflanzen auf dem Areal, dazu ein paar Wieseneinwanderer: riesige Brennnesseln, Wilde Möhren, Rainfarn, Goldruten, Königskerzen, Wegwarten und sogar Wilde Karden, fast zwei Meter hoch, zu ihren Füßen auch Kratz-Disteln mit Mohn. Es hatte sich doch ein wenig gelohnt, Pflanzennamen zu lernen, um den Vater nicht aufzuregen. Ein Strauß wuchs in seiner Hand, üppig, stark duftend, schwer, auf den Hummeln und Bienen flogen. Grünbraun starrten die Hände vor Pflanzensaft und Erde. Plötzlich federte der Grund unter dem Grün. Zweige hatte man hier abgeladen. Ob er durchbrechen könnte in eine verborgene Grube? Niemand wusste von seinem Spaziergang, dass er überhaupt in Haidenburg umherstrich. Vorsichtiger setzte er die Füße, beeilte sich, wieder auf den Weg zu gelangen. Neue Schutthaufen breiteten sich aus, einer davon aus reinem Sand, auf dem Kinderspielzeug lag, ein roter Eimer, eine rote Schaufel, ein grünes Sieb und ein Rechen, löwenzahngelb. An den Spuren erkannte man, dass die Sachen nicht mit dem Sand hierhergekommen waren. Ein Kind hatte hier vor gar nicht langer Zeit gebuddelt, gesiebt, gerecht.

Fast wäre er zur Waldquelle gewandert, doch das hätte noch eine halbe Stunde Weg extra bedeutet, und er fürchtete ein wenig, sich zu verlaufen. Da reizte der Waldabhang mehr, den er früher mit dem Fahrrad hinuntergestürmt war. Nach wenigen Schritten im Walddämmer stieß er triumphierend auf einen Autoreifen, der an einem Baumstamm hängengeblieben war. Mit der freien Hand nahm er ihn auf, zielte kurz und ließ los. Wild wie sein Herz hüpfte der Reifen immer rascher, schließlich rasend zu Tal, streifte zweimal Bäume, lief aber weiter, brach durch Sträucher, beinahe ungebremst, und verschwand erst nach siebzig Metern seinem Blick. Er hörte aber noch ein paar Sekunden lang Unterholz krachen. Laut schrie er, ein Tarzangeheul halb,

halb Indianerkriegsgeschrei, etwas heiser. Schreiend stürzte er dem Reifen hinterher, rutschend, schliddernd, springend, sicher und glücklich.

Springkraut säumte den Waldweg, zu unreif noch für Samenkapselexplosionen. Auf einmal schmerzten die Knie stark, als er ins Helle trat. Eine Sonnenblume grüßte aus dem Haferfeld gegenüber. Dass der überhaupt noch hier angebaut wurde! Schwer wog der Blumenstrauß in der Hand. Die alle erfreuende Sonnenblume zu verschonen, war Ehrensache.

Erschöpft erreichte er sein Auto, warf den Strauß auf den Rücksitz, zündete sich eine Zigarette an und rauchte, während er den Hang hinabblickte. Die Barackenbrache breitete sich dort aus wie verbrannte Erde, wie ein Bannbezirk, totes Gelände, zu nichts nutze als zur Erinnerung. Die Zigarette schmeckte nicht mehr, aber vielleicht hatte er auch einfach zu nah an den Filter geraucht. Für die Heimfahrt war es jetzt zu spät. Auf vier Stunden Fahrt im Urlaubsverkehr hatte er keine Lust, und den Wagen durfte er bis Montagnachmittag behalten. Er würde sich ein Hotel leisten.

Ein paar Stunden streifte er in der Stadt herum, müde, interesselos, leer, bevor er sich eine Bleibe für die Nacht suchte. Der »Markgraf« hatte geschlossen, die »Burgschenke« hatte keine Zimmer mehr, empfahl aber das »Hotel am Park«. Am Kriegerdenkmal mit dem missglückten Siegfried, der eher an einen schlecht frisierten Transvestiten erinnerte, parkte er das Auto. Den Tanzstundensaal von damals benutzte man als Lagerplatz für Stühle. An der Rezeption hörte er, dass kein einziges Zimmer frei sei. Er durfte immerhin warten, ob man für ihn anderswo etwas fand. »Kein Raum in der Herberge«, dachte er. Er aß Bratwürste im Restaurant, trank ein Bier und noch eins, dachte schon, man habe ihn nur dazu bringen wollen, hier zu essen, bestellte noch einen

Schnitt, als der Portier ihm mitteilte, es sei ihm gelungen, ein Zimmer aufzutreiben, aber es werde dort bald geschlossen, er solle sich beeilen. Er stürzte das Bier hinunter und zahlte. Eigentlich hatte er sich schon von dem seltsamen Gedanken verabschiedet, in der Stadt seiner Kindheit und Jugend ins Hotel zu gehen. So angetrunken, wie er war, hatte er freilich keine Wahl, und der Portier hatte ihm ausgerichtet, man warte auf ihn.

Bis zur zweiten Kreuzung ging alles gut, dann hielt ihn die Streife an, wollte seinen Führerschein, seinen Fahrzeugschein, seinen Personalausweis. Während der eine prüfte, fragte der andere, die Hand an der Pistole, was er hier mache. Er sei auch recht schmutzig. Er versuchte ausführlich zu erklären, was an diesem Tag alles geschehen sei, doch nach wenigen Sätzen fragte der Polizist ihn, ob er etwas getrunken habe, er werde wohl blasen müssen, wenn nicht sowieso etwas gegen ihn vorliege. Sollte er seinen Trumpf aus dem Ärmel ziehen und mit seinem Schwager im Polizeipräsidium angeben? Dass sie sich zwanzig Jahre nicht gesehen hatten, konnten die Kollegen ja nicht wissen. Da schaute der zweite Polizist ihm ins Gesicht, lachte und fragte: »Ist Ihre Mutter nicht Lehrerin in Haidenburg?« Er nickte, der Polizist lächelte: »Nicht gerade wie aus dem Gesicht geschnitten, aber die Ähnlichkeit ist verblüffend. Arbeitet sie noch?« »Nein, nein, sie ist zu einer Freundin gezogen.« »Wo wollen Sie denn jetzt noch hin?« »Ich war auf einer sentimentalen Tour, Jubelkonfirmation, da hinten, in der Krebsgasse, wartet hoffentlich gleich ein Bett in der ›Krone‹ auf mich.« Er bemühte sich, so verständlich wie freundlich zu sprechen, obwohl er sich ärgerte. Immer noch der Mutter Sohn! Aber wenn es half? Der Polizist gab seinem Kollegen einen Klaps auf die Schulter, sprach halblaut mit ihm, gab ihm seine Papiere zurück.

»Ist schon in Ordnung, aber nur bis zum Gasthaus. Wir haben erhöhten Terroralarm. Die können auch hier losschlagen oder sich verstecken. Man weiß nie. Und Sie fahren im Mietwagen hier nachts herum, und dann noch langsam. Da kann man schon mal etwas länger prüfen. Grüßen Sie Ihre Mutter! Vom Adrian Markus.« Er bedankte sich, legte die Hand zum Gruß an den Kopf wie in Bundeswehrzeiten und fuhr die letzten paar hundert Meter zur »Krone«.

Obwohl er oft hier vorbeigefahren war, war sie ihm nie aufgefallen. Die katholische Kirche am Galgenberg schlug elf; seine Uhr war stehengeblieben. Er zog sie im Gehen auf und stellte sie. In der Gaststube spielten drei ältere Männer Karten, eine Frau saß neben ihnen. Vielleicht vierzig? Alle rauchten. Er gab sich zu erkennen, fragte, ob er noch etwas trinken könne, und folgte dann der Frau über den Hof in sein Zimmer. Dass er kein Gepäck bei sich hatte, wunderte sie nicht. Eine richtige kleine Wohnung zeigte sie ihm, mit Herd, Kühlschrank, Essecke, einem Kleider- und einem Vorratsschrank.

»Wir vermieten oft an Firmen, die hier längere Aufträge haben. Die Leute wohnen hier für ein paar Wochen.«

Er fragte, ob es dann billiger würde, dabei hatte ihn erstaunt, dass er nur fünfunddreißig Euro mit Frühstück bezahlen musste.

»Ja, klar. Wollen Sie denn länger bleiben?«

»Nein, nein, danke!«

»Wenn Sie noch etwas brauchen … Sie kommen ja noch mal.«

Sie sah aus, als kennte er sie schon immer, wie sie so über den Hof zurückging und sich kurz umsah: hoch gewachsen, etwas rundlich, dunkle, leicht gekräuselte Haare, die über den Schultern wippten, ein Grübchen in der linken Wange, als sie lächelte, eine etwas zu markant gebogene Nase mit breiten Nüstern, sehr dunkle Augen, sehr starke Augenbrauen und viel Schminke, die ihr aber gut stand. »Deutlich« fiel ihm als Wort für sie ein. Sogar ihr Busen, ihr Hintern, ihr Mund wirkten deutlich, und deutlich ging sie. Nur ihr modisches T-Shirt, das viel braune Haut und den Nabel freiließ, irritierte ihn ein wenig. Immerhin stand nichts drauf, und sie trug keine Tätowierung. Ob sie Türkin war oder Griechin?

Als er in den Spiegel sah, wunderte er sich ebenso über ihr Wohlwollen wie über sich: Ein Waldschrat blickte ihm entgegen. Im Haar hatten sich Birkensamen und etwas trockenes Gras verfangen, von der rechten Schläfe bis zum Mundwinkel zog sich ein feiner Riss, fleckig waren nicht nur das Gesicht und die Hände, fleckig waren auch die Hosen, vorne, hinten an der Seite, grün, braun, wo eigentlich hellblau sein sollte. So hatte er im »Hotel am Park« gegessen! So hatten ihn die Polizisten fahren lassen! Er lachte wie über einen gelungenen Streich, schüttelte den Kopf heftig und wusch sich dann rasch das Gesicht, klopfte die Hose aus und ging wieder in die Gaststube, wo die Männer Schnaps an der Bar tranken. Einer erzählte vom Krieg, wie viele Panzer er geknackt, dass er seinen Freund gerächt habe, der von einem zermalmt worden sei. Die anderen murmelten beifällig.

»Bist a Panzerknacker!«, lachten sie.

Zu Fuß sei er von der Wolga bis hierher gelaufen, das mache ihm so schnell keiner nach! Und immer mit der Waffe, immer im Kampf! Er sei kein Drückeberger gewesen! Wieder nickten die beiden. Aber ein Gespräch entwickelte sich nicht mehr.

Eigentlich wollte er schon wieder gehen, getrunken hatte er ja schon, doch die Frau winkte ihn an einen Tisch, verabschiedete die drei müden Stammgäste und brachte ihm und sich selbst ein Bier.

»Es ist zu früh, um zu schlafen. Ich trinke während der Arbeit nie, erst nach Feierabend. Man muss doch runterkommen.«

»Stör ich Sie nicht dabei?«

»Nein, im Gegenteil. Ein wenig Plaudern ist gut, vor allem mit Fremden. Wo sind Sie her?«

»Von hier. Jedenfalls früher. Ich bin seit zwanzig Jahren nicht mehr hier gewesen. Jetzt war Jubelkonfirmation.«

Er hätte das Wort am liebsten zurückgeholt, doch sie lachte schon.

»Und? Haben Sie schön gejubelt?«

Er trank, verschluckte sich, kam aus dem Husten kaum heraus, prustete Bier aus der Nase und erwischte sie mit ein paar Tropfen. Er wollte hier nur weg. Doch sie lachte weiter, wischte sich ab und hieb ihm mit solcher Wucht auf den Rücken, dass er fast ins Glas gebissen hätte. Der Schreck half, denn plötzlich war es vorbei.

»Trinken können eigentlich schon die kleinen Kinder! Sie haben Glück, dass ich weiß, wie man sie zum Bäuerchenmachen bringt.«

Hastig nahm er einen Schluck und konnte dann nicht anders, als mit ihr zu lachen. Er bestellte noch ein Bier und einen Schnaps für sie beide.

»Haben Sie denn Kinder, Frau ...«

»Ich heiße Annegret, jedenfalls hier. Haben Sie es nicht gelesen? Unter ›Krone‹ steht ›Bei Annegret‹, und das bin ich. Kinder habe ich nicht.«

Plötzlich fiel ihm etwas ein. Er ging vor die Tür und kam mit dem Strauß wieder. Ein wenig welk, aber immer noch schön bunt.

»Hier, für Sie. Ich hab ihn erst heute Nachmittag gepflückt, einfach so.«

»Na, das ist ja eine Überraschung. Vielen Dank!«

»Ich hoffe, er hält sich ... Sie sind nicht von hier, Annegret?«

»Wie man's nimmt. Eigentlich schon. Ganz früher wohnten wir in Haidenburg, ein paar Kilometer entfernt.«

»Da komm ich gerade her. Ich bin da aufgewachsen. Dann müssten wir uns eigentlich kennen!«

»Nicht unbedingt. Wir gehörten nicht so recht dazu, weißt du. Sind bald wieder weg. Asoziale. Unsere Häuser haben sie abgerissen. Angeblich wegen Neubauten, aber bis heute gibt es da nichts.«

Der Alkohol setzte ihm zu, mehr, als er gedacht hatte. Die Bratwürste waren einfach nicht genug Grundlage.

»Ich hab's gesehen heute: keine Baracken mehr, nur Brachland. Wissen Sie«, er merkte, wie Tränen kamen, »das heute war überhaupt eine Brache, aber es war auch sehr schön. Ich habe gemerkt, wie meine Kinderseele neben mir hergelaufen ist.«

»Sie vertragen ja nicht viel. Weder Alkohol noch Erinnerung. Ich denk nicht an damals. Das einzige, woran ich gerne denke, ist die Feuerleiter, über die ich mal aus dem brennenden Haus geklettert bin.«

Er hatte noch nie viel vertragen; zwei Bier zu den Bratwürsten, zwei Bier hier, ein Schnaps, ach ja, der Schnitt, aber es schmeckte gut, und die Tränen hatten sich verlaufen, ohne dass Annegret es zu stören schien. Ob er noch einen Schnitt haben könnte, fragte er. Annegret lachte wieder.

»Einen Schnitt haben Sie im Gesicht, Sie kleiner Indianer. Aber wenn's dir Spaß macht, bekommst du noch eins. Hauptsache, du reiherst im Falle eines Falles ins Klo!«

Eigentlich wollte er nur die Zeit ausdehnen, um bei ihr zu sitzen, der Tochter der Rose von Jericho. Am liebsten hätte er die Wortkette noch verlängert.

»Wissen Sie, wie wir deine Mutter genannt haben?«

»Wie denn?« »Eigentlich hat sie der Lehrer Schneider so genannt und ich, aber ich fand sie schön und den Namen auch: die Rose von Jericho.«

»Stimmt, das klingt schön. Ich sag's ihr, wenn ich wieder auf dem Friedhof bin.«

»Wann ist sie denn gestorben?«

»Ist zehn Jahre her. Einfach so, ganz rasch. Aber sie hat mir noch gesagt, wo sie liegen will.«

»Eine Rose, gebrochen, ehe der Sturm sie entblättert.«

»Wie bitte?«

»Ach nichts, das fiel mir nur zur Rose ein. Ich hab zu viel getrunken. Annegret ist auch ein sehr schöner Name. Annegret, Tochter der Rose von Jericho. Das gefällt mir. Das gefällt mir sehr. Jetzt müssen wir uns küssen, oder?«

Sie schaute ihn spöttisch an und ein wenig mitleidig. Ihm war klar, dass alles aus dem Ruder lief, aber er hatte sich nicht mehr recht im Griff, obwohl er ahnte, dass sie solche Szenen tausendmal erlebt hatte. Tatsächlich reagierte sie professionell, nahm ihn beim Arm, griff ihm unter die Achsel und stellte ihn auf.

»Küssen ist nicht, auch wenn du quatschen kannst wie der Fernsehpfarrer. Jetzt geht's erst mal in die Heia. Komm!«

Mit einer Hand fischte er noch das Glas vom Tisch, trank es im Gehen aus und stellte es im Vorbeigehen auf die Theke. Er genoss es, von Annegret in sein Zimmer geführt zu werden. Er roch sie, Rauch, Zitronen, Schweiß, ihm war es recht. Er wollte mit ihr schlafen und verachtete sich deswegen.

»Annegret, hierbleiben!«

»Vorsicht Stufe! So, und jetzt dusch dich am besten kurz, trink noch Wasser und ruh dich aus! Sie haben ja immer noch den halben Wald an sich dran. Hoffentlich haben Sie keine Zecke mitgebracht!«

»Im Wald, da sind die Räuber… Es war sehr schön, vor allem der Reifen.«

Er merkte, wie er schwankte. Sie gab ihm einen Stups, so dass er aufs Bett fiel.

»Gute Nacht. Schlafen Sie sich aus!«

Sie schloss die Tür. Er hörte ihre Schritte über den Hof. Er dachte an andere Frauen, so viele verpasste Gelegenheiten. So viel Schwachsinn. So viel Verfehlen. Er weinte. »Nichts Besonderes«, sagte er und wiederholte es. Unangenehm kühl saßen die Kleider am Körper. Sie hatte recht. Ab unter die Dusche! Weg mit dem Hemd, der Hose, der Unterhose, den Strümpfen! Er warf Kleidungsstücke im Zimmer umher, taumelte nackt auf dem Linoleum vor der Küchenzeile herum, an der er sich schmerzhaft stieß. Da sammelte er alles wieder ein, breitete es luftig aus, denn er hatte nichts zum Wechseln dabei.

In der Duschkabine dauerte es so lange, bis warmes Wasser kam, dass er sich ernüchtert fühlte. Überall suchte er nach Zecken, fand aber keine. Künstlich stark roch die Seife, irgendein Pseudosommerduft aus Kunstlavendel, Kunstrosen, Kunstsonstnochwas. Trotzdem wusch er sich damit sogar die Haare, um mögliche Zecken zu vertreiben. Das Wasser lief über die geschlossenen Augen, aus ihnen wieder Tränen. Ah, endlich warmes Wasser! Er lehnte sich an die Kabine, erschöpft, traurig, glücklich, verlassen, aufgelöst in sich selbst, Minute um Minute.

Plötzlich hatte jemand das Wasser abgesellt. Er öffnete die Augen und sah Annegret.

»Sie waren so merkwürdig. Ich dachte, ich schau mal lieber. Auf Klopfen und Rufen haben Sie nicht reagiert. Da bin ich reingekommen. Was ist los?«

Sie reichte ihm das große Handtuch.

»Oh, da ist was!«

Sie zwickte eine Zecke aus seinem Nabel, die sich offensichtlich noch nicht festgebissen hatte, hielt sie ihm vor die Augen, zerquetschte sie dann mit dem Absatz, wischte sie auf und spülte sie im Klo fort. Er nickte nur, schlang sich das Handtuch um die Hüften, wankte zum Bett, wollte nichts mehr sagen, legte sich hin, schlüpfte unter die Decke.

Annegret löschte das Licht im Bad, stand einen Moment einfach da. Schaute sie verächtlich? Gönnerhaft? Er konnte sich keinen Reim machen, war unendlich müde. Sie machte eine unbestimmte Handbewegung, wie eine Welle quer vor ihrem Körper in die Luft gemalt, drehte sich um und ging. Die Tür knirschte, ehe sie sich schloss. Steinchen vielleicht unter dem Blatt. Es schüttelte ihn, so wie es ihn schüttelte beim Geräusch einer stumpfen Schere, die durch dickes Haar schneidet. Er sagte: »Waschlappen!« Es klang netter, als er es erwartet hatte. Seine Mutter fiel ihm ein, wie sie Seife und Hand in den Waschlappen steckte, wie es schäumte und leicht rau angenehm über den Rücken schubberte. Er schüttelte sich kurz und wohlig und sehr müde. »Das war's«, sagte er halblaut und wunderte sich, dass er so fröhlich war. Er streckte sich aus und schlief ein. In der Nacht wachte er auf, weil jemand in der Gaststube sang. Nicht schön, nicht gut, nur laut. Er träumte schwer und konnte sich am Morgen an nichts davon erinnern. Er zog die verschwitzten Sachen an. »E-ke-lig!«, sagte er laut. Er frühstückte nicht, bezahlte die Rechnung bei einer älteren Frau und ließ Grüße an Annegret ausrichten. »Sentimentaler Schwachkopf!«, murmelte er vor sich hin. Sein Auto stand reichlich kreativ und quer in einer großen Lache. »Piassava«, fiel ihm ein und ein Nachtrest. Er hatte vom Vater geträumt und seinem Lieblingsbesen. Erst vor einer Woche hatte er das Wort endlich nachgeschlagen. Als Kind hatte er »Biasawa« verstanden, an Bier und Biber gedacht und einen Indianerstamm. Das richtige Wort enttäuschte direkt. Trotzdem: So einen wollte er sich daheim besorgen. Heilbronn – eigentlich ein tröstlich schillernder Name.

Er trat in die Lache, um den Dreck an den Schuhen loszuwerden, platschte ein wenig und sah den Wellchen zu. Als sie vergangen waren, wartete er vergeblich auf sein Spiegelbild. Zu schlechtes Licht. Vor dem Einsteigen klopfte er die

Schuhe ab. Das Auto roch neu und nach Schweiß. Ein Vers aus Schulzeiten fiel ihm ein: »aufzubrechen, wohin er will«. Er winkte dem Gasthausschild, startete den Motor und verließ die Stadt für immer.

Sand im Nabel

Der Junge steht allein in der Badewanne und reckt sich nach dem Duschkopf, um ihn aus der Halterung zu nehmen. Aber er löst sich nur schwer. Dann schwenkt er ihn, vorsichtig, um den graugesprenkelten Boden nicht nass zu machen, der an zwei Stellen schon Wellen wirft. Damals hatte es eine kleine Überschwemmung und großen Ärger gegeben.

Springbrunnen spielen, den Mund ausspritzen, in die Nase, bis es kitzelt, ans Glied. Und immer wieder einfach Wasser über den Kopf laufen lassen, Augen schließen, obwohl gar keine Seife brennen kann. Die Angst vorm Schwarzen Mann aushalten und dann die Extramutprobe – bis zehn zählen, bevor er die Augen wieder öffnet. Schließlich der Strahl auf die Fußsohlen und die Handinnenflächen, den Bauchnabel. Darin findet sich manchmal noch Sand, lange nach dem Strandurlaub in Dänemark. Oder Stoffreste, verschiedenfarbige, zusammengedrehte Fussel, Kleinstknäuel. Er sucht und findet diesmal nur undefinierbare, kristallige Krümel, kaum sichtbar. Er bohrt weiter, zuckt zurück, weil es wehtut. Aber er muss wissen, was da noch kommt. Suchen, Finden, Unbehagen. Wird ihn etwas von innen umstülpen?

Plötzlich Geräusche auf der Treppe. Der Vater? Die Mutter? Er verschwendet Wasser, duscht zu lange, mit teurem, warmem

Wasser aus dem Boiler, der nachts summt, Nachtstrom. Er horcht, mit dem Finger im Bauchnabel. Da ist nichts, nur das laufende Wasser. Also sucht er weiter, vorsichtiger, kitzelnd. Endlich doch noch ein paar Körner Sand. Die Mutter stellt das Wasser ab und rubbelt ihn trocken, mit dem harten Handtuch, das schön kratzt. Es ist gesund. Gut für die Durchblutung. Am besten im Winter bei offenem Fenster. Aber das Fenster in der Dachschräge des Bades kann er nur erreichen, wenn er einen Stuhl holt, den Eisenhebel aus dem Dorn hebt, die Luke nach außen drückt und ein Loch im Hebel findet, so dass er ihn wieder fixieren kann. Er hat die Mutter nicht einmal kommen hören. Jetzt ist sie da. Jetzt geht es ins Bett.

Der Schlafanzug liegt auf der Decke. Beim Zuknöpfen schaut er in den Nabel. Nur ein Pfützchen Wasser darin.
»Jetzt aber hopp ins Bett!«

»Ja. Gute Nacht!«

Einmal noch rasch die Kordelquaste der Schlafanzughose im Nabel drehen. Vielleicht ist es auch gar kein Sand aus Dänemark. Vielleicht entsteht er ja da. »Wer ist der Schwarze Mann?« will er noch fragen, aber die Mutter fängt an zu beten, und als sie damit fertig ist, singt sie noch ein Lied, ein zweites, und dann vergisst er es einfach und schläft ein.

Bereits erschienen

Zwei Tage, drei Nächte

Wolfgang Schömel

Ein Mann und eine Frau verbringen zwei Tage und drei Nächte miteinander in einem Frankfurter Hotel, um Sex zu haben. Dass sie einander völlig fremd sind, daran haben die ausgiebigen Internet-Kontakte offenbar nichts geändert. Im Verlauf des heftigen erotischen Geschehens werden wir immer tiefer in die seelische Dynamik des Mannes einbezogen, dem es nicht gelingt, seine Gefühle in Sicherheit zu bringen. Hingegen können wir über die Gedanken und Gefühle der Frau nur Vermutungen anstellen. Ein Geheimnis umgibt sie, ein Geheimnis umgibt ihr Leben, und dass er Teil eines schmerzvollen Spieles sein könnte, bei dem noch eine dritte Person beteiligt ist, dieser Verdacht drängt sich dem Mann im Verlauf des Zusammenseins immer stärker auf. Ein erotischer Text von einer beispiellosen Sprachkunst und Präzision, weit über die Lektürezeit hinaus spannend und bewegend…

Wolfgang Schömel 1952 in Bad Kreuznach geboren, studierter Germanist und promovierter Philosoph. Seit 1989 ist er Literaturreferent der Freien und Hansestadt Hamburg.

Zwei Tage, drei Nächte
Wolfgang Schömel

Hardcover ISBN 978-3-95445-033-6
E-Book ePUB ISBN 978-3-95445-034-3

Erscheint im Herbst

Das Seetagebuch des Robert Most

Rolf-Bernhard Essig

»Was bin ich froh, daß ich fort bin!« So denkt der neunzehnjährige Robert Most, als er 1938 endlich auf dem Windjammer *Schulschiff Deutschland* nach Rio, Buenos Aires, Kapstadt fährt: weit weg von den Erwartungen seiner Mutter, weit weg von ihrem literarischen Salon, weit weg vom Großstadttreiben Berlins.

Er beginnt sein neues Leben mit einem Tagebuch. Hier will er schonungslos ehrlich Rechenschaft ablegen. Er schreibt über die ruppige, aber meist verlässliche Kameradschaft an Bord, über das erhebende Gefühl, Teil eines lebendigen Kosmos zu sein, über seine Träume und Pläne, über die Begegnung mit der See, der Liebe und dem Tod.

Er kehrt verändert nach Deutschland zurück. Dort verliebt er sich und heiratet, verschweigt seiner Frau aber, was er auf der abenteuerlichen Reise nach Südamerika erlebt hat. Da beginnt der Krieg und reißt sie auseinander.

Durch die Form des Tagebuchs, das mit historischen Fotografien illustriert ist, eröffnet Essig tiefe Einblicke in einen begeisterungsfähigen, verführbaren, wankelmütigen Charakter, der von der Politik und den Gefühlen stärker umhergeworfen wird als sein Schiff von der See.

Das Seetagebuch des Robert Most
Rolf-Bernhard Essig

Hardcover ISBN 978-3-95445-051-0
E-Book ePUB ISBN 978-3-95445-052-7

Bibliografische Information der Deutschen Nationalbibliothek
Die Deutsche Nationalbibliothek verzeichnet diese Publikation in der Deutschen Nationalbibliografie; detaillierte bibliografische Informationen sind im Internet über http://dnb.d-nb.de abrufbar.

2. Auflage, Februar 2014

Umschlaggestaltung/Satz:
Christopher Schroer, Bergisch Gladbach

Umschlaggestaltung unter Verwendung eines Fotos von R.-B. Essig; Autorenporträt von Annette Pohnert, Carl Hanser Verlag

Lektorat: Christian Heinrici, Köln

Druck und Bindung: CPi, Leck

ISBN 978-3-95445-024-4

www.chsbooks.de